阿拉伯兄弟

刘元培　著

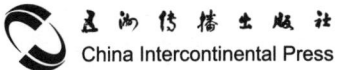

五洲传播出版社
China Intercontinental Press

图书在版编目（ＣＩＰ）数据

阿拉伯兄弟 / 刘元培著. -- 北京：五洲传播出版社, 2019.10
ISBN 978-7-5085-4221-8

Ⅰ.①阿… Ⅱ.①刘… Ⅲ.①回忆录 – 作品集 – 中国 – 当代 Ⅳ.①I251

中国版本图书馆CIP数据核字(2019)第110265号

阿拉伯兄弟

著　　者：刘元培
出 版 人：荆孝敏
策划编辑：高　磊
责任编辑：黄金敏
装帧设计：丰饶视觉
出版发行：五洲传播出版社
地　　址：北京市海淀区北三环中路31号生产力大楼B座6-7层
邮　　编：100088
发行电话：010-82005927，010-82007837
网　　址：http://www.cicc.org.cn，http://www.thatsbooks.com
印　　刷：中煤（北京）印务有限公司
开　　本：710×1000　1/16
印　　张：21.5
字　　数：160千字
版　　次：2019年10月第1版第1次印刷
书　　号：ISBN 978-7-5085-4221-8
定　　价：58.00元

序：为自己的执着与追求干杯

　　"不要因为走得太远，而忘记了为什么出发。"这是在世界飞速发展的当下，很多人耳熟能详，并用来自省自警的一句名言，但不一定都知道它是出自黎巴嫩的文坛骄子纪伯伦之口。纪伯伦在绘画与文学两个领域都成就斐然，在阿拉伯世界他被称为"艺术天才"；在西方，他的声誉与但丁、尼采和罗丹等齐名；在东方，则被认为是和泰戈尔、鲁迅一样，是使近代东方文学走向世界的文化巨匠与先驱。在文学作品中，他以博爱的情怀、深邃的思想和对人生的终极叩问，用诗性的哲言、箴言解析生命、人性、人生、家庭、爱情与艺术，以一种"天启体"的内质与形式，给人以深刻的启迪，以至读者和研究者认为他本人就是一位"先知"性的诗人，而上面的那句名言就出自他的代表作《先知》。

　　1955 年，在无锡市一中即将高中毕业的刘元培，正在一门心思地考虑报考哪所大学的理工专业，以便将来成为一名工程师。但是老师却动员他说，国家现在积极支持亚非拉国家民族独立和社会发展的事业，急需培养从事这方面的外交、外宣工作的外语干部，因此建议他报考北京大学东方语言文学系。那个年代，整个国家都洋溢着一种忘我和献身的激情，作为学生，无论报考志愿还是毕业分配，都以服从国家需要为天职。虽然刘元培对理工科有所不舍，但仍欣然地接受了老师的建议，从太湖之滨来到首都北京，考进了北京大学东语系。20 世纪 50 年代初期，中印关系处于蜜月期，所以选择语种专业时他的第一志愿是印地语，但是最终却分配他去学习阿拉伯语。虽然这是他第二次改变自己的初衷，但并未影响他从一个自

己未曾料到的起点上，把人生的马拉松跑得如此充实和精彩。

从1955年与阿拉伯语牵手，转瞬之间，至今已63年矣！刘元培也从当初一个18岁风华正茂的青年变成了一位81岁的老者。但蓦然回首，他深为欣慰的是，自己没有辜负当年国家、学校和老师对自己的嘱托和期待。63年过去了，他不仅对学校的安排和自己的决定无怨无悔，而且对通过学习阿拉伯语，从而使自己的一生能与阿拉伯国家、阿拉伯文化和中阿友谊深度地结缘一直充满激情、自豪和成就感。从《阿拉伯兄弟》这部"滚烫"的书稿就可以深深感到他当初志向的坚定和其后一路走来情怀的深厚和脚步的坚实。

在校期间，无论是参加游行示威、在天安门广场上高喊口号、支持埃及收复苏伊士运河的斗争，还是收听中国国际广播电台阿语广播开办的《阿拉伯兄弟，我们支持你们》，都使他感到原来自己的学业和阿拉伯世界的脉动及中国的外交斗争这样地贴近，从而进一步激发了自己的学习热情。

进入中国国际广播电台阿语部之后，台里同事对刘元培最深的印象，是他那风流倜傥的形象，以及在一次次联欢会上他所展现的美妙歌喉，以至当时曾有人推荐他转入中国广播合唱团去做一个歌唱演员。但已深深爱上阿拉伯语的刘元培不为所动，潜心研究广播业务，很快成为阿语广播第一代男播音员和记者，并先后担任了副主任、主任，和同事们一起努力把阿语广播办成连接中国与阿拉伯世界的一座空中彩桥。改革开放之后，中国国际广播电台各语言广播的报道内容越发丰富，报道形式越发多样，和听众的联系越发紧密。摩洛哥的一位十几岁的小姑娘阿米娜身患小儿麻痹，对生活十分悲观。当她从阿语广播中听到张海迪的故事之后，鼓起勇气给电台写信说，她要向张海迪姐姐学习，做一个生活的强者。阿语部的同事立即给她回信予以鼓励，并随信还寄上了一些有关编织和服装剪裁的工具书，希望阿米娜能够掌握一门手艺，以便将来自食其力。阿米娜非常感动，此后不断同电台通信，每封信的抬头都把中国国际广播电台称作"我的中国家"。随着中国在阿拉伯地区的影响越来越大，阿语广播办得越来越好，西亚北非地区的阿拉伯国家的很多听众，先后自发建立起了 46 个听众俱乐部，从而成了中阿交流新的纽带和民间组织。刘元培和他的同事们在辛勤劳动的同时，也得到了满满的回报。

退休之后的刘元培，似乎有了更广的舞台、更大的天地，比如他三次遍访海湾六国拍摄纪录片，担任沙特阿拉伯驻华记者、充分地对外报道中国，以及参加各类有关中阿合作与发展的论坛等等。当然退休之后，他也有了更多的时间回顾和梳理过往，本书就是他当年作为记者采访阿拉伯国家众多政要和各方代表的作品集纳。从中不仅可以清晰地感受到刘元培倾心于中阿交流的热诚与激情，而且必将成为新中国成立以来中国和阿拉伯世界相互交流、共同发展的一种见证。

刘元培与阿语牵手同行已六十三载，可贵的是，他从未忘记为什么出发，至今仍对阿语、对中阿交流事业情深意笃、热诚满满，本书就是个最新的证明。纪伯伦说："如果能从工作里热爱生命，那就领悟了生命最深刻的秘密。"刘元培做到了，他应该为自己的工作与人生感到骄傲，应该为自己的执着与追求鼓掌，并干上一杯！

张振华

中国国际广播电台前台长

2018 年 6 月 1 日

前 言

2000 多年前，中国和阿拉伯的祖先通过沙漠和海洋，进行商贸交往。中国人把华丽的丝绸、精致的瓷器，阿拉伯人把扑鼻的香料运送到对方，编织出一条连接东西方及沿线诸国友好交往的纽带，形成了海陆丝绸之路。

公元 651 年，伊斯兰教创始人穆罕默德的继承人——第三任哈里发奥斯曼派遣使者来到唐都长安，见到了唐太宗。一些史学家把这一年作为伊斯兰教传入中国的开始。穆罕默德知道中国，而且向往中国，向往中国的文化和科学。他以"学问，虽远在中国，亦当求之"的圣言，教导自己的民族。

在 2018 年央视春节晚会上，故宫博物院接受捐赠的《丝路山水地图》，重新呈现了中阿古人在明代陆上交通的情况，让人印象深刻。

1949 年新中国成立后，中国和阿拉伯兄弟的首次官方接触是在 1955 年的万隆会议上，周总理利用万隆会议召开之机，亲自和沙特亲王费萨尔商谈，并打通了中国穆斯林通向沙特的朝觐之路。

20 世纪 50 年代中期，阿拉伯国家反帝、反殖、民族解放运动高涨。1956 年苏伊士运河战事爆发，英、法和以色列联合入侵埃及。9、10 月份，北京的工人、学生走上街头，支持埃及和阿拉伯兄弟的斗争。当时，我在北大东语系二年级学习，也参加了游行。出发前，我们在北大第一体育馆东的大操场集合，练习用阿拉伯语高呼口号"打倒殖民主义！""支持阿拉伯人民！"等。

我们乘坐火车，在清华园上车，到西直门站下车。游行队伍浩浩荡荡涌向天安门。广场上出现了一幅惊心动魄的景象，除了公开演讲之外，还有工人、学生们演出的很多话剧。有的扮演奋起反抗、被锁链压迫的阿拉伯人，还有人表演趾高气扬、戴着墨镜的美国军人等。

接着我们前往埃及驻华使馆，个个情绪激昂，高呼口号进入埃及驻华使馆大院。我们学习阿拉伯语的同学们振臂高呼阿拉伯语的口号，支持埃及人民的斗争。大使和使馆官员站在大楼门口或窗口，面对蔚为壮观的游行队伍，高举双手，不断挥动致意，感谢大力声援。

游行持续到晚上，成千上万的北京人在灯火辉煌的大街上川流不息，按照职业、企业和社区组成的代表团在距离天安门不远的日坛使馆区周围示威。

埃及画家黑白和他的夫人这时来到北京，进入中央美术学院学习绘画艺术。他俩亲眼目睹了北京学生、工人和普通市民上街举行声势浩大的示威游行。黑白称大游行充分表达了中国人民对埃及人民和整个阿拉伯人民的兄弟情谊。

1958 年，中国国际广播电台阿拉伯语广播播出了第一个专题节目《阿拉伯兄弟，我们支持你们！》。当时，北大东语系阿拉伯语专业的老师为了提高学生的听力，半夜收录国际电台的阿拉伯语新闻和一些专题节目。《阿拉伯兄弟，我们支持你们！》节目也经常收听得到，节目内容丰富，有中国政府的声明、北京和其他一些城市游行示威的实况录音报道、来自阿拉伯地区事件发生地的最新消息以及中国电台、新华社、《人民日报》的评论等。节目引起广大阿拉伯听众的共鸣和赞扬。

叙利亚建筑工人联合会第二书记哈拉勒写信给国际电台说："感谢你们对我们阿拉伯人的支援，感谢你们称呼我们为兄弟。当我们听到中国工人示威游行反对美帝国主义干涉我们内政的录音报道的时候，我们的心里是多么高兴和激动啊！"接着他讲述了听到有关北京电池厂加紧生产支援阿拉伯兄弟的报道，他说："那时我无法抑

制内心的激动。我和所有听到这个节目的人，尤其是访问过中国，了解英雄的中国人民的人，都感动得流下了眼泪。"一位利比亚听众写信说："我两分钟以前听完了你们的《阿拉伯兄弟，我们支持你们！》的节目，使我十分感动，马上坐下来给你们写这封信，感谢你们对阿拉伯兄弟的同情和支持。我们向你们保证，我们不会忘记你们的支持和援助。"侨居在巴西的一些阿拉伯人听了《阿拉伯兄弟，我们支持你们！》节目后，联名写信给国际电台说："感谢你们的伟大精神，感谢战斗的中国人民。"

无论在苏伊士运河收归国有、伊拉克革命胜利、美英武装干涉黎巴嫩、阿尔及利亚民族解放战争的时候，还是1967年的"六·五"战争、1973年的十月中东战争、1982年6月以色列对黎巴嫩的入侵以及巴勒斯坦人民的长期斗争中，中国广播电视和各新闻媒体均发出支持阿拉伯兄弟的最强音。

中国人民不会忘记，1971年，阿尔及利亚和其他阿拉伯兄弟国家及非洲朋友一起，投票赞成新中国恢复联合国席位。中国人民也不会忘记，在四川汶川特大地震灾害发生后，阿拉伯兄弟送来慷慨的援助。

自2010年起，中阿经贸论坛在宁夏举办，后来升格为中国—阿拉伯国家博览会。我参加了前三届。在2011年9月举办的第二届中阿经贸论坛期间，还举行了农业经贸与投资洽谈会，以"深化农业合作，实现共同发展"为主题，荟萃中阿农业产业信息，共同谋划中阿兄弟发展蓝图。不少理事就如何更好地促进中阿交流合作提出了各自的见解。一位中方理事建议，宁夏在未来发展道路上应成为中阿合作过程中的重要一环，力争建设一条从宁夏横贯阿拉伯半岛、经过埃及、直达北非的摩洛哥和毛里塔尼亚的中阿铁路，真正搭建起中阿联合交流的平台。我对他的建议全力支持，并用阿拉伯语发表了自己的看法，认为该建议是有前瞻性的。

海湾国家每天的蔬菜和水果，基本上靠叙利亚、黎巴嫩、约旦和南亚国家空运过去。我们国家宁夏、新疆、青海和甘肃等省区与海湾国家不远，但是，过去长期以来农产品的出口主要靠海运，运输速度慢，周转时间长。如果上述省区能与阿拉伯国家连通铁路，向海湾和整个阿拉伯世界快捷地供应农产品、蔬菜、水果、清真食品和穆斯林用品等，将为中阿双方带来诸多方便和无限商机。我的发言受到所有阿方理事的赞同。沙特王国、阿联酋、科威特、巴林商工会，毛里塔尼亚商会负责人，阿拉伯国家联盟驻华代表处副主任艾哈迈德·穆斯塔法·哈菲兹参赞等人士立即表示对我的发言坚决支持。他们说，建这条铁路是我们梦寐以求的大事，有了这样的铁路，会大大方便双方的物资交流，互通有无。大家认为，建中阿铁路很重要，但困难和障碍也不少，需要各方和各国协调，可以由宁夏和中国政府牵头。

习近平主席提出的"一带一路"的构想，正圆了建造中阿铁路的梦。阿拉伯国家位于"一带一路"的西端交汇地带，是中国推进"一带一路"建设的天然和重要合作伙伴。不少阿拉伯国家的发展战略都和"一带一路"不谋而合。很多阿拉伯国家认为，"一带一路"建设有利于沿线国家互通有无、优势互补、加强合作、密切往来。中阿就此开展的合作，正在如火如荼地进行。

中国同阿拉伯国家的外交关系已经历经了半个多世纪。当初开启时，笔者正值人生芳华，可以骄傲地说，我们这代人是中国和阿拉伯国家关系发展的见证人。书中提及的阿拉伯兄弟也是发展中阿关系的见证者和奉献者，希望他们不断加强真诚合作，继续延伸友好情谊。在此，笔者引用北宋王安石的诗句"春风送暖入屠苏，总把新桃换旧符"，相信中阿兄弟情谊必将迎来万象更新的新时代。

目录

政要篇

两次与阿拉法特面对面

阿拉法特是中国人民熟悉的老朋友，曾 14 次访问中国，会见过毛泽东、周恩来、邓小平、江泽民等中国领导人。作为一名记者，我曾数次见到阿拉法特，其中最难忘的是 2 次面对面采访他的经历。

周总理传授经验

我首次见到阿拉法特是 1964 年。那一年，他同他最亲密的战友阿布·杰哈德一起组成了第一个巴勒斯坦代表团访问我国。阿布·杰哈德是 1959 年阿拉法特在科威特任工程师时结识的，两人志同道合，一起筹建了巴勒斯坦民族解放组织中最大的游击组织——巴勒斯坦民族解放运动（法塔赫）。

这一次，阿拉法特一行来华的主要目的是要向中国有关方面阐明自己的立场和主张，希望能得到中国的理解与同情。当他们得知周恩来总理要接见他们时，惊喜交集，简直不敢相信自己的耳朵。

与周总理会见时，他们直言不讳地告诉总理，西方国家一直把他们称作"破坏者"。想不到来华之后，竟然得到周总理的接见。总理听后开怀大笑，风趣地说："对旧世界来说，我们都是破坏者。"周总理向阿拉法特详细讲述了中国革命的经验和教训，并鼓励他们加强内部团结，依靠广大群众。

周总理的讲话使阿拉法特受到极大启发，对"法塔赫"组织产生了巨大影响。阿拉法特和他的战友们认为：中国革命经验对他们产生了积极的、正确的、深远的影响。阿拉法特在当时由他主办的《我们的巴勒斯坦报》撰文说："通过对中国的访问和革命经验的学习研究，巴勒斯坦的革命方案应该包括：第一，建立稳固的领导集体；第二，赢得人民的信任，提高人民的觉悟；第三，建立民族统一战线；第四，对压迫者开展武装斗争。"文章还对中国的长征和毛主席给予了高度赞扬。

从此，阿拉法特领导的"法塔赫"游击队员开始认真学习中国革命的书籍，特别是毛主席的《论持久战》和《愚公移山》及其他有关做群众工作等方面的书籍。

就在阿拉法特访华的第二年，即 1965 年 1 月 1 日，阿拉法特和阿布·杰哈德领导的"法塔赫"游击队打响了反对以色列占领的武装斗争的第一枪。

经过几个战役，特别是 1968 年的卡拉玛战役，阿拉法特锻炼得更坚强、更成熟了。此后不久，"法塔赫"宣布阿拉法特为该组织的正式发言人，阿拉法特从此正式走上政治舞台。

城堡内的正义呼声

1983 年底，我阅读了约旦的加利勒出版社出版的一本新书，书名为《被包围城堡内发出的书信》。该书收集了阿拉法特第一次被围困在贝鲁特时写的 92 封书信。这是他在坚持 3 个月的斗争中写成的，是第一部对斗争、牺牲、坚持和胜利的历史记载，是从火山口向他的兄弟、同志、全体战斗员、革命者发出的心声。

阿拉法特第一封信是写给整个巴勒斯坦革命的，时间是 1982 年 6 月 25 日，这一天，以色列军队从海陆空加强了对贝鲁特的巴勒斯坦游击队的攻击。

4 天后，阿拉法特发出了第二封信。从这天起，阿拉法特每天发一封信，有时甚至发两封，内容一般都是对巴勒斯坦革命形势的通报和对事态的评论。信的最后常常以一节或几节《古兰经》结尾。书信的语气根据情况和内容而异，有陈述的，有鼓励的，也有政治

报告式的。情绪时而激昂，时而忧虑。从这些信件中，可以清楚地看到，巴勒斯坦革命的前进步伐何等艰苦。

8月29日，阿拉法特发出最后两封信，信中写道："巴勒斯坦难民营的房屋被炸，30万难民和至少20万黎巴嫩人无家可归"；"贝鲁特战斗说明，我们阿拉伯民族能够抵抗一切用先进武器武装起来的力量，一切相信自己事业正义的人比任何武器都要强大。"

《被包围城堡内发出的书信》一书封面。

阿拉法特和他的武装力量离开了贝鲁特后，前往特里波利安营扎寨，他们仍是一支强大的力量，因为他们的口号是"革命，直到胜利"。

行动隐秘，采访不易

阿拉法特的行动十分隐秘，出访计划、时间和地点等事先从不向外界透露。阿拉法特自己也说："谁也不知道今晚我在哪里睡觉。我坐进汽车后才告诉司机去哪里，飞机驾驶员也只有在飞机升空后才被告知降落的地点。"

我们中国国际广播电台阿拉伯语部与巴勒斯坦驻华使馆的关系很好。1988年9月，我得知阿拉法特可能访华，便联系当时的巴勒斯坦驻华大使优素福·拉杰卜先生，看能否在阿拉法特方便的时候进行录音采访，大使答应尽量安排。

1988年10月3日，阿拉法特真的来到了北京，我立即与外交部礼宾司和西亚北非司联系，并与巴勒斯坦驻华大使拉杰卜通话，希望安排时间采访。这次阿拉法特访华仅两天，日程非常紧，既要与中国领导人会谈，又要与阿拉伯驻华使团座谈，项目很多。但总算运气不错，3日晚，外交部通知我，国际台第二天上午10点采访阿拉法特。

次日上午，我提前15分钟赶到钓鱼台国宾馆阿拉法特下榻的住地。外交部礼宾司负责人和翻译室的翻译把我领到采访的会客厅，等候贵宾到来。客厅很大，沙发足足有20张，摆成马蹄形。根据外交部礼宾司的安排，我和阿拉法特坐在中央的两张沙发上，沙发间有茶儿，可放录音机。

不一会，即10点整，阿拉法特来到了会客厅。巴勒斯坦驻华大使优素福·拉杰卜介绍了我的身份。阿拉法特握着我的手说："阿赫兰沃萨赫兰（阿拉伯语的意思为欢迎）！"站在我面前的这位中东风云人物中等身材，穿一身墨绿色军装，上衣扎在军裤内，腰系武装带，还别着一把左轮手枪，头缠黑白方格的阿拉伯头巾，左耳露出，右边的头巾一直下垂至腰间，脖子上围着与头巾相同图案的围巾，塞在军装衣领内，俨然是一位巴勒斯坦革命指挥官的形象。

大家各就各位后，我才发现客厅内人很多，在我的右侧是外交

部的几位陪同，左侧是阿拉法特、巴勒斯坦拉杰卜大使、部分随行人员和巴勒斯坦通讯社及巴勒斯坦其他新闻单位的记者。以前我采访外宾时，室内仅我与采访嘉宾2个人，有时加上外宾的陪同最多3—4个人。这一天，坐了满满一屋子人，我心情有点紧张，情绪有些激动。我试了试录音机，好让心情平静下来。

　　我知道阿拉法特的时间宝贵，不宜久留，便连珠炮似地向他提问。首先请他谈谈这次访华的目的。阿拉法特回答说："毫无疑问，我们为有机会到中国访问而感到自豪，因为我们珍惜同中国、中国领导人、中国政府、中国人民和中国共产党的亲密友谊和牢固关系。这种坚实的关系永远证明我们之间的关联在任何情况下是深刻的、坚强的。这次访问是在中东形势，特别是巴勒斯坦事业进行到重要而关键的时刻进行的，目的是就巴勒斯坦关键阶段的整个发展交换意见和共同商讨。出于这种考虑，我们进行了这次访问，这是一次对北京的快速的工作访问，期间，研究了我们面临的各种最紧要的问题。"

　　在这次采访前，阿拉法特曾5次访问过中国。当我问到访华成果时，阿拉法特说："我与中国领导人进行了重要的会晤。这些会晤是在兄弟般的积极气氛中进行的。对所提出的问题，尤其是巴勒斯坦问题和中东局势的最新发展、我们人民发动的吉祥起义、我们在南黎巴嫩的人民群众面对以色列的攻击所进行的传奇般的抵抗、在被占领的领土内我们的人民发动的惊心动魄的革命等问题达成了共识。我代表巴勒斯坦人民和巴勒斯坦领导对这一坚定的原则立场表示感谢。中国领导人已向我肯定下列长久不变的立场：中国站在巴勒斯坦人民一边，支持巴勒斯坦解放组织做出的选择，支持召开在联合国主持下、由联合国安理会常任理事国和包括巴勒斯坦解放组织与地区冲突各方平等参与的有效的国际会议。这是为了巴勒斯坦人民的民族权利，首先是自决的权利和在巴勒斯坦的国土上建立自己的独立国家。我可以自豪地说，所有的访问都取得了非常积极的成果，将对巴勒斯坦和中国的关系，对本国、阿拉伯地区和国际上产生深远的影响。"

在谈到巴勒斯坦问题时，他的语气显得坚定，他说："毫无疑问，巴勒斯坦问题是中东地区的核心问题。第一次开始受到各方越来越多的关注，尤其是美国的重视。当然，这是由于巴勒斯坦人民的坚定立场，由于这个得天独厚的起义，这种起义被认为是当代独特的人民革命，它迫使美国政府多次派舒尔茨到中东。目前，以色列面临巴勒斯坦日益高涨的人民起义，美国当局这样做就是帮助以色列摆脱困境。但是，巴勒斯坦人民起义将持续下去，直到结束以色列占领，建立以耶路撒冷为首都的巴勒斯坦国。"

阿拉法特特别谈到了中国和巴勒斯坦的关系，他说："中国和巴勒斯坦的关系历史悠久，我们特别珍惜。在这方面，我要自豪地指出，1964年，我和我的兄弟阿布·杰哈德烈士组成第一个巴勒斯坦代表团访问了中国。现在，巴勒斯坦解放组织和中国政府、巴勒斯坦人民和中国人民之间的这种关系仍然不断强大、持续发展。"

"在这方面，我必须满意地提及中国人民、党、政府和领导人支持巴勒斯坦人民的正义事业。巴勒斯坦起义是独特的人民革命，

第一次采访结束后，阿拉法特主席向作者赠送礼物。

我们至今已在被占领土地坚持了 10 个月。我要再说一遍，我们的巴勒斯坦人民将以万分感激之情牢记中国、中国人民和中国领导人在所有国际论坛和场合支持我们正义事业的一贯的原则立场。我们在这里、在中国找到了真正的朋友。"

正式的录音采访结束后，我便和阿拉法特随意交谈起来，向他介绍了中国国际广播电台的阿拉伯语广播，并感谢 1957 年阿语广播开播时几位巴勒斯坦专家的帮助，其中有一位名叫拉迪夫·艾布·加法尔，他回巴勒斯坦后担任巴解组织政治部（即外交部）总干事（即第二把手）。这时，站在一旁的巴勒斯坦驻华大使拉杰卜立即向阿拉法特介绍了这几位专家的情况。阿拉法特听后十分高兴，不时点头微笑，他为巴勒斯坦派往中国的第一批专家而骄傲。

限定的采访时间很快到了，我们不得不停止交谈。离开时，阿拉法特通过中国国际广播电台再次向友好的中国表示感谢。

谈文学，聊翻译

1996 年 6 月中旬，阿拉法特再次来华访问。这次访问虽然仅两天，但抵京后的第二天下午，他还是在百忙之中会见了中国 20 多位阿拉伯语界的专家和学者。钓鱼台国宾馆内，专家和学者围坐在一起，同阿拉法特总统一起度过了愉快而难忘的时刻。我有幸坐在阿拉法特右侧的第二个位子。

专家和学者们基本上都懂阿拉伯语，所以，交谈全部用阿拉伯语，唯独巴勒斯坦驻华大使穆斯塔法·萨法里尼在聚会开始时用中文说："欢迎我们的总统阁下与大家聊一会。"

在一片掌声中，阿拉法特总统首先讲话，他虽年近 70 岁，但嗓音浑厚，精力充沛。他说："我十分高兴与诸位见面，这将在我心灵中留下美好的记忆，在此，我向各位致意。我这次来北京，是向中国领导人通报情况，共同讨论一些问题。访问结束后，我将飞往开罗，参加在那里召开的阿拉伯首脑会议。这次会议对阿拉伯世界、中东地区乃至整个世界具有重要意义。"

总统环视了周围的与会者，便说："不要我一个人说，我们大家一起谈，有什么问题也可以提出来。"

北京大学东方学系教授、中国阿拉伯文学研究会会长仲跻昆代表与会者向阿拉法特总统在百忙中会晤大家表示感谢。他接着谈及巴勒斯坦文学："我们很关心巴勒斯坦文学动态，读过很多巴勒斯坦文学家如马哈茂德·达尔维希、萨米赫·卡塞姆、阿卜杜·拉哈曼·马哈茂德等的作品。"这时，阿拉法特指着坐在他身边的巴勒斯坦民族权力机构秘书长达伊卜·阿卜杜·拉赫曼："文学家阿卜杜·拉赫曼是他的父亲。"达伊卜站起来向大家招手致意。

仲跻昆教授说："我们很想进一步了解巴勒斯坦文学，想知道巴勒斯坦文学和诗人的近况。我们将努力把他们的作品翻译成中文。"

阿拉法特接过话题："巴勒斯坦文学家和诗人履行了他们的职责，在各自的岗位上，参与巴勒斯坦的建设。前几天，我们向他们中做出卓越贡献的人授了勋。他们不仅是文学家和诗人，而且也是战士，是英雄，受到人民的尊敬。前天，我见到了著名作家马哈茂德·达尔维希，我们商定出版一本文学杂志。"

仲跻昆教授向阿拉法特总统介绍了巴勒斯坦作家格桑·卡纳法尼的中篇小说《阳光下的人们》和《重返海法》的译者中国阿拉伯文学研究会副会长郅溥浩。阿拉法特总统听后非常高兴，并表示要加强巴中文学的交流。他告诉大家："格桑·卡纳法尼的兄弟在我们代表团内。"于是，阿拉法特就请人把格桑的兄弟马拉万叫来。郅溥浩和马拉万紧紧握手，两人见面犹如同胞兄弟久别重逢。

我也趁此机会再次向阿拉法特介绍了中国国际广播电台的阿拉伯语广播，特别是有关巴勒斯坦革命的报道、消息和歌曲等，并希望同巴勒斯坦电台加强联系。阿拉法特对中国国际广播电台重视巴勒斯坦的宣传报道表示感谢。他也介绍了巴勒斯坦广播电视当时的发展情况："我们已建立了自己的电台，可覆盖全中东地区，西亚北非的阿拉伯国家都能收听到。过去我们没有电视台，一切从零开始。

阿拉法特总统（左4）和笔者（左2）等中国阿拉伯语界的学者在一起。

现在除本土外，以色列、约旦和埃及都能收看到。"

　　大家谈兴正浓，但阿拉法特总统的下一个节目的时间快到了，我们不得不停止交谈。这时，很多人涌向总统，并向他赠送自己制作的礼物，有字画，甚至总统的半身雕像。阿拉法特总统接过礼品，以他特有的动作，不无遗憾地说："这次聚会时间太短，下次应该安排得长一些。"并表示欢迎大家到巴勒斯坦看看。巴勒斯坦民族权力机构秘书长达伊卜代表阿拉法特总统向大家发出邀请，并责成巴勒斯坦驻华大使具体安排，每次5人。阿拉法特总统插话说："可增加到10人。"阿拉法特总统对中国人民的友好之情溢于言表。他希望更多的中国人了解巴勒斯坦，更多的巴勒斯坦人了解中国，让中巴友谊的接力棒一代一代传下去。

"我们赞赏中国经验"

——访苏丹前总理萨迪克·马赫迪

自 1989 年起，苏丹不设总理一职，政府由总统直接主持。我有幸在此前采访过 1986 年 4 月苏丹举行大选后出任总理的萨迪克·马赫迪。

1987 年 12 月 21 日至 24 日，苏丹前总理萨迪克·马赫迪应中国时任代总理李鹏的邀请，访问了中国。由于访问日程安排很紧，采访时间一直难以确定。在他结束访问即将离开北京前的一个下午，外交部礼宾司通知我，同意进行采访，但只给几分钟时间。这天晚上，我前往人民大会堂等候。时任中国国家主席李先念正在会见萨迪克总理。会见结束，萨迪克总理走出会见大厅，准备进入下一个节目前，我便着急地走上前去，伸出话筒，在大厅外的走廊边进行了采访。总理还是面带微笑，简要地回答了问题。

我提出的第一个问题是：通过这次访问，他对中国的印象如何？总理迅速回答说："我的印象很好，非常积极。这次访问肯定了我们在苏丹国内时对中国发展的设想和预测。我们赞赏中国经验，对中国过去在争取解放、国家建设、进行革命、促进发展等方面取得的成就和自我批评、不断创新的能力感到震惊。所以对中国印象十分积极，达到了我们原先的设想和愿望。"

当谈到与中国领导人会见成果时，萨迪克总理说："会谈进一步确定了我们两国对世界和平、民族解放事业观点的一致性，加强和发展了两国在经济、贸易和文化各领域的合作。"

在评价中国和苏丹的关系时，萨迪克总理回顾了两国友好关系

萨迪克总理在一次会议上讲话。

的渊源，他说："我们两国已有 30 多年的友好关系，这种关系始于 1955 年亚非团结万隆会议，当时，中国总理周恩来和苏丹总理易斯梅尔·艾兹哈里进行了会晤。尽管时代在变迁，但我们的关系自开始到现在一直很好，健康发展，没有被任何事务所干扰。现在，这种关系是最佳时期。比过去任何时期更坚固，并朝着更好的方向发展。"

在谈到如何促进和发展苏丹和中国业已存在的友好互利合作关系时，萨迪克总理说，1986 年 4 月他荣任苏丹总理后便首选中国进行访问。他表示，将像尼迈里总统和中国总理周恩来等老一辈苏中领导人那样，把已经建立起来的苏中友好合作关系，在稳固的基础上，连续发展，将苏中互利合作关系继续向前推进，为巩固和发展苏中两国传统友谊和经贸关系做出不懈努力。

萨迪克总理对中国的现代化建设和经济开放政策充满信心。他说，中国领导层是"全心全意要推行"经济改革政策的，今后这种政策"还是会坚持下去，这是不可逆转的"。尽管中国的做法比较缓慢和谨慎，但是"可以理解"。

　　20 世纪 80 年代末，中东和平进程进入新阶段，各方呼吁召开中东问题国际会议，以推动巴以和谈，重启中东和平进程。就这个问题，萨迪克总理阐述了自己的观点，他认为，召开中东问题国际会议是实现和平，消除紧张和战争因素的唯一方式，必经之路。应尽快召开中东问题国际会议，有关国家、巴解组织、五个常任理事国应出席这次会议。

　　在萨迪克总理访华前不久，阿拉伯国家举行了特别首脑会议。这次会议在增强阿拉伯国家的团结方面取得积极成果。对于加强阿拉伯国家之间的团结，萨迪克总理抱以积极的态度。他认为，加强阿拉伯国家团结是人心所向，是阿拉伯民族利益所在。

　　正准备提下一个问题时，中方陪同和萨迪克总理的阿拉伯语翻译不让再继续采访了，并说，不行了，萨迪克总理还有重要活动。我原本想再提三个问题，但时间不允许，只得放下话筒，并对总理说，祝贺您这次访华成功，希望我们再次在北京或喀土穆再见！

从平民到富翁再到政坛精英

——记黎巴嫩前总理哈里里

2005年2月14日中午，黎巴嫩首都贝鲁特发生了一起针对前总理哈里里的汽车炸弹袭击事件，有"黎巴嫩重建之父"之称的哈里里当场被炸身亡。他的生平事迹成为当时世人关注的焦点。

艰难的人生苦旅

阿拉伯人在形容某人富有时往往会说，他在娘胎里嘴里就叼着金勺。但在1944年，哈里里却呱呱落地于距首都贝鲁特南部约40多公里的赛达市一个普通的穆斯林农民家庭。斗转星移，哈里里及这个家庭发生了天翻地覆的变化，从一无所有、节衣缩食、囊中羞涩，到腰缠万贯、指点江山、成就卓著。他经历了艰难的人生苦旅。

哈里里儿时，家徒四壁，没有一件像样的家什，买不起华服新衣。他说："吃的是自已摊的面饼。衣服是手洗的，烫衣是用炭烧的铁熨斗。吃饭没有桌椅，大家席地而坐，用干柴生火，起居同在一室。"

哈里里说："每当我提到这些过去的事，我都不会感到遗憾，而是与此相反，完全相反。感谢全能的真主给予我们的恩典。然后我体会和感受到那些仍然和我们以前一样活着的人，并与他们互动。这是一个根本的动力，使我总是想帮助他们，使他们能够克服日常的问题。"

拉菲克·哈里里的家是一个小家庭。哈里里说："我们家里有我、我的弟弟和妹妹。父母对我们疼爱有加,力所能及地满足我们的要求,有时还借钱支付我们的学费。严冬来到时,还得添补衣裳。"当他以优异的成绩从小学毕业时,父亲希望能给他买块手表作为奖励。但由于生活拮据,父亲无法实现自己的心愿。后来,哈里里在赛达工作,并自己买了一块手表,还是分期付款的。

20 世纪五六十年代,阿拉伯世界掀起了民族解放、反帝反殖的高潮。阿拉伯各国青年们积极参与,并肩前行,一起面对危险和挑战。哈里里也积极投身其中,参加了"阿拉伯民族主义者运动"。出国后,由于工作关系,他与组织的领导和会员失去了联系。但是,当时的国家潮流无疑是阿拉伯世界的一个重要阶段,它的足迹影响了他们一代人,热情之火久久没有熄灭。后来,一个年轻人对他说:"你们这一代人是幸运的,你们比我们这一代强。"哈里里问他:"你为什么这么说?"他回答说:"你们都抱负非凡,这种抱负源自对祖国的崇高意愿。相比之下,我们这一代只知道上网、玩电脑,何谈抱负。老一辈是那么有激情,而我们却这么空虚。"

高中毕业后,哈里里来到了从小就向往的国度——埃及学习。由于交不起学费,在开罗学习时间不长,但是结交了不少挚友。

事业从沙特起步

不久,因家庭生计窘迫,哈里里被迫辍学。一天,他在一家沙特报纸上看到一则广告,沙特急需一批教师,就喜出望外地赶到沙特驻黎巴嫩使馆,填了一份申请表,结果被正式录用。除他一人以外,其他的基本上全是巴勒斯坦人。

去沙特的初衷是想找个好的工作,同时哈里里还兼职当会计。这些事大约发生在 20 世纪 60 年代。对他来说,要适应沙特这个新社会并不困难,沙特是个保守国家,他也来自保守国家。到达沙特后不久,哈里里还在百忙中抽空前往麦加朝觐。

由于业务日臻娴熟,加之又能吃苦耐劳,哈里里深得老板赏识,

很快被公司派往首都利雅得任分公司经理。其间，他结交了众多国内外商界、金融界的朋友。后来他在承包公司工作，老板成了他的好朋友。遇见他时，总对他说"老师你好"，哈里里也面带微笑，十分谦虚。就这样，他在那里工作了五年，学习了如何做好工作、了解市场、与各种人群打交道，初步树立了待人处世的诚实品德。

在此期间，他结识了不少朋友，其中包括当时的沙特国王法赫德。他们之间的故事可以编一百个左右，但内涵很简单，那就是诚实相待。诚实品德不仅贯彻在工作中，也贯彻在政治方面。

在社会站稳脚跟后，他建立了哈里里基金会。在他创建基金会的时候，从来没有想到领导政府等与政治有关的事。当时环境很困难，教育和生活条件很差。他当时的想法是帮助人们从战争中走出来，培养后代，为重建国家出力。他相信，自己的努力一定会有所收获。事实上，哈里里基金会的 900 个成员，后来很多成为了博士，他们分布在黎巴嫩国内，甚至世界很多国家。

不忘乐善好施

经过一段时间后，哈里里注意到他的收入在增加，就业机会也在增加，所以他一直留在沙特阿拉伯。一个人从收入有限转向什么都有时，会发生什么样的情况？他是否会失去平衡？拉菲克·哈里里回答："是的。我被虚荣所打动，在所谓的财富降临时，我就失去了平衡。但是，过了六七个月，我就恢复正常了。"

哈里里回忆说："当我成为百万富翁时，我对着镜子说，拉菲克啊，你有 100 万黎巴嫩镑（1 美元 =1500 黎巴嫩镑）了，我从未想过有这么一大笔财产，但我想成功。一个人有这样的经历不容易。"

"当我被全能的上帝所尊敬的时候，我想起了那些经历过和我一样生活在困难环境的人们。我试图给予别人他们过去被剥夺的东西。我记得我捐出的第一笔钱是为了建造我年轻时读书的学校，这项捐赠大约有 30 万黎巴嫩镑。"

在贝鲁特穆斯林聚居区，哈里里基金会的一桩桩善举被广为流传，成为佳话。一次，一位女穆斯林突发心脏病，急需动手术。基金会得知她家境贫寒，无力支付高昂的手术费和医药费后，雪中送炭，拿出了1万多美元的医疗费。

在黎巴嫩内战期间，哈里里基金会捐出巨资资助数千儿童复学；捐献1200万美元的药品和食品，救济战争难民。一位青年女教师动情地说："基金会出资把我的弟弟、妹妹送入中学和大学，并出钱为他们治病。"在贝鲁特，家家户户都从他那里获得过或多或少的帮助。哈里里基金会还每年为3万多名黎巴嫩大学生和到国外留学的学生提供了助学金，其中很多留学生已学成归国，投身于黎巴嫩国家的各项建设事业。

虽然哈里里是逊尼派穆斯林，但他的慈善事业却超越了宗教和教派界限。加杉·阿瓦特是一名普通工人，他不属逊尼派，在以往的大选中也反对过哈里里，可是他同样得到了哈里里基金会的资助，这使他的几个孩子顺利地完成了学业。他心怀感激地说："哈里里不像有些高官，紧闭官邸大门，拒见百姓。他的大门永远向大众敞开。他希望听到公众的声音，大家很爱戴这位可敬可爱的总理。"

哈里里曾说："钱和友谊有何关系？有了钱是否会带来更多的朋友？现在我的许多亲密朋友都是我以前的玩伴和同窗，也是坐在一起无拘无束不用戴手套的朋友。我们见面时，他们不叫我'总理'，我也不愿意他们这么叫。他们喜欢叫我'拉菲克'或'艾布·巴哈'（意为巴哈的父亲）。如我的朋友阿卜杜·拉迪夫·夏玛，我们小时候就叫他'小阿卜杜'，如今他已60岁了，我们仍这样称呼他。"

参政遭全家反对

1992年，在《塔伊夫协定》签订后，黎巴嫩的事态变得非常困难，哈里里的名字响彻整个黎巴嫩上空。此时，时任黎巴嫩共和国总统的伊利亚斯·哈拉维，请他组阁。就这样，哈里里满足了总统的要

贝鲁特街头张贴的民众拥戴拉菲克·哈里里的大幅画像。

求，也回应了人民的意愿，但他的家人都不满意，他的母亲、妻子，没有一人赞成。哈里里是在以色列入侵黎巴嫩之后上任的，自1982年以来黎巴嫩开始进行了系统的人道主义行动，他原则上参与了几乎所有旨在制止黎巴嫩内战的倡议。

关于参政，哈里里说："事实上，参政使我蒙受损失，没有尝到甜头。最重要的损失是，由于参政，孩子们都长大了，我却没有关注他们成长，没有同他们一起度过童年。特别是小女儿，在她10岁到12岁的时候无法给予关照，一转眼她就已经成人了。"

"坦率地说，在家庭中我很爱她们，特别是两个女儿亨德和朱玛娜，还有我惟一的亲妹妹白海娅·哈里里（她是一位议员）。一天，我偶感不适，头疼、发高烧，回到利雅得家后，倒头便睡。醒来时，看到小女儿亨德正用湿毛巾敷在我额上，给我降温。反复几次，烧竟然退了。"

"我不会忘记这一幕，当我发现她坐在床附近的黑暗角落时，她双手合十，看着我。男孩也有深情，但女孩更多。"

儿时贫寒的境遇，造就了哈里里笑对困难的坚韧性格和体恤民众的宽阔胸怀，以及舍家为国的牺牲精神。他的非凡业绩和卓越成就值得黎巴嫩人民、阿拉伯社会乃至全世界渴望和平和繁荣的人们所景仰。

崇尚中国文化和历史

哈里里曾于 1996 年和 2002 年两次访问中国。在 2002 年 4 月结束在中国访问的前夕，哈里里在北京外交学院发表了热情洋溢的讲话。他说："我正准备访问中国时，读到一本托比·赫夫写的书，书名是《中国、伊斯兰和欧洲》。该书涉及这三大文明的密切关系。阿拉伯和中国首次相遇就是文明的交汇。阿拉伯人从中国那里学会了造纸术，其影响是使阿拉伯文明变成了文字和书本的文明。经过中世纪，两个民族在文化、贸易和人员交往方面建立了紧密的联系，对许多事务和问题持有共同的立场。"

"我们从小就习惯于尊重中国人民，崇敬他们的文化和历史，钦佩他们有能力摆脱殖民统治，重新统一和实现进步，直至成立中华人民共和国，成为在国际局势和当代世界秩序中一支有影响的基本力量。"

哈里里赞赏中国的和平外交政策，他说："中国的和平政策致力于建立一种在公正和国家领土完整、不用武力侵犯、不占领别国和不干涉别国内政原则基础上的世界秩序。中国的中东政策一向站在真理和正义一边，在国际场合，中国与阿拉伯国家保持团结，用各种方法帮助阿拉伯国家争取摆脱占领，其中包括小国黎巴嫩，中国对黎巴嫩一直持团结政策。"

哈里里在中国国际贸易促进委员会的午餐会上说："中国近几年来在各个领域取得了令人惊叹的发展。中国是黎巴嫩真诚的朋友，黎巴嫩为中国人民的建设成就感到高兴，对两国在各个领域的友好合作关系感到满意。黎巴嫩虽是小国，但是市场潜力大，黎中发展

2002 年 4 月 29 日，哈里里总理在北京长城饭店发表演讲。

经贸合作前景广阔，相信两国的经贸交流与合作将会进一步向前发展。"我出席了这次午餐会并聆听了哈里里的讲话，留下深刻的印象。

哈里里虽然已从我们的视野中远去很久，可是他的音容笑貌仿佛还在眼前。他那冷峻的面孔、凝重的神情、深邃温和而略带忧郁的目光，似乎仍在诉说着什么。黎巴嫩《使者报》总编努尔丁谈及前总理哈里里遇刺对国家的打击时指出，黎巴嫩似乎丧失了一片国土、部分主权、部分独立和部分民族特性……丧失了成为稳定和蓬勃发展国家的部分梦想。

述共性，展未来

——记突尼斯前总理巴库什

20世纪八九十年代和21世纪初，突尼斯前总理哈迪·巴库什数次来华访问。他不仅率领突尼斯代表团访华，而且还带领阿拉伯国家前政要与学者参加研讨会。我见过他两次，一次在北京，另一次在突尼斯。

与胡耀邦和习仲勋会谈

1985年5月，他对中国进行了友好访问，我在钓鱼台国宾馆拜会了他，并进行了录音采访。哈迪·巴库什当时担任两个重要职务：总理和突尼斯宪政党党部主席。当我回听这段录音对话时，感到特别亲切。下面是我与哈迪·巴库什的对话。

问：这是您第一次来中国吗？

答：是的，这是我第一次来中国。

问：这次访问的目的是什么？

答：我个人和我们突尼斯宪政党的兄弟一起是应中国共产党中央委员会盛情邀请，前来中国访问。

问：您对中国的访问印象如何？

答：印象很多，也很重要。在我们阿拉伯马格里布地区，认为中国是一个具有光荣文明和伟大历史地位、非常受人尊敬的国家。

这一印象通过我的访问得到证实,我们参观了重要的历史古迹。另外,我们见到了比辉煌的过去更重要的方面,那就是建设未来。在我看来,中国有计划和雄心,将在世界占据一个有声望的地位,为中国人民创造体面的生活,为中国创造更辉煌的未来。在农业领域,中国的粮食、蔬菜和肉类的产量已创下了新的纪录。

突尼斯出口磷酸盐和化肥,进口中国的小麦和棉花,从而我们摆脱了那些只用外汇进行销售的国家。这是中国农产品贸易成功的典范,是中国的胜利也是突尼斯的胜利。

问:您与中共中央委员会总书记胡耀邦和中共中央政治局委员习仲勋及中共中央有关部门官员进行了会谈,这些会谈的结果是什么?

答:我们代表团与中共中央委员会总书记胡耀邦进行了友好的交谈,双方认为,突尼斯和中国在经济、文化、卫生和人员交流方面的友好合作都取得令人满意的发展,中国共产党与突尼斯宪政党的友好关系实现了成功的发展。胡耀邦总书记向我们介绍中国党和政府制定的内政和外交政策。

我要提及我与中共中央政治局委员习仲勋交谈的情况。我们交流了两党之间的经验和共同点。第一个共同点是我们两党通过不懈的奋斗、争取民族独立和反对霸权主义的斗争,形成了牢固的关系。第二个共同点是我们过去和现在都肩负着国家复兴的重任。民族复兴面临着很多困难和挫折,要进行改革和更新。我们双方对全球问题的看法达成了一致。我们都努力维护国家主权和独立,反对外国干预,致力于维护和平。我们认为,每个国家,无论面积大小、资源多少,都具有同样的权利,各民族一律平等。我们还谈到了世界事务和马格里布地区问题,以及我们党为使有关各方对马格里布地区问题看法取得一致所做的努力。

问:我们两国之间的合作领域是什么?

答:这是突尼斯第一个高级党代表团访问中国。过去25年,曾有一些突尼斯青年代表团访问中国。两国政府通过会谈,达成共识,进行经济、政治和文化方面的合作,是南南合作的典范。我们在化工行业的合作获得了一些成功。两国签署了协议，与第三国，即科威特进行合作，在中国建设工厂，这是具有重要经济意义的大事。

问：您对两国和两党之间的合作有何设想？

答：我们两国和两党之间将确保伟大而理想的合作，并永远进行下去。

由于巴库什另有要事，我的采访只能到此结束。我祝愿他在中国生活愉快，并为促进中国与突尼斯两国人民和两党的了解与合作做出新的贡献。

参观牛街清真寺

暮春的一天上午，蓝湛湛的天空万里无云。哈迪·巴库什来到北京牛街清真寺参观。清真寺阿訇热情地接待了突尼斯贵宾，并向他们介绍了清真寺的历史。牛街清真寺是中国古老的清真寺之一，历史悠久，始建于公元996年，初为阿拉伯学者纳苏鲁丁所创建。

巴库什总理参观北京牛街清真寺。

清真寺几经扩建和翻修，成为一座完整而宏伟的建筑。牛街清真寺是中国伊斯兰传统宝库的珍宝。寺内有两座筛海坟，是前来中国讲学的伊斯兰长老之墓。墓碑刻有阿拉伯文字，苍劲有力，年代久远。清真寺还有康熙皇帝 1694 年下的"圣旨"牌匾、明代的古瓷香炉、记事石碑和已保存 300 多年的《古兰经》手抄本，以及清代的铜、铁香炉、铜锅等，这些都是珍贵的历史文物。

目前，牛街清真寺每天都有众多的穆斯林前来沐浴和做礼拜。每逢传统节日，还有大量的外国穆斯林兄弟前来同中国穆斯林一起聚礼，欢度节日。

哈迪·巴库什先生对结合传统中国木制特色与伊斯兰风格的建筑表示赞叹，对保存的精美文物非常欣赏。访问结束后，哈迪·巴库什先生与中国穆斯林一起做了礼拜。

接见中国广电代表团

1985 年 12 月上旬，中国广播电视部副部长马庆雄和中央电视台台长王枫率领中国广播电视代表团访问了突尼斯，我随同前往。

突尼斯属于地中海气候，四季如春。我们代表团到达那里时虽然是冬季，但是大家都穿中山装，没有一丝寒意。就在一个阳光明媚的中午，我们拜会了总理哈迪·巴库什。

巴库什首先畅谈突中友谊。他说，1964 年 1 月，周恩来总理应布尔吉巴总统的邀请，访问了突尼斯，并发表了联合公报，宣布建立外交关系，至今（即 1985 年）已 21 年。建交后两国合作不断加强。1985 年 6 月，中国、突尼斯、科威特共同投资兴建的位于秦皇岛的中国—阿拉伯化肥有限公司（简称中阿公司），这是当时第三世界发展中国家间最大的经济合作项目，成为南南合作的典范。

他介绍了突尼斯的工业，特别是磷酸盐的生产；农业方面，特别是橄榄的生产。我国代表团团长向巴库什表示希望加强突中之间的交流，特别是广电方面的合作，例如节目交换、人员交流等。中

巴库什总理接见中国广播电视代表团。

国广电代表团对突尼斯的访问十分圆满，不仅受到政要的接见，还签订了中突广播电视合作协议。

乐观而务实的人

——两访阿卜杜勒·萨拉姆·马贾利博士

　　约旦人阿卜杜勒·萨拉姆·马贾利博士是中国人民的老朋友，曾多次访华。1996 年 9 月中下旬，他以约旦议会代表团团长的身份参加了在北京召开的各国议会联盟第 96 届大会。

　　就在他来华前几天，我与约旦驻华大使萨米尔·纳奥利联系，提出在马贾利博士与会期间采访他。四个小时后，约旦驻华使馆回电告知，马贾利博士同意接受采访，具体时间待博士来华后再定。

笔者采访马贾利博士。

与会期间，马贾利博士作为中东和平进程的见证人，到中国社会科学院亚非研究所和北京大学做报告，我有幸受邀聆听了他在社科院的报告。马贾利博士从马德里和会谈起，谈到了约旦和巴勒斯坦组成联合代表团与以色列谈判；1992年10月，约旦和以色列就谈判议程草案达成协议；直到1994年10月底，约以双方签订和平条约。报告结束后，他又回答了大家提出的问题，特别是有关内塔尼亚胡上台后中东局势的新变化等问题。他还应我的要求讲了谈判艺术的问题，引起与会者的广泛兴趣。

报告会一结束，我就上前与马贾利博士握手致意，并约定采访时间。博士面带微笑对我说："1984年，在我担任约旦大学校长率团访华时，我们曾见过面。"我佩服博士的好记性，对12年前仅半小时的采访，他居然记忆犹新。

第一次见面

1984年深秋时节，我从北京大学东语系得知马贾利博士来华，便与有关方面联系采访事宜。我怀着崇敬的心情来到钓鱼台国宾馆。马贾利博士中等身材，微胖，高鼻梁上架着一副黑边眼镜，头发虽略变花白，但脸色红润，精神饱满。我们的话题就从来华访问开始。

1979年，马贾利第一次率团来华，停留时间较短，仅访问了北京和上海。1984年是他第二次访华，他说："这次访华的目的是了解中国近期在教育、经济和文明建设等方面所取得的进步和变化，了解中国为改善人民生活、提高科技水平、推动社会进步等所采取的措施。"他接着说："国家间的文化关系在当今时代比其他诸多关系更为重要，我们愿这种关系得到加强。"

访问期间，马贾利博士一行参观了北京大学和北京师范大学。他发现中国的大学是国立的，而约旦的大学处于国立和私立之间，在财务等方面有一定的独立性，处理和安排教务比国立大学更自由一些。他在北大和北师大都做过报告，报告结束后，同学们提出不

少问题。他感到同学们的提问很专业，颇有水平，说明他们有强烈的求知欲和良好的文化修养。

谈到中约两国大学间的合作，他认为领域很多，主要是信息交流和协作搞科研项目，也可以进行师生间的互访，双方派教师到对方高等院校讲学等。

独特的工作方法

据约旦朋友说，马贾利博士是一个务实的人，在长期工作实践中，形成了自己的工作方法。我在这次采访中提的最后一个问题，就是请他介绍自己独特的工作方法和务实作风。马贾利博士听后，哈哈笑了一声，便说："我感谢你这样的判断，我也确实在朝这个方向努力。我相信全面的观点，主张全面地看待事物，教育的问题也要全面对待。我不相信孤立的观点，不主张医学院远离综合大学，每个大学各院系应该在一个校园内。教育计划应该包括各个不同学科和专业，课程应该全面，使得学生的了解面更广。今天，我们不仅仅是与同行业的人生活在一起，而是接触到社会各界人物。每个人，无论是医生、工程师、科学家、律师或其他人，都应了解其他行业的事。我认为，教育工作者应该持全面的观点。"

他略加思索后说："有人关心事情的细节，我则重视事情的全貌。有些人看待别人比较悲观，总认为别人在没有行善表现之前是坏人，我则认为别人在没有作恶之前都是好人。"

他好像在讲人生哲理，我听得十分专注。喝口水后，他继续说："因此，我处事比较坚决。当然，我先要广泛征求同事们的意见，与他们商讨有关问题，然后再做出有利于大家的决定，并一直实施下去。成功的回馈要比长期等待和反复研究强很多。事情拖得越长，反复研究越多，干预也就越多，意志就越变越消沉。正如俗话说的'趁热打铁'，铁热的时候是软的，你得快打，时间一长，铁就变硬，就不易成型了。"

第二次采访

1996 年 9 月 20 日晚，按预先约好的时间，我提前来到了北京东郊的凯宾斯基饭店，对马贾利博士进行第二次采访。

在马贾利博士房间的门前，我先见到了约旦众议院议长的新闻顾问夏哈戴·艾布·巴克尔先生。他告诉我，博士正在做按摩，半小时后才能做完。于是，我就在楼层的接待室休息，与顾问先生聊了片刻，从他那里了解马贾利议长的个人情况。

马贾利博士 1925 年生于约旦，是三个孩子的父亲。他原本是一名医生，毕业于叙利亚大学医学院，也是在国内外享有很高威望、功勋卓著的人物。除担任过大学校长外，他还曾任卫生、教育、国防、外交大臣和首相等要职，曾被授予约旦独立奖章、约旦金星奖章和教育优秀奖章等，还获得多种荣誉称号。他的爱好是国际象棋和游泳。

这次博士来华是参加各国议会联盟大会，采访就从这次联盟大会谈起。马贾利博士说："提交大会讨论的问题有妇女、儿童、贫困

马贾利博士下榻北京凯宾斯基饭店。

和饥饿等问题。各代表团都明确表示要重视这些问题。现在，妇女和儿童在一些国家受到虐待，世界上仍然有8亿人在忍饥挨饿。可是，有人却把剩余的食品扔进垃圾桶，这是很不正常的。我们应对这些富人说，请你们关照一下贫困的左邻右舍，否则你们也将不得安宁。"

谈到这次访华和双边关系，他说："我很荣幸第三次来中国访问。中国在政治、社会、建设和贸易各方面都发生了巨大的变化。"他表示希望同中国发展关系，特别是经贸关系。

对中东前途持乐观态度

1994年10月，约以签署了具有历史意义的和平条约。马贾利博士曾率约旦代表团参与同以色列谈判和签约的全过程，谈中东问题他是权威。自以色列内塔尼亚胡新政府执政以来，中东和平进程面临危机，各方人士纷纷发表看法。在采访过程中，我特别请他就当前以色列政府立场来预测巴勒斯坦问题和阿以各方和谈的前景。马贾利博士认为，中东和平问题不仅是地区性的问题，而且是全球性的战略问题。全世界都需要和平，任何个人、任何国家都不能对和平不闻不问。他说："我是乐观主义者，相信巴勒斯坦人最终将在自己的土地上建立巴勒斯坦国，将收复东耶路撒冷。叙以和黎以和平问题将最终得以解决。我相信以色列领导人会考虑以色列的根本利益，走和平的道路。"

采访进行得十分顺利。马贾利博士不愧为外交家、教育家，回答切题，分析客观全面，使我获益匪浅。

部长（大臣）篇

忆深情厚谊，叙新闻使命

——三访阿曼新闻大臣

应阿曼新闻部的邀请，我曾四次访问阿曼。期间，有幸三次拜访了阿曼前新闻大臣阿卜杜勒·阿齐兹·本·穆罕默德·拉瓦斯。

初次拜访畅叙友情

1988 年 1 月，我第一次访问阿曼。此时的阿曼春意盎然，大地一片生机，鲜花盛开，百鸟齐鸣，好似欢迎来自远方的中国客人。

按照阿曼新闻部公共关系司的安排，拜会新闻大臣阿卜杜勒·阿齐兹·本·穆罕默德·拉瓦斯的活动安排在到达阿曼首都马斯喀特的第三天上午，在大臣的办公室进行。当时中国驻阿曼大使臧士雄先生和大使翻译张明先生（现任中国外交部副部长）参加了会见。中国大使先介绍了我的身份。

大臣穿着一身阿曼民族服饰，他满脸笑容地对我说：“首先，我十分高兴地欢迎你来阿曼苏丹国访问，这属于阿曼苏丹国与友好的中华人民共和国之间日益增长的双边合作范围。阿曼人民早在 800 年前就与中国人民有过交往。由于有这种深厚的历史渊源关系，今天我们就面临延续两个友好国家之间文明交往的责任。我们阿曼视中国为一个连接亚洲各国、直至世界的国家。”

我说：“我一到马斯喀特，就向贵部的公共关系司司长提出拜会和采访阁下的要求。令人欣慰的是，今天实现了愿望，趁此机会，

阿曼新闻大臣（左）会见中国驻阿曼大使（中）和笔者（右）。

我想向阁下提几个问题。"

　　"我们知道阿曼媒体在阿曼人民生活中发挥着重要的作用。你能解释一下这种作用吗？"

　　大臣回答说："阿曼媒体工作是伟大的缔造者卡布斯·本·赛义德苏丹陛下自 1970 年执政以来所领导的吉祥复兴运动的产物。阿曼教育的起步工作之一就是建立新闻机构，而首要的是建电台。因为广播具有广泛性，所以可以坦率地说，广播是新闻宣传之母，它向公民介绍现代的教育知识等，也把大家的观点转达给有关方面，以便在国家的计划中体现人民的意图和愿望。我不想说媒体工作参与一切，但希望媒体加强各方联络，向阿曼介绍外面的世界，让外面的世界了解阿曼。"

　　我对大臣说："中国和阿曼都是发展中国家，我们应该如何打破发达大国的新闻垄断？"

　　大臣轻轻地笑了一声，温和地说："你们说'中国是世界上的发展中国家'这太谦虚了。中国是安理会常任理事国，是人口大国、

地理大国，在世界上占有很大和重要的空间。同时，中国有古老的文明，并一直延伸到今天。中国能够继续在这方面发挥巨大的作用。阿曼珍惜中国的文化、历史和传统，重视中国的发展和在地区及国际上发挥的基本的政治作用。在与中国的双边合作方面，阿曼致力于自由与和平事业。我们认为中国正在起着关键的作用，我们赞赏这种作用。"

中国和阿曼的媒体很早就建立了关系。我问大臣阁下："您对进一步发展这种关系有何看法？"

大臣回答说："使我感到欣慰的是，阿曼和中国的第一次合作的迹象出现在两国的媒体之间。非常高兴我们已经取得了良好的成果。媒体工作本身也是政治行为，因为新闻工作一定要跟上发展形势、政治事件和双边合作，反映两国人民的合作愿望。我对新闻合作的成果感到满意，希望这种合作日益增强。"

我对大臣说："中国国际广播电台和阿曼电台之间有着密切的联系。长期以来，我们两家电台一直交换节目。您对我们两家电台加强合作和联系有何建议？"

大臣回答道："正如我在开始时说的那样，让我感到高兴的是中国国际电台设有阿拉伯语部，它用阿拉伯语向发'达特'音的人，也就是讲阿拉伯语的人广播阿语节目。我们认为，这并不奇怪，说明中国政府对阿拉伯人民的事务的关注。我们赞赏交换节目这种形式，中国国际广播电台向我们寄送《中国面貌》节目，阿曼电台向中国国际广播电台寄送《阿曼面貌》节目。我们希望中国国际广播电台能把《阿曼面貌》用中文播出，让那些不懂阿拉伯语的中国人听到这个节目，将它传送到中国所有地区。当然，我们希望这项建议不要成为沉重的负担。"

在我到达阿曼的前一个月，也就是1987年12月，海湾合作委员会国家第九届首脑会议闭幕，我便请问大臣阁下："海湾合作委员会在维护和平和经济发展方面有何作用？"

笔者采访阿曼新闻大臣。

大臣回答说："海湾合作委员会的作用随着海湾各国间的充分谅解、相互信任和对合作基本规划的认同的增长而提升。合作不仅限于海合会各国的国家层面，而且还包括个人之间的往来，使各国在海合会组织的框架内得到繁荣发展。海湾合作委员会是伊斯兰会议组织的成员，而伊斯兰会议组织包括所有伊斯兰世界各国，我们与所有穆斯林兄弟合作。我知道在中国境内有很多穆斯林，我们向他们表示敬意，十分赞赏中国非常关心本国的穆斯林。我们呼吁国际社会加强合作，让各个地区不同政治倾向和宗教信仰的人和平与稳定地生活在这个地球上。"

1988 年，伊朗和伊拉克实现了停火，两个穆斯林邻国开始了谈判。大臣在谈到阿曼在这一事务中的作用时说："阿曼苏丹国通过海湾合作委员会理事会成员国和整个国际社会，起到了力所能及的一定的作用，使伊朗和伊拉克之间恢复和平与安定。"

大臣还谈到了巴勒斯坦问题："1987 年，世界目睹了巴勒斯坦全国委员会会议在阿尔及利亚举行，并发表了巴勒斯坦国宣言。在

此，我们高度评价中国承认巴勒斯坦国，并全力支持自由与和平的事业——巴勒斯坦事业。”

第一次采访超过了三刻钟。最后，我对阿卜杜勒·阿齐兹·本·穆罕默德·拉瓦斯大臣说：“非常感谢您的会见和有价值的回答。我非常荣幸地接受你们新闻部的邀请，前来阿曼访问。今天，我们在马斯喀特见面，我希望不久的将来能在北京重逢，为友谊服务，为增进我们两国人民之间的相互了解做贡献。”

大臣阁下说：“谢谢你精微的语言和深刻的表达。你的阿拉伯语讲得十分流利，我爱阿拉伯语，说真的，我也爱听别人讲一口地道的阿拉伯语。我愿通过你的话筒，转达我对中国人民的友好问候，也向中国国际广播电台的听众致以美好的祝愿，希望中国国际广播电台在全球范围内发挥应有作用。我们深信，中国作为联合国安全理事会常任理事国，将会持续不断地支持自由和平的事业。我们希望您在阿曼苏丹国生活愉快。我们期待与您和来自你们这个友好国家的官员进行更多的接触。谢谢！”

第二次采访在机场进行

1989年12月中下旬，我第二次访问阿曼，这次访问有两大任务：采访在阿曼首都马斯喀特举行的海湾合作委员会国家第十届首脑会议和杨尚昆主席访问阿曼活动。除这两大计划外，我自己还有一个打算——再次采访新闻大臣。

一到马斯喀特，我便向阿曼新闻部公共关系司司长提出采访大臣的要求。司长答应尽量安排。几天过去了，仍无音讯。于是，我直接去新闻部，再找公共关系司司长。他说：“我再与大臣秘书联系一下，有无可能。”大臣秘书回答说：“大臣正在开会，请稍等。”好事多磨，再等吧！从上午十点，一直等到下午两点半（阿曼国家机关全天工作的下班时间），足足等了四个半小时。最后，大臣秘书说：“今天见大臣不可能了，以后再安排吧！”

52

新闻大臣那几天确实忙得不可开交。要在办公室见他不现实，只得另找机会。几天后，即 12 月 26 日的下午，中国国家主席杨尚昆将抵达马斯喀特，在机场要举行欢迎仪式，我想在那里也许能见到新闻大臣拉瓦斯。

在杨主席到达的当天，我作为中国记者被允许进机场采访。在驱车前往机场的路上，见到成千上万的阿曼人民在街道两旁挥舞着两国国旗，热烈欢迎中国国家主席杨尚昆到阿曼访问。在机场的入口处，还有庞大的鼓乐队，场面十分壮观。

进入机场，我环视四周，突然发现在欢迎杨主席的阿方领导人的行列中有新闻大臣。太好了，机会难得，眼看杨主席还未到，我便背着录音机，手持话筒，快步走上前去进行采访。警卫人员见此情况，立即上前阻拦，但新闻大臣主动向我招手，要我过去。我走到跟前，先向新闻大臣表示歉意。大臣面带微笑地说："欢迎你，请抓紧时间。"

我便快速地提了两个问题。第一个问题是：中华人民共和国主席

笔者在马斯喀特机场转播欢迎杨主席实况。

访问阿曼的意义是什么？大臣回答说："这对卡布斯苏丹领导的阿曼政府来说，是欢迎中华人民共和国第一位主席访问阿曼的好机会。也是中国和阿曼两个友好国家人民之间友谊的体现。我们阿曼政府和人民欢迎中国国家元首访问阿曼。我们期待访问取得积极的成果。"

我提的第二个问题是：大臣阁下，您对我们两国关系有何评价？大臣回答道："阿曼苏丹国和中国之间的关系是基于相互尊重、不干涉内政和共同受益的基础之上。从这点出发，我们希望两个友好国家之间的关系牢固，交流繁荣。前几天第十届海湾合作委员会峰会闭幕，阿曼是这届峰会的主席国。所有海湾国家期待中国主席的访问能为海湾国家和中国的对话、合作和相互理解做出贡献。"

由于飞机降落的干扰声太大，新闻大臣的回答没有听得十分清楚。原计划还准备采访外交国务大臣阿拉维先生，后因时间太紧只得放弃。

新闻部的陪同见到我非常成功地报道了在机场举行的欢迎杨尚昆主席的仪式和现场采访新闻大臣，并于当天把消息和录音采访发回北京，十分高兴。此后，他们积极和我配合，并主动提供线索，采访上了阿曼外交国务大臣、次大臣和工商大臣等。阿曼驻华大使穆希塔格亲自开车陪同我去见国家发展委员会秘书长（大臣级），并在家中进行了采访。

采访即将结束时，阿曼驻华大使和阿曼新闻部的陪同对我说："你是最活跃的记者。"

第三次见面谈心聊天

4月份，阿曼开始进入夏季，气候变热，外国旅游者连续不断来到这里观光、度假。应阿曼新闻部的邀请，1995年的这个时候，我第三次踏上这片美丽的大地。

访问日程十分紧凑，新闻部公共关系司安排了各种参观访问，还对5位要员进行采访：两位政府大臣、两位次大臣和工商会会长。

抵达首都马斯喀特后的首要活动项目是拜会新闻部的老朋友——新闻部次大臣、新闻部新闻总局局长、公共关系司司长和接待处的几位老朋友。我向他们介绍了中国改革开放的情况、中国的新闻机构、中国国际广播电台和阿拉伯语广播以及听众的分布情况等，同时也谈到我再次来到阿曼的印象。

采访的第一位政府要员当然是新闻大臣。过去曾采访过他两次，6年后再次重逢，显得格外亲切。拉瓦斯大臣依然那样精神抖擞，谈笑风生。我对大臣说："这次是我第三次访问阿曼，也可能是最后一次访问阿曼了。以后要让年轻的记者来阿曼看看。"大臣笑着说："我们非常高兴地第三次接待您。您的阿拉伯语讲得那么标准，令我钦佩和高兴，我非常爱听。年轻人可以来，您更应该来。您的到来说明我们两国的关系十分融洽，欢迎您第三、第四、甚至第五次来阿曼访问。"

大臣接着把阿曼苏丹国与中国的交往追溯到许多世纪以前。他说："早在伊斯兰历8世纪，阿曼航海家艾布·阿比德·阿卜杜拉·卡西姆驾船到达中国的海岸。艾布·阿比德是到达中国的第一位阿拉伯航海家，他驾的帆船是到达中国的第一艘阿拉伯船。我们阿曼人十分珍惜这段悠久的历史。"

话题转到两国新闻界的关系，大臣说："根据卡布斯苏丹政府的指示，我们积极发展这种关系，以便兄弟的中国人民了解阿曼。一方面我们要加强新闻交往，另一方面也要增加经济往来，使两国和两国人民共同受益。"

阿曼政府十分重视历史古迹、民族遗产、传统文化，注重在青年一代中进行传统教育。所以，成立了民族遗产和文化部。在阿拉伯世界，还没有一个国家设一个部来主管民族遗产。

当问及阿曼新闻媒体如何加强爱国主义和民族传统教育时，大臣说："我们新闻媒体十分重视阿曼的悠久历史。1994年，阿曼新闻部和阿拉伯历史学家联合会合作举办一次研讨会，有80多位历史学家与会。会议决定编写一本阿曼史，书名为《历史上的阿曼》。

阿拉伯历史学家聚在一起，举办如此规模的讨论会来编写一个阿拉伯国家的历史，这在阿拉伯世界是首次。我们将用阿拉伯语和英语两种文字出版，现在正在赶印中。"大臣继续说："我们阿曼新闻工作者，就如卡布斯苏丹领导的工作队，他们在从事一项振兴阿曼的巨大工程。他们利用阿曼的人力、经济、环境和社会资源，采用阿曼传统的方式进行工作，发挥自己的教育作用。"

接着，大臣谈到了阿曼新闻工作者的使命，他说："新闻的使命首先是从思想和内容着手。完成这个使命要与阿曼人民的传统相结合，使其从内容和风格上都具有鲜明的阿曼、阿拉伯和伊斯兰特色。"

当我 6 年之后再次到达阿曼时，发现阿曼发生了很大的变化，尤其在实现"阿曼化"方面取得了巨大的成功。各机构和各部门中土生土长的本国人数量增加了。我曾三次下榻的马斯喀特五星级的洲际饭店的高层管理人员，6 年前，绝大部分来自美国、英国和法国，饭店的服务人员基本上是印度人、巴基斯坦人和一些东南亚国家的人。如今情况大不相同，接待人员很多是阿曼人。

20 世纪 90 年代以来，阿曼各部门、各行业在"阿曼化"方面都制定了规划，举办各种干部和技术培训班，逐步增加本国人，替代外籍人员。电台和电视台的外籍人员已很少了，很多部门已百分之百是阿曼人。广播电视节目中的国产的数量有所增加。谈到广电节目的"阿曼化"，拉瓦斯大臣说："节目的'阿曼化'已取得了可喜成果，广播电视技术方面的'阿曼化'也走过了一段路程，成绩令人骄傲。但有些技术问题还需要一段时间积累经验，以便更好地利用广播电视的高科技。"

阿曼人性格朴实，待人诚恳。他们有自己的生活方式，既适合时代的发展，又不失传统习惯。尽管他们与世界各地的人交往，但依然穿着传统的民族服饰。谈到这一点，新闻大臣自傲地说："一个热爱自我，并具有很强免疫力的人是不会受任何诱惑所感染。这就是今天的阿曼人。"

交谈即将结束，这时，我送给他几件中国纺织工艺品，他送给我一把阿曼腰刀。众所周知，阿曼的腰刀非常有名。阿曼有很多传统商品，包括金银首饰、铜制品、椰枣、精美地毯、围巾和香水等，但对男士来说，阿曼的腰刀最具吸引力。我每次到阿曼都要买上几把小腰刀，带回国内，送给亲朋好友，他们见到这样的赠品都爱不释手。在阿曼，凡是正式场合，如各种集会和节庆活动，所有男子，无论国家元首政府大臣，还是普通百姓，都得佩带腰刀（阿拉伯文为汉杰尔）。腰刀是阿曼男士服饰中最重要的部分，是珍贵的民族文化遗产，是阿曼男性威严勇敢和战无不胜的标志。

我从阿曼的一些书籍和报章杂志中了解到，腰刀业是阿曼制银产业的一部分，它已有几百年的历史。截至目前，这种行业蓬勃发展，应用多样。阿曼内地和一些地区生产的腰刀非常有名，前景广阔。一位销售银器的专家说："这个行业在阿曼的出现与人们的信仰和迷信相关，人们总想通过咒语或法术和金银制成的护身符，以保护自己免受可能会遇到的嫉妒和邪恶。很久以来，人们认为，银子有一种特别的功能，可免受邪恶的侵扰。所以，制银产业变得十分神秘。在人们的心目中，黄金与太阳相连，银子与月亮连接。因此，制银产业成为阿曼从事的最重要的产业之一，而且出现了大量多才多艺的技师。"

我对新闻大臣说："这礼物太珍贵了！以前，我在市场上买过一些小的。"大臣说："尼兹瓦市是制银业中心，那里腰刀很多。"我回答说："我参观访问过多次，还认识一些银店的店主。"拉瓦斯大臣最后说："愿我们不久的将来在马斯喀特或北京相会。联系我们两国的空中飞毯将越过重洋，飞向彼岸。"

话互补，讲结伴

——访沙特商业大臣乌萨玛·法基

沙特商业大臣乌萨玛·法基于 1998 年 6 月初，率领庞大的商贸代表团访问中国。

首访穆斯林兄弟

代表团一到北京，乌萨玛部长阁下和代表团成员就拜访了中国伊斯兰教协会。协会副会长兼秘书长谢赫·穆罕默德·哈纳菲·宛耀宾会见了他们并简单介绍了中国穆斯林的情况。他说："公元 651 年，伊斯兰教就进入了中国。在中国 56 个民族中，有 10 个民族信仰伊斯兰教，全国穆斯林达 2000 多万。在中国，有 3 万 4 千多座清真寺。在中国政府的宗教信仰自由政策指引下，中国穆斯林积极完成各项功课，生活安康。"

乌萨玛部长对这次访问中国伊斯兰教协会十分满意，在回到宾馆后，他满面笑容地对我说："伊斯兰教在 1000 多年前就传入了中国，这证实伊斯兰教的伟大。我们访问中国的第一个目的是看望我们的中国兄弟，沙特兄弟十分赞赏和尊敬中国穆斯林兄弟。"

百分钟会谈

代表团到京的第二天，沙特商业大臣乌萨玛·法基与中国外经贸部部长石广生举行了会谈。下午2点，沙特代表团来到外经贸部大厦（即现在的商务部大厦）。我作为沙特通讯社驻华记者首次参与了这样会谈长达100分钟的报道。

石广生部长说："中沙两国经济互补性强，双边贸易

沙特商业大臣乌萨玛·法基（右2）与中国外经贸部部长石广生（左3）举行会谈。

合作关系有着广阔的发展前景。中国愿在平等互利的基础上发展和扩大与沙特阿拉伯的双边贸易合作关系。近年来，中沙双边贸易有较大的发展，进出口基本平衡。沙特已成为中国在西亚、北非地区最大的贸易伙伴。中国人均资源较少，沙特是资源大国，中国愿意扩大从沙特的进口，也愿意与沙特合作，加强资源开发。"

"我想就双方合作提出一个建设性的建议：双方可共同努力，在未来的两年或三年，甚至五年内，把两国间的贸易额增加到50亿美元。我认为，这个数字是能够达到的。中国可以向沙特出口价廉物美的日常用品，中国愿意同沙特在承包工程、劳务和投资领域进行合作。我们希望沙特到中国投资，我们也鼓励中国企业家到沙特投资。"

沙特商业大臣乌萨玛说："从两国之间的友好关系出发，我们想同中方研究一些合作问题。我们必须努力扩大贸易领域，不只是在石油领域，而且可以扩展到其他新的领域，首先是石油化工，虽然已出口了一些产品，但数量不大。其次是矿产领域，第三是电力领域，还有技术规范和标准领域方面的合作。我们呼吁中国方面参与沙特这些领域的建设，充分利用这些商机。"

1998 年，中国和沙特都不是 WTO 的成员。石广生部长说："这使 WTO 缺乏世界性。中国加入 WTO 的立场是以发展中国家的身份加入，坚持权利与业务平衡的原则。在此方面，中沙可互相支持，互相合作，互相学习，互相协调。"

会谈结束后，我对乌萨玛部长进行了简短的采访，请他谈谈这次会谈的重点。他高兴地说："我和我的同行中国外经贸部部长讨论了当前两国的贸易和经济合作关系，分析了目前和未来可能进行的合作。我们回顾了贸易的平衡问题，当前的双边贸易对中国有利，我们必须努力解决目前的贸易赤字。中国的市场很大，沙特可以增加对中国的出口。沙特自然条件优越，可投资建立联合企业。这就是我们会谈讨论的中心议题。我们达成了共识，并决心一起努力，为实现共同的目标而奋斗。总之，我们愿同中国建立真正的伙伴关系，以实现共赢，因为这是两国建立持久的伙伴关系唯一有效的手段。"

我向大臣提出一个问题：石广生部长在会谈中建议两国之间的贸易额在两三年、甚至五年内提高到 50 亿美元。对这个建议，您有何看法，认为可以达到吗？大臣回答道："部长的这个建议是在我们向中方介绍情况后提出的。我们详细介绍了沙特阿拉伯的复兴和产业、出口的能力及在沙特的投资机遇和优越条件等。经我们解释和介绍后，部长阁下便提出了上面的建议。我认为，通过坚持不懈的努力和认真细致的工作，这个数字能够达到。这个目标有利于沙中双方在互利、平衡和平等的基础上发展关系。我们知道中国市场很大，潜力非凡。沙特企业家也参加了这次会谈，他们听后深受鼓舞，这些企业家他们能量很大。"

关于中国和沙特阿拉伯加入世贸组织，沙中双方如何携手共同解决这个问题？他回答说："我希望当前中国和沙特阿拉伯加入世界贸易组织这个问题，能通过谈判得到解决。我认为世界贸易组织具有真正和普遍的世界性，不能把庞大的经济体，如中国、沙特阿拉伯和其他国家拒之门外。这涉及世界贸易组织成员国和愿意加入该组织的国家的共同切身利益。我还希望，当前的谈判能提出合理的

以沙特商业大臣乌萨玛·法基（右3）为首的沙方代表团。

条件，照顾各方的利益，使世贸组织具有强烈的吸引力，能满足要求加入该组织国家的愿望。

会见多位政要

　　代表团在北京最重要的活动是拜会李岚清副总理。大臣对这次会见十分满意。他说："拜会副总理卓有成效，我们向他介绍了近两天来与中国各位部长交谈的情况，讨论了如何加强与发展中国与沙特的经济、贸易和投资方面的关系，特别是如何增加中国从沙特进口原油、石油及石化产品等，努力提高贸易额，保持贸易平衡，实现互利共赢。我们还谈及了在沙特阿拉伯投资机遇的问题，沙特欢迎共同投资，尤其是先进技术投资。李岚清副总理向我们介绍了中国的改革开放政策，希望两国加强双边合作和贸易交往。我对李岚清副总理说，欢迎中国参与联合企业的建设，我们要借鉴中国在这方面的技术经验。当然，这些想法需要两国专家的深入研究。"

中国财政部长项怀诚会
见乌萨玛大臣。

大臣在京期间还分别会晤了国家发展计划委员会主任曾培炎、财政部长项怀诚和中国石油化工集团公司总经理李毅中。

"中国是个好地方、好市场"

在代表团即将结束对北京的访问时，我对沙特商业大臣乌萨玛进行了采访。在展望沙中经贸合作时，他说："我们与中方就很多问题进行了研究，谈到了加强目前的合作。我们也把目光朝向未来，两国都有好机会和非常大的潜力。只要我们真正做到互利，建立真正的伙伴关系，这些机会就会变成现实。"

乌萨玛大臣谈及这次访华对中国的印象："事实上，我们过去知道很多有关中国的事。但这次访问加深了我们这样的信念：中国未来的发展和开放的舞台非常大。中国有众多的人口、古老的文明、悠久的历史和广阔的市场，这些积极因素，使得中国成为一个好地方、好市场，对所有与中国友好的国家来说都具有强烈的吸引力。我们也知道，中国经济开放和发展需要朋友，需要市场，需要经验。我们愿伸出合作之手，为实现共同的愿望而努力，祝中国在经济开放进程中取得成功。"

代表团离华后那几年，笔者一直关注着中沙贸易额的增长。期待五

笔者采访沙特商业大臣乌萨玛·法基。

年内，即 2003 年前完成 50 亿美元的指标。据联合国统计署贸易数据库数据整理计算，2002 年中沙贸易额就达到 51.07 亿美元。再据中方公布的数字，2001 年，中沙双边贸易额为 40.7 亿美元，2002年为 50.15 亿美元。虽然两个机构公布的数字不完全一致，但令人欣慰的是，统计数字都说明 2002 年即四年后中沙双边贸易额就达到了 50 亿美元，属于提前完成目标。又据沙特国家统计局统计，2002 年，中沙贸易额为 46 亿美元；2003 年，为 66 亿美元，远超 50 亿的指标，属于按期超额完成，值得庆贺。

向中国敞开大门

——访阿尔及利亚高教科研部长阿布巴克尔·本布齐德

　　为促进中国与阿尔及利亚多领域的合作关系，中阿两国政府于1982年签订了关于成立"中阿经济、贸易和技术合作混合委员会"的协议。1985年，混合委员会在阿尔及利亚首都阿尔及尔召开第一次会议。1996年，在北京召开第四次会议，率领阿尔及利亚代表团出席会议的是阿高教科研部长阿布巴克尔·本布齐德。就在会议结束后，通过当时的阿尔及利亚驻华大使阿明·胡尔比介绍，我采访了阿布巴克尔·本布齐德部长。

　　我首先请阿布巴克尔部长介绍这届经贸混合委员会的情况。部长说："本届经贸混合委员会由我和中国对外经济贸易合作部部长吴仪共同主持，它对两国经贸关系的发展具有重要意义。我们双方都希望两国经济方面的合作能像政治领域一样得到蓬勃发展。我们感到两国的经济关系还没有达到政治关系的水平，我们两国的政治关系是一个典范，经济关系也应该达到这一水准。"

　　"本届混合委员会讨论的问题很多，其中包括经济合作，贸易往来，经验、人员和公司交流，社会、文化和科技等方面的合作等。我想再次强调，阿尔及利亚的大门是向中国兄弟敞开的。我们已做好充分准备，欢迎中国投资者到阿尔及利亚各个领域进行投资，我们在政策和法律方面提供了保证。阿尔及利亚政局稳定，经济发展，生活安定，各政党间广泛协商和对话，国内形势越来越好。"

笔者和阿尔及利亚高教科研部长（右）及阿尔及利亚驻华大使（左）合影。

我问部长：阿尔及利亚向中国出口哪些产品？从中国进口哪些产品？部长爽快地回答："我们向中国出口的商品包括磷酸盐、石油和其他中国所需的产品，从中国进口的商品有纺织品、服装、食品、茶叶等。过去，我们购买一些中国商品是通过邻国，如法国和意大利等国。现在，我们不必通过第三国，可以直接从中国进口所有商品。"

在谈到双方经济合作的主要方式时，部长说："现在，我们两国都实行市场经济，我们应向所有企业开放，不管是国有的，还是私有的。参加混委会的阿尔及利亚官员中，也有私营企业的代表和投资者。我们之间的合作与交流包括三个方面：第一是商品交流，第二是两国公司和企业的合作，第三是建立私有或国有的合资企业。"

我向部长请教，中国可以投资阿尔及利亚的哪些领域？他说："中国可在阿尔及利亚投资的项目很多，例如医疗卫生方面。中国可以投资设立独资公司，也可与阿尔及利亚合作建立合资公司。我们急需医药，希望中国方面尽快参与，进一步加强医疗卫生领域的合作。"本布齐德部长感谢中国医疗队在促进阿尔及利亚医疗卫生事业和两国友

笔者采访阿尔及利亚高教科研部长。

好关系方面做出的贡献。阿尔及利亚独立以后，法国殖民主义者几乎把原在阿尔及利亚的所有技术人员都撤走了，其中包括医生和教师，留下的是一个烂摊子。就在这种情形下，一支由20多名中国医生组成的中国医疗队，于1963年4月分两批从北京来到阿尔及尔。长年来，中国医疗队对阿尔及利亚医疗卫生的发展做出重大贡献，中国医疗队被认为是两国友谊的象征。

部长继续介绍道："我们磷酸盐的储量很大，希望中方在阿尔及利亚投资建磷酸盐厂。中国还可以投资建设宾馆饭店，也可以和阿尔及利亚合资共建。在纺织业方面，中国也可以投资建纺织厂、成衣厂。中国还可以通过阿尔及利亚到欧洲邻国投资，占领欧洲市场。"

坐在一旁的阿尔及利亚驻华大使阿明·胡尔比插话："阿尔及利亚北部是平原和山地，南部是大片沙漠，面积约190万平方公里，占全国土地的4/5。阿尔及利亚境内河流很少，降雨量不大，故水资源十分贫乏。"大使强调，在水资源方面，阿中双方应长期合作，希望中方能帮助阿尔及利亚建设水坝等设施。

部长说："阿尔及利亚也很想在中国投资，特别是通过私人参与投资。每年有大批阿尔及利亚人参加广州出口商品交易会，他们不断观察中国市场，确定投资意向。"

　　阿布巴克尔先生身为负责高教和科研的部长，更关心阿尔及利亚和中国在高等教育方面的合作。

　　谈到两国高教和科研合作，我深有体会。中国与阿尔及利亚有着传统友好关系。1958 年 9 月阿临时政府成立后，中国即予以承认。同年 12 月 20 日，两国建交。不久，两国在政治、经济、军事、卫生、文化和教育等领域的友好合作关系全面发展。与此同时，阿尔及利亚接纳了第一批中国留学生，学习阿拉伯语和法语。这批学生毕业后分配到中央直属机构，其中有中国国际广播电台、新华社和《人民日报》等。至于阿尔及利亚在华留学生，在我认识的阿尔及利亚朋友中，有几位是中国高校毕业的留学生、研究生和博士生。他们有的成为中国问题和中东问题的专家，有的在中国新闻机构工作，成为阿拉伯语专家，有的还参与中央电视台阿拉伯语频道的部分节目，当主持人、播音员和嘉宾等。

　　阿布巴克尔部长希望双方在高教和科研这两个领域加强人员交流，特别在高等教育合作上能取得新成果。

　　两个月后，他又率领阿尔及利亚高教科研代表团访华，与中方签署了《中阿高教科研合作 1997—2001 年执行计划》，为推动中阿高教和科研合作做出了贡献。

密切与中国穆斯林的沟通

——访摩洛哥宗教和伊斯兰事务大臣阿卜杜·凯比尔·阿勒维·马德加利先生

　　1988年11月1日，是中华人民共和国和摩洛哥王国建交30周年。在这美好的日子里，由摩洛哥宗教和伊斯兰事务大臣阿卜杜·凯比尔·阿勒维·马德加利先生率领的摩洛哥伊斯兰代表团访华。

　　摩洛哥伊斯兰代表团到达北京后，我多次与中国伊斯兰教协会联系，商讨和确定采访代表团的事宜。一天后，伊斯兰教协会回答说，代表团在中国的访问日程很满，单独安排采访时间不太可能。协会决定把采访安排在北京人民大会堂，时间在全国人大常委会副委员长赛福鼎·艾则孜会见代表团之后。

　　根据安排，我来到了人民大会堂，参加了赛福鼎副委员长的会见。

赛福鼎副委员长会见摩洛哥宗教和伊斯兰事务大臣阿卜杜·凯比尔·阿勒维·马德加利先生。

采访摩洛哥宗教和伊斯兰事务大臣阿卜杜·凯比尔·阿勒维·马德加利先生。

一小时后，会见结束，代表团成员在会见大厅外稍事休息。这时，大厅里一片宁静。厅内仅剩大臣、大臣秘书、中国伊斯兰协会国际部主任和我四人。我便取出话筒，坐在大臣的旁边，对他进行了采访。

问：这是您第一次来中国吗？

答：没错，这是我第一次访问中国。

问：这次访问的目的是什么？

答：这次访问的目的是加强两个友好国家之间的关系，特别是在宗教方面的关系，包括交流信仰自由和关心宗教事务的情况，了解中国政府处理国内各宗教的英明政策等。

问：中方为你们这次访问做了哪些安排？

答：这次访问包括会见一些中国官员。部分会见已经进行，例如，已见到了中国宗教局局长和中国伊斯兰教协会会长，今天，又见了中国全国人大常委会副委员长赛福鼎·艾则孜。其他会见和访问将在未来的日子里进行。我们还将访问这个高贵国家的一些地区，以便了解那里的情况。

问：您对中国的印象如何？

答：我对中国的印象非常好。我原来想象中国一定是一个伟大的国家，热情好客，景色美丽，现在发现果真如此。

问：您与中国穆斯林兄弟接触过吗？

答：是的，接触过。在摩洛哥，中国兄弟曾经拜访过我们。在摩洛哥国王哈桑二世陛下主持的斋月研讨会上，曾有一些中国兄弟访问过我们。哈桑二世国王亲自接见了他们，他们也出席过一些摩洛哥举办的伊斯兰国际会议。这些都是我们与中国穆斯林见面的场合，今天仍然保持这样的联系和接触。

问：您发现他们的情况怎样？

答：他们的情况非常好。今天我们参观了一座清真寺，很大，是中国最古老的清真寺之一。寺院和手写书籍得到了很好的保护。

问：你们对中国穆斯林的印象如何？

答：说真的，我们以前对中国穆斯林的印象与今天见到的没有什么两样。因为穆斯林毕竟是穆斯林，本色没有发生改变。今天我们所见所闻的穆斯林享有信教自由，与所有伊斯兰国家的兄弟们保持联系。这些，伊斯兰世界有目共睹，表示满意。

问：你们已经会见了中国全国人大常委会副委员长赛福鼎·艾则孜和其他有关方面的领导，会见有哪些成果？

答：结果很圆满。就宗教领域而言，从加强个人互访和接触，到两国有关单位的合作，已达成初步协议。这点非常重要，定会产生良好的结果，愿真主保佑。

问：您认为中国穆斯林与阿拉伯穆斯林，特别是与摩洛哥穆斯林之间的友谊和合作关系如何？

答：我参加过许多伊斯兰会议，会上见到很多中国穆斯林代表。但这样的会议通常是一晃而过，没有继续接触和持续磋商，也没有专注于某种合作。这就是为什么摩洛哥要密切与中国穆斯林的接触，并形成未来持久的合作形式。这是我们两国发展广泛关系的共同愿望。发展宗教方面的关系只是摩洛哥与中国诸多关系中的一个方面。

记者：几天前，我们庆祝中国和摩洛哥建交 30 周年。最近，摩洛哥宪政联盟党代表团访问了中国，现在，中国又荣幸地接待您和您率领的代表团。这恰恰说明我们两国的友谊随着时间的推移不断发展。我们希望您的访问将进一步加强这种友谊，促进两国的合作关系永远持续发展。谢谢！

大臣：感谢您给我这个机会，向中国人民致敬！

"他们享有充分的宗教信仰自由"

——访科威特宗教基金和伊斯兰事务大臣哈里德·艾哈迈德·吉萨尔

1988年10月下旬,科威特宗教基金和伊斯兰事务大臣哈里德·艾哈迈德·吉萨尔先生应中国国务院宗教事务局的邀请来华访问。大臣到北京后,我立即与宗教事务局联系,商讨采访事宜。但采访并不顺利,费尽周折。因大臣访问日程很满,当时的接待单位——宗教局对外联络部门的负责人对我说,现在一时无法安排采访时间。最后几经商洽,采访定在人民大会堂,国家领导人接见后进行。

进人民大会堂采访并非易事,参加国家领导人会见活动就更难。幸亏自1983年起,我被任命为中国国际广播电台时政记者。根据规定,新华社、中央电视台、中央人民广播电台、中国国际广播电台和中国新闻社五家新闻媒体的时政记者可采访国家领导人在人民大会堂、中南海、钓鱼台国宾馆的会见和其他外事活动。当时,五家新闻媒体的时政记者的姓名都在这三处要地的保安部门记录在册,一到门口,报一下名字即可进入。

在北京最美的金秋季节,一个阳光明媚的上午,全国人大常委会副委员长赛福鼎·艾则孜在人民大会堂江苏厅会见了科威特宗教基金和伊斯兰事务大臣哈里德·艾哈迈德·吉萨尔。赛福鼎副委员长向客人们介绍了中国信仰伊斯兰教的10个民族、中国的民族和宗教政策以及改革开放初期中国的经济状况,并就如何进一步加强两国人民和穆斯林的友好合作与哈里德大臣进行了亲切交流。

笔者采访科威特大臣哈里德·艾哈迈德·吉萨尔。

　　会见结束，代表团团员离开江苏厅。大臣留下稍事休息后，就在会见厅内接受我的采访。首先，我代表国际电台阿拉伯语部向大臣表示亲切的问候，接着简单地介绍国际台阿拉伯语广播情况，然后进行了如下采访。

　　记者：这是否是您第一次访华？

　　大臣：奉普慈特慈的真主之名，我感谢你的这次采访。这是我应中华人民共和国宗教事务局局长的邀请，第一次来中国访问。鉴于我们之间的友谊、经贸合作和良好关系，我们选择了合适的时候，接受了这次邀请。

　　记者：访问期间，您到过哪些城市，对中国的印象如何？

　　大臣：我首先访问了北京市，第二个城市是河北省的沧州市，然后是天津市，会晤了当地许多负责人，感谢他们给予我的热情欢迎和殷勤款待。我还与当地很多穆斯林兄弟进行了接触，发现在现有的制度下，他们享有充分的宗教信仰，履行自己的宗教功课，心情非常愉快。在访问这些城市的时候，我还见到不少穆斯林学者负责人。

记者：您接触到了中国穆斯林兄弟，是吗？

大臣：是的。我们向他们表示，科威特已做好准备，在宗教方面，在有关伊斯兰事务的所有方面，愿同他们进行合作。他们十分乐意进行这样的合作。这次，我们带来了《古兰经》，并把一部分赠送给了他们。在这以前，我们在科威特也给他们的清真寺邮寄了大批《古兰经》。

记者：听说，您和中国一些领导人和有关部门负责人进行了几次会晤，结果如何？

大臣：我会见了一些负责人，谈话围绕在宗教交流方面，这种交流通过连接科威特国和中华人民共和国良好关系，特别是经贸关系来实现。在穆斯林享有宗教信仰自由以后，这种关系得到增强。科威特是一个热爱和平并为实现和平而奋斗的国家，所以它是一切热爱和争取和平国家的朋友。我们发现，科威特国和中华人民共和国的关系非常牢固，两国之间互访不断。过去几年，中国有很多经济、商贸和宗教代表团访问了科威特，我们希望这种关系与日俱增。

记者：最后，我祝愿阁下访问圆满成功，达到这次访华的目的，谢谢！

大臣：感谢你们给我这次机会，把我在中华人民共和国所见到的和与负责人的接触记录了下来。谢谢你们！

春日的话题：新闻和教育

——访阿联酋新闻文化部长哈勒凡和阿联酋大学副校长穆罕默德

　　二三月份，阿联酋春色怡人，气候温和。应阿联酋新闻文化部的邀请，以《人民日报》总编辑邵华泽为团长的中国新闻代表团于1992年访问了阿联酋。

　　我们最重要的活动之一是会见阿联酋新闻文化部长哈勒凡·卢米。在一个阳光明媚的上午，我们这个由《人民日报》、《光明日报》、《经济日报》、中央电视台、国际广播电台和《当代中国》（即现在的《今日中国》）杂志社8人组成的新闻代表团，按主人的安排来到阿联酋新闻文化部。身穿民族服装的新闻文化部长满面笑容，伸开双手对中国新闻工作者的来访表示热烈欢迎。

　　宾主落座后，部长欢迎中国朋友到阿联酋各地多看看，多了解一些情况。访问期间刚好是斋月，但各机关学校照样工作和上课。邵华泽团长对部长说："我们中国新闻代表团的成员来自中国首都主要新闻单位，这表明中国新闻界对发展同阿联酋的友谊给予高度的重视。我们希望两国新闻界的交往能对增进两国人民的友谊起到积极的作用。"

　　会见结束后，我以中国国际广播电台记者的身份向部长提出采访要求。部长立即愉快地满足要求，我便拿出录音机进行独家采访。

　　我首先请部长谈谈20年来，在扎耶德总统领导下，阿联酋在各领域取得的成就。他说："首先感谢你给我这个机会，通过中国国际

广播电台与听众们交谈。我很高兴在这个时刻欢迎你和你的同事们来阿联酋访问。20 年来，国家取得的成就是伟大和有目共睹的，是由于谢赫·扎耶德·本·纳哈扬总统殿下的努力。总统为了国家的发展和人民的繁荣幸福，花费了大量的时间，做出了巨大的努力。"

"国家在各个领域都取得了巨大成就。在保健领域，医院、诊所和专门医疗中心已经开放，并提供了最新的设备、药品和人力为国民服务。在教育领域，开设了各种正规的幼儿园、商业、农业和工业学校。伴随这种复兴，阿拉伯联合酋长国大学开设了医学、工程、文学、商业、司法等各种学科。教育的最新成果是建立了高等现代化技术院校。在住房方面，建造了一大群住宅，国家努力提供现代化的住房。在交通运输方面，建设了许多机场、海陆交通要道，从而把阿联酋和邻国连接成一片。现在，农作物产量有所提高，蔬菜和水果等已实现部分自给，部分还出口到国外。我们还对妇女和儿童给予极大的关心。总之，阿联酋各领域已发生了很大的变化。"

我深有感触地对部长说："20 年前（即 20 世纪 70 年代），这里是一片沙漠。如今，我们见到首都和迪拜等城市到处是青草茵茵、绿树成荫、高楼林立、道路宽阔。"

在海湾国家中，阿联酋的新闻业比较发达。20 世纪 90 年代初，阿联酋全国人口仅 170 万，但阿拉伯文、英文的报纸和杂志就有 10 几种。电视台和电台各有 3 家。电视台设备先进，人才俱全。阿布扎比电视台每天连续 24 小时播送。阿布扎比电台每天用阿、英、法和乌尔都语播送节目。我们的交谈自然地转到阿联酋的新闻事业和两国的新闻、广播和电视合作。

我请部长谈谈阿联酋新闻业在整个国家中的作用。部长说："阿联酋新闻业的作用是多方面的，承担诸多使命。它要向人们传递真实和现代的信息；还要在社会各界及青少年中树立社会的价值观，深化忠诚爱国的精神，为建设国家的奉献的精神，传播社会成员之间的相互依存的兄弟情谊和合作的思想，使民族继承传统向前走，以及揭露有害的社会现象。"

笔者采访阿联酋新闻文化部长哈勒凡。

20世纪七八十年代，中国和阿联酋新闻界进行过多次接触，建立了良好的关系。就如何进一步发展两国的新闻合作，部长强调："阿联酋和中国两国互访的次数越多，两国之间的友谊、友爱与合作的桥梁越牢固。我们尽力建设连接两国的牢固友谊和良好关系的桥梁。这些都要通过不断的互访、接触和举办展览及艺术团队的访问得以实现，从而进一步加深两国经济、社会、文化和艺术的合作。"

我问道：中国国际广播电台和阿联酋广播电台之间有密切的合作，特别是在交流节目方面，您对发展这种合作有什么看法？

部长回答说："我希望两国的所有新闻机构，包括广播、电视和报纸的合作得到发展。希望这些机构的互助合作进一步加强，让听众、观众和读者真正了解两个兄弟国家的文化、习惯、传统和各方面的成就。阿联酋希望获得反映中国农业发展、科技进步和穆斯林生活的电影和录音带。"

部长还应笔者的要求，介绍了阿联酋的外交政策和对中东形势发展的评价。采访进行得十分顺利，部长的讲话音色圆润，语速很快。我感到神奇的是，海湾国家新闻界领导人的讲话语速都特快。阿曼前新闻大臣阿卜杜勒·阿齐兹·本·穆罕默德·拉瓦斯就是其中之一。可能因为他们经常接受采访，对所有问题都对答如流。

坐落在阿布扎比酋长国艾因市的阿联酋大学是阿联酋最早的一

所高等学府，成立于1976年。根据主人的安排，我们新闻代表团访问了这所大学。副校长穆罕默德·哈迪·埃米利博士在他办公室会见了我们。他热情地欢迎远道而来的中国友人："我们的先知穆罕默德曾教导我们'知识，虽远在中国，亦当求之。'这充分说明中国是知识和文明的发祥地。"接着他向我们介绍了学校的简单情况。他说："大学建校初期仅有4所学院，学生450名。现在有8个学院：管理和经济学、教育学、工学院、食品和农业学、人文和社会学、法学、医学和卫生学、理学院。因为拥有杰出的国际师资队伍、全新且先进的校园环境和全方位的学生服务，阿联酋大学的学习环境在国内是无与伦比的。"

邵华泽团长说："我们代表团中有3位成员懂阿拉伯语，这表明我们的友谊源远流长并不断发展。"

交谈结束后，我对副校长进行了采访。副校长介绍了大学研究中心的情况："这所大学已经建立了一些对国家和地区有战略意义的研究中心，任务是研究和处理阿联酋和地区面临的重大问题，例如

笔者采访阿联酋大学副校长穆罕默德，左2是中国新闻代表团团长邵华泽。

水资源和癌症治疗等。在理科研究成果方面，阿联酋大学一直位居阿拉伯海湾合作委员会（GCC）和阿拉伯世界国家的前列，在世界范围，属于最佳的 25％ 之内。"有关毕业生的情况，校长介绍说："1981 年，大学的第一批毕业生为 472 名，目前（即 1992 年），共毕业 13000 名（注：2016 年，毕业生已超过 57000 名）。他们中许多人在私人机构和政府部门担任重要职务，我们为他们的成就感到自豪。学校吸收了不少阿拉伯国家和伊斯兰国家的留学生，今年还吸收了第一名中国女留学生。"他接着说："我们愿意同中国的大学和科研机构进行合作和交流。我们两国有共同的文明，海湾国家和中国自古以来交往活跃。"

采访结束，邵团长将亲手书写的"源远流长"条幅赠送给阿联酋大学副校长，以表达两国之间的深厚友谊。副校长穆罕默德博士接过条幅后说："愿这种友好情谊不断加深。"

大使篇

任期最长，成就非凡

——记黎巴嫩前驻华大使法里德·萨马哈

　　2016 年是中国与黎巴嫩建交 45 周年，我与两位学者吴富贵和王燕一起着手撰写《百年牵手——中国和黎巴嫩的故事》一书。在考虑谁写序言事宜时，我们首先想到的是黎巴嫩前驻华大使法里德·萨马哈。因为他在中国任期最长，是中黎友谊最有权威的见证人。于是我便打国际长途电话与他联系，当他听到我的声音时，喜出望外，连声问："你是萨利姆（我的阿拉伯名字）？"我们毕竟是相识 30 余年的老朋友、好兄弟，结下了深情厚谊。自他离任后已快20 年没有通过话，突然听到我的声音，他确实有些意外。寒暄几句后，我向他说明通话的本意。当得知我们要写一本有关中国和黎巴嫩友谊的书，并请他写序言时，他非常爽快地答应要求，并许诺尽快完成。

　　果真，两个星期后，我们收到了他的邮件。文章的题目是《自有史记载以来中国与黎巴嫩关系——黎巴嫩共和国与中华人民共和国 45 年的外交关系》。

　　在谈到黎巴嫩和中国之间的外交关系之前，法里德·萨马哈大使首先提请大家注意一个特别的时间段，他说："这段时间是从双方旧的关系到当前的外交关系，即从 1933 年到 1979 年，我的意思是乔治·哈德姆博士在中国的时代。他真实地体现了黎巴嫩在中国的存在。我认为有理由授予他这个权利，有必要向大家，尤其是向那些不知道谁是乔治·哈德姆和他在中国起到什么作用的人简单地介绍他的事迹。他的中文名字是大家熟悉的马海德，1910 年生于美国纽约州布法罗市。早年，父母亲从黎巴嫩哈马纳迁居到美国。马海德后来返回黎巴嫩，毕业于贝鲁特大学。他 1933 年来到中国，先落户于上海，开了一个医疗诊所，并与漂亮的中国姑娘苏菲结了婚。她毕业于戏剧学院，是她把马海德送到延安，成为毛泽东的保健医生。期间他医治了 4 万名伤员和麻风病患者。1949 年，他见证了中华人民共和国成立。他在中国度过了 56 年，在科学和医学研究方面做了大量的工作，发挥了独特的作用。我作为黎巴嫩驻中国大使荣幸地把当时阿明·杰马耶勒总统授予他的雪松国家勋章佩戴在他的胸前。在我从北京回贝鲁特后，成立了黎巴嫩中国友好合作协会。在协会的努力下，中国驻黎巴嫩使馆和当地政府在哈马纳镇他祖先的土地上，树立了一尊马海德的半身铜像，以表彰他的奋斗业绩。他在跟随伟大领袖毛泽东解放全中国的历史中写下的黎巴嫩篇章，获得了高度评价。"

法里德·萨马哈大使回顾黎巴嫩和中国建立外交关系前早就存在的古老关系。他说："2016 年是黎巴嫩和中国建交 45 周年。1971 年，台湾被取缔了联合国会员资格，并被驱逐出联合国。'中华人民共和国'取代了它的地位，并理所当然地成为联合国安理会常任理事国。黎巴嫩很快承认了中国，成为首先与中国建立外交关系的国家之一。1971 年 11 月 9 日双方签署了联合公报，第二天，在贝鲁特和北京同一时间公开发表此公报。中华人民共和国于 1972 年 1 月在贝鲁特建立了大使馆。黎巴嫩大使馆也于 1972 年 4 月在北京建立。黎巴嫩驻华的第一任大使是伊利·布斯塔尼。"

法里德·萨马哈从 1985 年到 1998 年任黎巴嫩驻中国大使。后期，因他当时在所有阿拉伯大使中任期最长，便担任阿拉伯驻华使团团长。在他任期内，开展了各领域的工作，成就非凡。当时，黎巴嫩使馆活动频繁，我也经常应邀参加。

1995 年 2 月 15 日，正值《纪伯伦全集》中文版出版之际，法里德·萨马哈大使在使馆举行招待会。出席招待会的有全集的阿拉伯文译者，如仲跻昆、伊宏、郅溥浩、王复、李琛和朱梦魁等，还

笔者与黎巴嫩大使（右2）和两位女翻译家李琛、张洪仪合影。

有谢秋荣和张洪仪等北京大学、北京外国语大学和北京第二外语学院等北京高校的代表以及在华的阿拉伯专家艾布·杰拉德等。我也有幸应邀出席，并获得一套中文版的《纪伯伦全集》。

就在这次招待会后的20天，即3月7日，黎巴嫩驻华使馆和中国文化部在北京医院大会议室，为黎巴嫩政府授予冰心女士黎巴嫩国家松树级骑士勋章举行授勋仪式。出席仪式的有文化部和卫生部负责人等中方官员。当时，纪伯伦《先知》一书的译者、作家冰心就在北京医院度过了她人生中最后的日子。

萨马哈大使在仪式上发表了热情洋溢的讲话，并把勋章佩戴在百岁老人冰心女士的胸前。冰心当时坐在轮椅上，她的女儿站在后面扶着轮椅。

在黎巴嫩驻华使馆组织的各种研讨会上展出的中国出版的黎巴嫩作品有40多部，其中纪伯伦就有16部（全集出过4次），还有米哈伊勒·努艾美的《七十》和《筛》，陶菲克·阿瓦德的《面包》，女作家努尔·赛勒曼的《红眼睛》和女作家伊米莉·纳斯鲁拉及其

在北京医院的大会议厅举行的"黎巴嫩授予冰心国家级勋章仪式"上，萨马哈大使讲话。

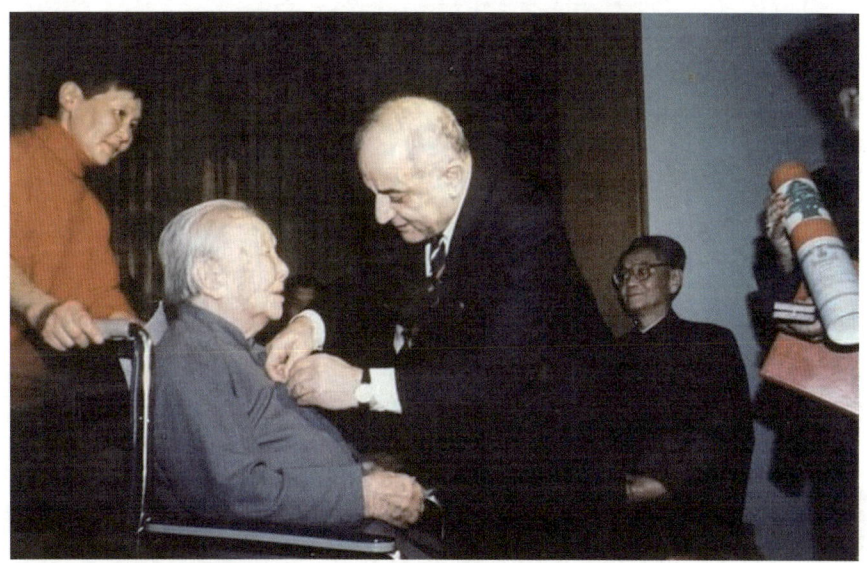

萨马哈大使把勋章佩戴在百岁老人冰心女士的胸前。冰心坐在轮椅上，后面是她的女儿。

他作家的一些作品。

1995 年金秋季节，北京举行了第四届世界妇女大会，约 4 万名来自世界各国的姐妹们出席了这次大会。黎巴嫩第一夫人穆娜·哈拉维率领 153 位女士组成的黎巴嫩妇女代表团，参加了这届世界妇女大会。

9 月 7 日，在世妇会召开期间，法里德·萨马哈大使在使馆为黎巴嫩前总统埃利亚斯·哈拉维的夫人穆娜访华并参加世妇会举行晚宴。宴请在大使官邸举行，宾主在明亮的大厅内和月光下的花园里，谈论着这次世界妇女大会的成果、阿拉伯地区女权运动、黎巴嫩和阿拉伯妇女的作用等。

用餐结束后，黎巴嫩和其他阿拉伯国家及中国媒体记者涌向第一夫人，要求进行采访。我作为中国国际广播电台的记者也参与了采访活动。第一夫人穿着一套素雅的黑色衣裳，手中拿着一个笔记本，也许这是她的工作习惯。她告诉我们，她过去也是一名新闻记者。

在外国记者提问之后，我连续向第一夫人提了三个问题，第一个问题是黎巴嫩妇女在政治领域，特别在政府和议会中怎样发挥作用？她答道："在黎巴嫩议会全部 120 名议员中，女议员有 3 名。至于内阁，由于一些政治环境问题，成员中尚未有女部长。我个人主张妇女中应该有人当部长。因为我非常了解，妇女在政治领域完全可以同男人一样，胜任各种工作。我们黎巴嫩妇女都要求在内阁中有自己一席之地。"

"我们黎巴嫩人口很少，不像中国有十几亿人，我们全国人口一共 400 多万。所以，要在内阁中有一位女部长，议会中有一个或两个女议员不是一件容易的事。但我们的妇女文化水准和受教育程度都很高，她们有能力担任部长和议员职务。"

我又问："你对加强黎巴嫩和中国的关系和友谊有何看法？"第一夫人回答道："1979 年我第一次访问中国时，一开始感到有些奇异，后来慢慢习惯，相互间的距离也拉近了。这次再到中国，并参加世界妇女大会，我发现我的第二故乡是中国。"

我最后问第一夫人，1979 年，你访问过中国，这次再次来到中

采访现场，左1为笔者。

国参加世界妇女大会，两次访问印象如何，有哪些不同？夫人面带微笑地回答："第一次访华时，感觉有点生疏。这一次，我的访华印象与1979年访华时完全不同。中国发展太快了，城市建设和百姓衣着都发生了变化。我发现，人人穿得那么漂亮，你们都变得那么甜美！"夫人话音刚落，在场的中外记者发出一片笑声。

晚宴和记者采访在友好、亲切和欢快的气氛中结束。黎巴嫩第一夫人和黎巴嫩驻华大使法里德·萨马哈站在大使馆门口与大家一一告别。笔者与第一夫人简单地交谈了几句，希望她以后再来中国，因为中国是她的第二故乡。

1996—1997年，黎巴嫩驻华使馆邀请了两位黎巴嫩学者来中国参加文学研讨会。杰马耶勒·贾布尔博士在北京大学做了报告，谈到了在中国青年中占有特殊地位的黎巴嫩的天才纪伯伦。中国文学家向他赠送了自己翻译的纪伯伦、努艾美和里哈尼等的作品。另一位学者是《红眼睛》的作者努尔·萨勒曼博士，她参加了黎巴嫩国庆节研讨会并发表了有关黎巴嫩女作家的讲话，她说："黎巴嫩女作家用她们的文学作品丰富了黎巴嫩文学。"《红眼睛》由中国的阿拉伯语女教授法利戴·王复翻译成中文。研讨会上，努尔·萨勒曼博士给在座的读者送上亲笔签名的书，我有幸参加了这次活动，也得到了一本作者签名的书，扉页写着作者一句感言："你们伟大的国家给我留下了美好的记忆。"

在法里德·萨马哈大使即将离开中国的前一年，作家海德尔·哈利勒抵达北京，他介绍了自己生平和他的新闻业务。大使感到高兴和满意："我看到他很认真，并有决心做好工作。在北京，我们缺少这样的人，在中国需要黎巴嫩和阿拉伯传媒。"

海德尔·哈利勒，1957 年 8 月 20 日出生于黎巴嫩，在黎巴嫩大学文学院读书，1985 年获哲学奖。他是第一个常驻中国的黎巴嫩阿拉伯记者，并设立了新闻办公室；曾写过有关中国的论文和研究文章，发表在黎巴嫩和阿拉伯国家的报刊杂志上；还在迪拜卫视、阿拉伯卫视、沙特电视台等担任中国问题的政治分析员。他曾写过几十部连续剧、话剧和电影剧本，落款为拉比阿·哈利勒。但 2000 年 9 月 19 日，他心脏病发作，在中国病故。2000 年 10 月 1 日，在他的故乡黎巴嫩举行了葬礼。他留下了一大批手抄本，嘱咐家人：把这些手抄本交给朋友艾哈迈德·苏莱曼，请他把这些手稿出版成书，书名如下：《北京的书籍：文学体裁》《棺材外：有关文学、思想和政治的文章》《当代中国见闻阅读：文章和现场纪实》《不安的旅行：文学体裁》。

萨马哈大使认为，媒体是巩固两国关系的积极因素，所以他经常加强与新闻媒体的关系，例如 1994 年 3 月 18 日，黎巴嫩驻华使馆在新华社举办了"黎巴嫩的文学和艺术"文化论坛。他与外文局《今日中国》阿拉伯语编辑部主任王复、《人民日报》国际部高级记者关系密切，同我的关系也非同一般。当我提出很多要求时，他总是给予满足。

我个人曾采访过大使两次。第一次是黎巴嫩内战不久，1995 年 6 月下旬。他向我介绍了战后的三年计划和十年计划："内战前，黎巴嫩 60% 的收入来自旅游等服务行业。战乱期间，旅游设施受到严重破坏。目前，黎巴嫩政府正在振兴旅游业，力争达到战前水平。"

黎巴嫩金融业发达，大使介绍说："在黎巴嫩有金融自由区。如果剩余资金的主人在欧美各国找不到合适的银行，他们可以到金融自由区来，把钱存入自由区，不收任何费用。"黎巴嫩对农业非常重视，他说："黎巴嫩农业需要的是技术咨询。中国农业发达，我们希望中国的农业专家能够到黎巴嫩去，对农业生产和加工进行技术指导。"大使在采访最后说："我在中国已经9年了，大家对我比较熟悉。我对中国有深厚的感情，我热爱中国人民。作为大使，我积极为加强黎巴嫩和中国的友谊而工作，为两国的合作和交往牵线搭桥。"

采访结束后，我把采访的内容译成中文，并发表在一家中文报纸上。事后，我寄给大使一份，并写了一封感谢信。至今，他还保存着报纸和感谢信。

第二次采访是在1997年10月底，主题是由大使谈中黎文化交流，使馆一秘谈中黎经贸往来。大使说："每年黎巴嫩国庆日，我们不仅聚会庆贺，而且利用这个节日，来履行黎巴嫩的人道和文化使命——举办文化研讨会，这已成为惯例。我们邀请中国作家、翻译界人士以及大学生参加。每年研讨会均请一位黎巴嫩文学家与会，并做大会主题发言。"中国政府每年给在华留学的黎巴嫩学生奖学金。大使对此表示感谢："1997年，有7个黎巴嫩学生获得奖学金，他们在华学习中文、医学、国际政治和国际关系等，成绩非常优秀。"大使还希望加强科技交流："1996年，哈里里总理访华时签订了一些协议，其中有一项是中方将提供700万美元（当时合人民币6000万元）的贷款用于建设在黎的一个中国项目。我们用这笔款项在黎巴嫩大学建设一个中文教育学院。我个人认为一切应从学习语言开始，然后再进行科技交流和贸易交往。"

有关中国和黎巴嫩的经贸交往，黎巴嫩大使馆一秘哈迪·胡里介绍说："黎巴嫩从中国进口的种类繁多，包括汽车、服装、建筑材料、体育器材、玩具、地毯和药品等。中国产品的一大特点是价格便宜。中国成为黎巴嫩企业家最向往的地方。黎巴嫩出口中国的有纸张、食品香精和第三产业的商品等。黎巴嫩金融业非常先进，在经济方面可以和香港相提并论；旅游业也很发达。"

法里德·萨马哈大使在任期间，参加了中国国际广播电台阿拉伯语部的两次活动，第一次是1992年11月3日举行的阿拉伯语广

1997 年 10 月底，第二次采访黎巴嫩萨马哈大使。

播开播 35 周年的纪念会。法里德大使代表阿拉伯各国大使发表了热情洋溢的讲话："广播是十分有力的宣传工具，是国际社会最锐利的武器。一句话可能引起一场战争，同样，一句话也可以传播和平。中国国际广播电台阿拉伯语部一直向阿拉伯国家广播东方和中国音乐，传播政治、经济、社会新闻和文艺动态，从而加强了阿拉伯世界同中国这个亲爱和伟大的国家之间的友好关系。"第二次活动是1997 年 11 月 3 日举行的庆祝阿拉伯语广播开播 40 周年的纪念会。法里德大使带领 22 个阿拉伯国家驻华大使出席。在贵宾室，他用流利的西班牙语与广播电视部副部长、中国著名的西班牙语专家刘习良进行交谈。纪念会结束后，我与大使交谈片刻。他告诉我，黎巴嫩人除阿拉伯语母语外，一般还懂英语和法语。大使本人就懂 4 种外语：英、法、葡萄牙和西班牙语。由于历史的变迁和商贸的发达，有些人甚至还会说希腊语和意大利语。

在法里德·萨马哈大使离开中国前，邀请一些中国作家到大使馆做客。他说："我想把自己对这个友好国家的思想家、科学家和传媒人的美好记忆记录下来。请允许我提一提你们中部分人的名字，其中很多人今天都在场。我很荣幸同一些人合作，把黎巴嫩文学介绍给中国读者。在座的作家可能都参与了这项工作。请允许我在这里首先提一下中国作家的首领、著名作家冰心，她快接近一百岁了，

1931 年，她就翻译了纪伯伦的《先知》一书。我很荣幸，同我的妻子和女儿拜访过她，并把由纪伯伦基金会在巴西授予她的奖品和黎巴嫩国家级雪松骑士勋章带给了她。"

接着，大使先生提到中国年轻知识分子的作品。他说："这些作品包括《米哈伊勒·努艾美作品选》，由仲跻昆、郅溥浩和朱威烈教授翻译；米哈伊勒·努艾美写的《七十》，由王复翻译；陶菲克·阿瓦德写的《面包》，由马瑞瑜翻译；《先知的使命》，选自《纪伯伦选集》，由李琛主编；纪伯伦的四部作品《泪与笑》《反思》《风暴集》和《队伍》，由仲跻昆、伊宏和李唯中等教授翻译；《黎巴嫩的短篇小说》，由郅溥浩分析和研究；《黎巴嫩散记》，由彭龄和章谊撰文。"

大使最后动情地说："对此，我现在已很满足了。在我离开北京以前，我只要求你们继续成为连接黎巴嫩与中国的精神桥梁，希望你们为加固这座大桥，发挥聪明才智。愿你们继续与这里的黎巴嫩大使馆，特别与我的继任者、新大使保持联系。"

2015 年，我与两位著名学者吴富贵和王燕商定写一本有关阿拉伯夫人在中国的书。于是想请法里德·萨马哈大使的夫人写一篇有关在中国与大使同行的文章。与大使再次联系后，他非常愉快地同意了。很快，我们收到了大使的来信。

大使在信中说："我很难满足你们的要求。因为我妻子玛丽娅直到现在仍然记不起她在北京的一切，只得由我代笔。她不慎在一家宾馆的楼梯上摔了下来，从而半身瘫痪，只能坐轮椅，完全丧失语言表达能力。我力所能及地守候在她身旁，同样，我女儿萨玛尔也在照顾她。萨玛尔同我们一样，非常热爱中国。我想，如果我夫人玛丽娅身体健康，她一定会满足你们的要求，全身心地投入写作中，回忆她在中国度过的 12 年美好的时光。"

作为大使夫人，玛丽娅在丈夫的身边，起着至关重要的作用。她帮助丈夫处理诸多事务，向世界显示出自己国家的光辉形象。法里德大使说："玛丽娅是受过教育的女性，特别是她参与过诸多社会

活动，当过黎巴嫩红十字会和民防工作的指导员，从事教育工作几十年。在中国，由于我们在北京度过漫长的时间，建立了牢固的关系，她更如鸟儿一样到处飞翔，积极参加各种活动。"

他说："当时的外交部长是钱其琛，他夫人关注残疾儿童的社会组织。我夫人玛丽娅感到有必要向这样的组织伸出援助之手，因为无论何时何地，人与人之间都是兄弟姐妹。她把准备办一个慈善晚宴的想法告诉了一些国家大使的夫人们，同她们一起成立了一个委员会。晚宴的通知陈述了委员会将帮助中国外交部长夫人关注残疾儿童社会组织，并说明这一行动得到慷慨的人道主义的反馈。通知中告知，外交部长将陪同夫人光临慈善晚宴。但有一些大使声称，外交部长不可能出席。"

"玛丽娅成功地面对挑战。首先，外交部长钱其琛携同夫人亲自出席，并主持了晚宴。第二，参观义卖的票全部卖光。在喜来登（长城饭店）大宴会厅——当时北京最大的大厅内，参观和购买义卖品的人不计其数，挤得没有一处空隙。最后，玛丽娅把这笔收集到的帮助中国关心儿童组织的捐款支票提交给了中国外长夫人。在这以后，玛丽娅收到中国外长夫人发来的荣誉证书，感谢黎巴嫩使馆为中国残疾儿童奉献的一片爱心。"

玛丽娅展示她自己的画作。

绘画是玛丽娅的最大爱好之一。她善于把中国的绘画方法和西方的古典绘画艺术相结合。她曾到北京美术学院进修过，还亲自开车把教过她的老师请到使馆，给她的好友及大使夫人们讲课。大使说："对于

玛丽娅和中国外交部长钱其琛及古巴大使在晚宴上。

她的绘画艺术，我不想给她颁发奖状，但从我个人的审美眼光看，她的画确实很美。在我们黎巴嫩的家中，接待大厅和房间的墙上，都装饰着她的绘画作品。"

在与大使第二次通话时，我问他何时再来中国访问？他说："我收到访问中国的多次邀请，我很想应邀前往，但我要照顾玛丽娅，守护在她身边，去不了中国。我在回忆录《我的外交生涯》的最后，谈到我和我夫人玛丽娅的情愫，并做了下列表述：'手牵手到永远'。"

温暖之家

——记阿拉伯联盟驻京代表处第一任主任穆罕默德·阿卜杜勒·瓦哈卜·萨基特博士

　　阿拉伯国家联盟成立于 1945 年 3 月 22 日，比联合国成立约早六个月，在北京、华盛顿、纽约、伦敦、巴黎、波恩、罗马等城市设立代表处。其使命是为阿拉伯共同事业开展新闻和政治工作，阐明对各种国际问题的阿拉伯立场。

　　1993 年 5 月 24 日，阿拉伯国家联盟与中华人民共和国签署设立阿盟驻华代表处。穆罕默德·阿卜杜勒·瓦哈卜·萨基特博士任阿拉伯联盟驻华代表处的第一任主任，并于 1996 年赴京就任。由于工作关系，我与他曾接触过多次，并对他进行过采访，还陪同他参加过一些民间活动，当过大会翻译。

一大创举

　　创办《阿拉伯人之家》杂志是穆罕默德·萨基特博士上任阿拉伯联盟驻华代表处主任后的一大创举，是不可抹灭的一大功绩。因为该杂志用中阿两种文字出版，对于学习阿拉伯语的我来说，是一本不可多得的读物和重要的参考材料。我在职期间，阿盟驻华代表处每月邮寄杂志到办公室。退休后，我就往塔园外交人员办公楼 14层亲自索取。

　　《阿拉伯人之家》杂志是月刊，萨基特博士不辞辛苦，为每期"致

萨基特博士在一次大会上讲话，笔者任翻译。

读者"栏目写文章。在 1999 年 9 月第 29 期的"致读者"栏目中萨基特博士写道："毛泽东主席曾于 1949 年 10 月 1 日说过'中国人民从此站起来了！'中国革命实现了三大基本目标：统一中国，维护国家主权与安宁；驱逐各种外国在华势力；实现发展，提高人民生活水平。我们借此机会向中国人民表示祝贺，坚信中国会不断取得新的成就，扩大其文明影响，与热爱和平的国家合作日益巩固，那时，世界将是安宁、团结和进步的。"这些出自肺腑的话，听后让人倍感亲切。

在 2000 年 1 月出版的杂志中，他写道："《阿拉伯人之家》充满乐观和希望地迎来了第三个千年。2000 年 1 月 1 日，是人类历史上充满意义的一天，是新年、新时代、新世纪、新千年的第一天，也是人们千年等一回的一天。因此，我们希望今年能成为奉行人类崇高价值的一年，成为传播和平、消除侵略、使各国人民享受合法权利的一年。"萨基特博士语重心长地表达了中阿人民对未来的真诚愿望。

2002年底，萨基特主任即将离任，他在《阿拉伯人之家》杂志"致读者"中写道："我在中国工作的七年对我个人来说是一个富有成果的时期。也许是一个巧合，我的女儿由中国大夫接生，出生在中国香港。而我的第七个外孙，也由中国大夫接生，出生在北京。中国与我的工作和生活息息相关。这段时间极大地丰富了我的知识，它将化作墨水，让我续写有关中国的文章，让阿拉伯人了解中国的过去和现在以及伟大成就，让中国成为他们寻觅的梦想。毫不夸张地说，让阿拉伯人了解中国这个梦想是一个任务，也是一种荣耀，我们愿意承担之。"

有几十位各领域中阿专家和学者为杂志撰写文章和论文，从不同的角度观察、介绍中国和阿拉伯各国的政治、军事、外交、社会、历史、经济、文教、科技、商贸等诸方面发展和最新资料，描述中阿传统友谊。在我书写《阿拉伯兄弟》时，经常翻阅该杂志。特别是有关阿拉伯各国大使的简历，我就是从"北京阿拉伯新成员"一览中找的。有关中国和阿拉伯各国的商贸合作等方面的资料，就从"中阿经济关系"一览中获取。

《阿拉伯人之家》杂志自1996年11月创刊，至2008年7月，共发行了12年。后来，不知何故停刊了，我们阿拉伯语界的同仁们无不为之惋惜。我共收集了55期，每次阅读这本杂志时，深感内容丰富，获益匪浅，爱不释手。10年前，我已把它分年份装订成册，保存至今。

文明对话

萨基特主任重视文化和新闻领域，经常参加这方面的活动。1997年7月，北京外国语大学开设了第二期亚洲国家阿拉伯语教师培训班。大学校长陈娜英女士、中国外交部西亚和北非司司长吴思科先生和阿拉伯国家联盟驻中国代表团团长萨基特在开幕式上讲了话。萨基特说："阿拉伯语和中文的书写形式成为人类遗产和文化奇迹。用两种文字写成的伟大的著作指引着全人类进步的道路。"

1997 年初秋，我以中国国家广播电台《世界信息报》记者的身份对萨基特主任进行了采访，首先向他介绍了《世界信息报》的基本情况。接着，萨基特主任介绍了阿盟驻华代表处的职能："广义来讲，阿拉伯联盟驻华代表处的职能是加强阿拉伯联盟及其成员国与中国的联系和关系。具体来讲，代表处又有很多工作要做。在经济方面，积极推广建立阿拉伯商会驻华机构，在华举办阿拉伯商品展览会、为中国机构和企业与阿拉伯有关经济机构和组织提供交往的机会等，加强阿拉伯国家和中国的经济关系，增加双方的贸易额。"

应我的要求，萨基特主任介绍了当时阿拉伯国家经济发展情况、阿拉伯金融市场的扩大和发展、阿拉伯国家和中国的贸易额、在中国的阿中合资企业等。

最后，萨基特主任谈了阿盟在加强中阿文化、新闻和学术研究方面的合作的设想："阿盟和下属的教育、文化和科学组织依据历史情况，并根据计划，与讲授阿拉伯语的大学以及相关阿拉伯文化机构建立联系，此外，向在阿拉伯国家学习阿语的中国学生提供奖学金，为和阿拉伯相关的学者建立文化论坛，出版阿拉伯语和中文的刊物等。"

参与民间

萨基特主任不仅积极开展官方外交，而且不时参与民间活动，我曾陪同他参加了三次民间的聚会。

1998 年 6 月，黎巴嫩大使法里德·萨马哈组织阿拉伯国家大使去北京昌平的八仙别墅区过周末，我有幸陪同前往。一同前往的有萨基特主任和埃及、突尼斯、利比亚、伊拉克、巴林和巴勒斯坦大使和夫人及孩子等约 20 多人。俱乐部主任是一位民营企业家，在也门建有高级宾馆，在北京东郊建了"八仙乡村俱乐部"，这是北京首家大型郊野式高级会所，管理优良，设备一流，项目齐全。欧亚

萨基特大使与一位中国
穆斯林。

风格的别墅和大楼达数十栋。俱乐部主任欢迎阿拉伯贵宾经常到这
里度假和过周末。当天晚间，大使们品尝了烧烤美食。餐后进入健
身房，打乒乓球和保龄球，度过了愉快的周末。第二天清晨，空气
凉爽，大使们漫步在别墅间的小道上，享受浪漫的乡村情调。午餐后，
俱乐部主任的夫人与大使们握手告别。大使们感谢主人的热情接待，
并说，这里环境优美，是养生度假的好地方。

　　1999 年夏天，我陪同萨基特主任前往承德参加承德清真寺扩建
竣工庆典。庆典结束后，萨基特主任还会见了当地的穆斯林群众。
他表示，清真寺经过精心整修，光彩夺目。这里的穆斯林虔诚热情，
他将把在承德和中国的伊斯兰教传播情况写成书，向世界介绍，使
更多人了解丝绸之路上的中国伊斯兰教。

　　《外经导报》于 2001 年 2 月在北京举行中阿经贸论坛，萨基特
主任应邀出席论坛并做了讲话，我荣幸为他做了翻译。这是我陪同
萨基特主任参加的第三场活动。萨基特主任重点介绍了当时阿拉伯
国家的经济发展和自由贸易区及投资法规等。从 20 世纪末到 21 世
纪初，阿拉伯使团在穆罕默德·萨基特博士和阿拉伯驻华使团团长
法里德·萨马哈的领导下，团结和谐，勤奋工作，阿拉伯联盟驻华
代表处是一个和睦温暖之家，为中阿友谊和官民交流做出巨大贡献，
我们赞美他们，永远怀念他们。

挥之不去的回忆

——记阿联酋前驻华大使朱麻

　　他身材不高，不爱张扬，在一些外交场合，不易发现他，但这不妨碍他成为出类拔萃的资深外交家。1992年，年仅37岁的他，就任阿联酋外交部国内公民和外国人商务领事司副司长；1999—2004年，任驻华大使。他就是朱麻·拉希德先生。朱麻大使较少接受外界的采访和录像，也许是个人交情，2001年，他愉快地接受了我的采访；2004年秋，大使离任前夕，我陪同他考察了北京亦庄开发区、河北香河县和唐山等地；2005年是他离任后第一次访华，我

大使和笔者在沙迦海边。

曾几次上宾馆看望过他；2011 年，他访问了北京、天津和青岛，我全程陪同；2012 年 5 月，他来华访问，由于家事缠身，我不能陪同他在外地的访问，但每天要同他通两三次电话，交流访问情况和日程安排，到北京后，则全程陪同他访问。从 2000 年起至今，与朱麻大使的情谊已达 18 年了，成为挥之不去的回忆。

关注双边经贸合作

迪拜龙城于 2004 年开业，占地面积约 18 万平方米，拥有中国商铺 3500 家，是中国在海外最大的商品集散贸易中心之一。

提起迪拜龙城，无论在阿拉伯世界，还是在中国商界，都赫赫有名。但很少有人知道，这条"龙"的腾飞，朱麻先生功不可没。

在他担任驻华大使期间，特别重视发展阿联酋和中国的经贸关系。2001 年春天采访大使时，他说，曾多次向中方建议，在迪拜等城市建立中国城，邀请更多的中国公司到阿联酋参加商贸展览。阿联酋驻华使馆准备了完整的有关阿联酋经济发展、外贸和投资方面的资料，也为前往阿联酋的中国企业家提供签证等便利。在朱麻大使和诸多有识之士的建议和共同谋划下，迪拜龙城终于在 2004 年12 月开业。

2004 年，他结束了驻华大使的工作，回到阿联酋。不久，他建起了一家公司，取名银鱼商贸公司。我问他，为何叫"银鱼"？他答道："因为我的公司不是鲸鱼类的大企业，而是银鱼类的中小企业。"

热情接待中国朋友

2010 年春天，中国轻工业协会代表团出访数国，想顺访阿联酋，又苦于找不到合适的翻译和接待人员。当我得知此情况后，便立即

朱麻大使居住小区内的高尔夫球场。

熟睡中的年轻人和他头顶处的背包。

打国际长途与朱麻大使联系。大使毫不犹豫地回答："没有问题。"代表团按我提供的联系方式，与大使通了话，确定了到达的时间和城市。代表团抵达迪拜后，大使设宴为他们接风，并进行了友好交谈。还陪同他们参观了自己开设的工厂。代表团回国后，直夸大使热情好客，日程安排周全，对访问成果十分满意。他经常对我说："你和你的朋友如有需求，可以随时打电话。也可发电子邮件，用英文和中文都行。"

2014年和2015年的4月，我两次陪同一些企业家访问阿联酋，朱麻大使都热情接待了我们，并介绍阿联酋企业家同我们座谈，共商合作事宜。企业家代表团中有三位女士，大使请代表团到他家中做客，并一起包饺子，朱麻大使陪同我和其他男士在他居住的院子内散步。小区很大，还有高尔夫球场。他说："小区非常安全，我出门经常不锁门，甚至长期出远门，也不必锁门。"对这一点，我深有体会。一次，在迪拜河边散步，一个年轻人在草坪上睡着了，头顶处放着一个背包，他却很放心，相信别人绝不会碰它。

保健养生，持之以恒

大使的父亲已是105岁的老人，秘诀一是心态平和，不争名夺利；二是自己想干什么就干什么；三是不挑食，什么都吃，海鲜、牛羊肉、蔬菜瓜果等，每样每天吃一点。他家里有几头羊，有时出门放放羊。在阿联酋，百岁老人很少。阿联酋传媒采访了他，并作了报道。从此，他成了名人，迪拜酋长要接见他，都被谢绝了。

大使继承了父亲的传统，在不到50岁时，就辞去了外交部的工作。他说，在阿联酋政府部门工作，压力太大，现在单干后，行动自由多了，时间也充裕多了。在饮食上，大使比他父亲要求更严格。在华访问时，中方总是挑北京最好的清真饭馆，如"鸿宾楼""东来顺""红玫瑰"和大连海鲜餐馆等，让他品尝牛羊肉和鸡鸭鱼等美味佳肴。可笔者发现，他爱吃蔬菜和鱼，不吃牛羊内脏，就连牛百叶和牛尾等中国清真名菜也不赏脸。同时，他把在中国的饮食习惯带到阿联酋，多吃蔬菜，少糖少油少盐，每天喝茶，特别是乌龙茶。

他每天生活非常有规律：早上5点左右起床，洗刷完后就在自己家中的游泳池游泳，休息片刻后，8—9点用早餐；然后工作或阅读书报，下午也是阅读时间，有时去公司看看；晚饭后，在住宅附近散步；再与家人在一起聊聊天，看看电视；10点以后入睡。一切按照中国人的生活习惯，而不是阿拉伯人的习惯：中午2—3点吃午饭，晚上8—9点吃晚饭。

海湾人素来有好客和聊天的习惯。在帐篷里，在客厅内，煮上一壶阿拉伯咖啡，配上阿拉伯枣和一些干果，亲朋好友围坐在一起，谈论天下大事，身边发生的事、个人经历和一些趣闻等。这样的形式，在科威特叫"迪瓦尼亚"，在阿联酋和卡塔尔称"迈吉里斯"。而"迈吉里斯"一词的阿拉伯文的原意是椅子、座位和坐处。"迈吉里斯"一般在晚上8点以后开始，有时主人还准备晚餐。我问朱麻大使，是否经常参加"迈吉里斯"聚会。他说："我从不参加这样的聚会，因为"迈吉里斯"主要是聊天、打牌和抽"悉夏"（阿拉伯水烟）。打牌和抽烟我都不喜欢。过去我抽烟很厉害，每天要抽4包烟，也喝点酒。现在，戒烟戒酒。"根据朱麻的养生理论，这样的场合气场不好，有些人到"迈吉里斯"是诉冤和泄恨或背后议论他人等。待久了自己会被感染，心情会受到损伤。

朱麻大使2012年再次来华时，给我带了三本书：《新世界：灵性的觉醒》《当下的力量：精神启发指南》和《寂静之声》。作者是艾克哈特·托尔，生于德国，伦敦大学毕业，后在剑桥大学担任研究员和导师。29岁那年，一次意外的经历彻底改变了他的生活。大使给我的是阿拉伯文翻译版。据他介绍，这三本书涉及很多人生哲理，书作者把他的心灵启迪实践传授给读者。

大使对医学很有研究。20世纪70年代，他曾留学于埃及开罗的爱资哈尔大学医学院。结合自己在中国的养生经验和阅读的哲学书，他有了写一本保健养生书的想法。2013年见面时，我问他该书

何时脱手，他说还需一段时间。我询问书的具体内容，他回答说，与德国哲学家艾克哈特·托尔的书内容有相似之处。

建中国城，办旅游业

前几年，朱麻大使差不多年年来中国。他说："中国变化太大了，特别是农村，变化更大。现在村村有公路，可通向城市和邻村。最近，我访问了印度，我认为那里的城市建设，特别是农村面貌不如中国。在阿联酋，很多农村，特别是北方的哈依马角和乌姆盖万等酋长国的农村像样的马路也不多。"大使赞扬中国优越的投资环境："如果在中国买一块地，建设仓库或厂房，中国会很快地配上水和电。"

中国的女强人很多，给大使留下深刻印象。他在上海和北京都有遇到一些女老总。大使说，这些女强人（大使称"铁女人"）能力很强，管理企业很精心，确实顶半边天，对中国的经济发展起到重要作用。

早在十几年前，朱麻大使就坚信，中国将成为世界经济强国。应该多方面同中国加强经贸合作。大使除主张在迪拜建立中国城外，还建议阿联酋城市与中国相应的城市建立姐妹、伙伴和合作关系，使双方在贸易交往中互惠；阿联酋各酋长国在中国各大城市建立独立的商务处。在他的推动和中阿各方的努力下，2000年5月，中国上海和阿联酋迪拜成为友好姐妹城市。

朱麻大使认为，中国的成就举世瞩目，但了解的人不算太多。特别是有些海湾人还是老眼光看中国，认为中国仍落后闭塞。中国应加强自身宣传，扩大各方面的交流。百闻不如一见，而旅游是最好的了解和交流的平台。前几年，大使曾积极准备在阿联酋注册一个旅游公司。2012年访华时，想在中国找一家国营旅游公司，以便联合经营，成立旅游联合公司。迪拜决心在2020年前把每年到访的游客数量从目前的1000万人提升一倍至2000万人，而中国游客无疑将对实现这一目标起到关键性作用。但阿联酋和其他海湾及阿拉伯国家来中国的游客太少。中国的旅游资源丰富，可看的地方很多，应组织阿联酋和其他阿拉伯国家的游客到中国旅游。朱麻大使强调，这就是要建旅游联合公司的初衷。

巧的是，朱麻大使一手操办的迪拜龙城，如今已向全方位发展，由一个原本单一的中国商品境外贸易市场，转变为中东乃至全球规模最大、档次最高、最具权威性的集旅游、会展、商贸、文化、餐饮和娱乐等为一体的海派"中国城"之一。迪拜中国龙城商场二期工程已于2016年中国春节期间举行开业典礼。阿联酋政府高度重视，阿联酋副总统兼总理、迪拜酋长谢赫穆罕默德·本·拉希德· 阿勒马克图姆以及王储哈姆丹等出席典礼。

据介绍，龙城商场二期项目已于2015年底开始试营业，总耗资近10亿迪拉姆（约合2.74亿美元），由一个总面积17.7万平方米的购物中心、一家三星级酒店和一个多层停车场组成，新增可租用面积9.3万平方米，不仅购物环境和商铺档次更优，电影院、大型超市、展览中心等设施也一应俱全。龙城项目的成功是中国与阿联酋乃至整个中东地区经贸合作不断密切的一个缩影，也是中阿两国共建"一带一路"的重要内容。也许现在或若干年后，当人们谈起"一带一路"和迪拜龙城时，会提到一个阿拉伯人的名字——朱麻·拉希德。

平易近人，朴实无华

——记约旦前驻华大使萨米尔·努欧里

20世纪90年代，与约旦驻华使馆交往频繁，当然主要是因为工作需要，另外，也是由于当时的驻华大使萨米尔·努欧里谦逊和蔼、平易近人、朴实无华。在他任期内，我曾采访过他三次，陪同朋友拜会过他数次，也在各种场合见面多次。

发挥优势，增强合作

约旦国土面积小，人口少，市场容量有限，自然资源匮乏，但地理位置优越，政治气候良好。首先，约旦处于阿拉伯地区的中心，可以通过该地区连通阿拉伯大多数市场；第二，约旦有大批受过高等教育的技术人员，可吸收这些人才参与联合企业的工作；第三，约旦已形成一个方便的运输网，不仅国内交通四通八达，而且与整个阿拉伯世界连成一片；第四，约旦社会稳定，投资环境适宜，这些都是成功投资的重要因素。

萨米尔大使说，约旦是一个农业国，农产品出口占相当比重，过去出口周边国家，特别是海湾国家，现在也出口欧洲各国。约旦主要出口两种化工产品：碳酸钾和磷酸盐。碳酸钾开采于死海地区，另外约旦建立了磷酸盐化工工业。

每次采访，大使均要谈到约旦与中国的经贸合作。约旦与中国的经贸合作进展良好。1995年，双方的贸易额达到1.38亿美元，

在尤素福博士（中）的陪同下，笔者对萨米尔大使进行第一次采访。

对约旦这样一个国家来说，这是相当可观的数字。（注：目前，中国是约旦第二大贸易伙伴和第一大进口来源国，2016 年双边贸易额达 31.7 亿美元）约旦从中国进口很多产品，包括钢铁、食品、服装、儿童玩具、家用器皿、家用电器和电子产品等。从 1991 年开始，中国出口约旦的汽车种类逐年增加。现在，约旦街道上可见到北京吉普、一汽解放和东风汽车公司生产的各种汽车。中国汽车价格便宜，适合一般消费水平，具有一定的竞争力。至于儿童玩具，可以说，目前约旦市场上 80% 的儿童玩具是从中国进口的。中国的服装很多，布匹和丝绸受到约旦顾客的欢迎。

谈到服装，我请大使谈谈约旦的民族服饰。他说，约旦每个地区的民族服饰都有自己的特色，但总体来讲比较相似，例如妇女穿长袍，可一直拖到脚跟。用料一般是黑天鹅绒，上面绣着不同的花纹，各地区服饰的不同在于花纹的针脚细密差异，也反映在头巾和头饰的区别上。对男子来讲，民族服装基本统一，主要有三个部分组成：米特拉杰（即内衣）、斗篷和头巾。冬夏两季的斗篷不尽相同，冬季稍厚、夏季较薄，斗篷上有金银线和其他丝线的刺绣。头巾有几种颜色，一般为红色。夏季则缠白色头巾，上有黑色和红色刺绣，头箍是作固定头巾用。

萨米尔大使特别寄望于两国之间的旅游合作。约旦旅游业取得长足的发展，游客不断增加，收入逐年上升。随着旅游业的发展，

笔者对大使进行第三次采访。

旅游投资也有所增加，建设了 50 多家各种星级的酒店。旅游业是约旦政府积极发展的项目，并从中获取最大的收益。大家知道，约旦人喜欢外出旅游，经常成群结队出国观光，所以可以想方设法吸引更多的约旦人到中国来。中国人也有旅游的爱好，双方可以共同合作，组织更多的中国游客到约旦去，同时经约旦到其他国家和地区去，交通都十分方便。

日本夫人、约旦美食

1998 年初秋，中国国际广播电台影视中心决定开拍电视纪实片《阿拉伯大使在中国》。摄制组初步决定，先拍当时的阿拉伯驻华使团团长、黎巴嫩驻华大使法里德·萨马哈和约旦驻华大使萨米尔·努欧里。

在拍摄约旦驻华大使萨米尔前，我代表摄制组与大使联系，把我们拍摄的宗旨、内容和要求告诉大使，并征求他的意见。大使先是表示歉意，后经解说后表示同意，并商定拍摄日期。

三天后的下午，我们摄制组根据约定的时间来到了约旦驻华使馆。大使见到我们，面带微笑，伸开双手，热烈欢迎。简单寒暄后，便开始工作，先拍摄大使的办公室。大使向我们简单地介绍自己的生平。他1943年10月出生于耶路撒冷，大学就读于黎巴嫩的大学。大学毕业后，到安曼拉格丹中学教书。1972年到约旦外交部工作。1974年后，先后在约旦驻日本、法国和澳大利亚使馆工作，还担任过约旦驻联合国的副常务代表。1993年开始，任约旦驻华大使。

大使的官邸就在使馆的后面，走进客厅，大使的日本夫人和三个孩子（两男一女）出来迎接，并请我们品尝由夫人亲自做的约旦点心。茶几上放满了酸奶、茶、咖啡和水果，还有约旦人爱吃的发面饼、玉米饼、大饼夹肉等。约旦人宴请客人时，米饭一般都是用右手捏成团送入口中，主要食物是驼奶,还乐于用羊奶制作各种甜酪;

电视摄制组、笔者（右1）和大使（左5）、大使夫人及大使全家在一起。

奶、椰枣、小麦、谷米等是他们日常的主要食品。

热情待客，官民兼顾

萨米尔大使十分重视官方外交，自1993年上任以来，他推动高层领导来华访问，促成了一些约旦与中国合作项目的上马。

我退休后，曾陪同一些民营企业家拜会萨米尔大使，他们都想前往约旦开拓市场。大使均耐心地满足他们的要求，向他们介绍约旦市场和投资政策等。大使说，约旦的主要资源是磷酸盐、钾盐、铜、锰、油页岩和少量天然气。磷酸盐储量约20亿吨。死海海水可提炼钾盐，储量达40亿吨；油页岩储量400亿吨；约旦的工业多属于轻工业和小型加工工业，主要有采矿、炼油、食品加工、玻璃、纺织、塑料制品、卷烟、皮革、制鞋、造纸等。在投资方面，约旦制定了鼓励外国投资法，使投资者在约旦合资办厂减免关税并享受一些优惠政策。中国已有很多家公司在约旦建立了办事处，这些公司参与了约旦包括住房、公路和基础设施等建设项目。大使希望中国的企业家和厂商到约旦办商品展览会，约旦人特别喜欢中国的工业品、中草药、文化用品、陶瓷和工艺美术品等。

经历复兴，往事多彩

与萨米尔大使分别已近20年了，我很想知道他的近况，于是四处打听，询问在京的约旦朋友，但无结果。这时，想起了我的老熟人，原约旦驻华使馆翻译、大使秘书尤素福·萨利赫·哈塔伊卜博士。得知他现在广州，我便打电话与他联系。听到我的声音，他喜出望外，问长问短。我问他是否知道萨米尔大使的近况，因为今年（2017年）是中国和约旦建交40周年，想了解他目前的情况。他立即回话："很愿意为您服务。"几天后，尤素福转发萨米尔大使从美国发来的文章《我在中国当大使的经历》，并转达大使对笔者的问候。

1997 年 11 月 3 日，笔者（左 3）陪同萨米尔大使（左 2）出席中国国际广播电台阿拉伯语广播开播 40 周年庆祝会。

大使的文章共三页，现摘译如下：

自 1993 年 11 月至 1999 年 1 月，我有幸受命担任约旦驻华大使。这段时间的工作，在我内心留下了美好的回忆，至今，还不时地享受那些多彩的往事。在中国工作期间，我经历了经济、建筑、文化、社会等领域的复兴，亲眼目睹了中国政府和人民在各个领域取得惊人发展，并在很短时间内成为世界第二大经济体的过程。在当代世界的各领域，包括科学和文化领域，中国均占据了主导地位，成为世界现代文明的重要里程碑。

在华工作期间，我有幸参观了很多名胜古迹和壮丽山河。在首都北京，游览了故宫和颐和园等文化胜地。我还到过古都西安和中国现代复兴的象征——上海和大连。此外，我会见了许多思想家和创造者，他们中的很多人是阿拉伯语教授。我对他们在讲授阿拉伯语和文学研究领域发挥的作用感到震惊，他们的成就不亚于阿拉伯文学家和教师。我有机会访问了许多大学和研究机构，同教师和研究人员讨论与研究他们是如何实现自己的创造和发现，然后让别人共享的。

很荣幸，在华工作期间，我领悟了中国的文化艺术的复兴。在很短的时间内，中国传统文化得到继承，西方艺术如歌剧、芭蕾舞等得到发扬。我不仅欣赏过中国文艺团体的演出，还了解了他们的

退休后的萨米尔大使和全家。

成就。我经常观看和聆听中国一些歌剧、交响乐和芭蕾舞团体的演出，并为他们的艺术水准感到惊讶。他们不时去国外演出，同样取得极大的成功。他们的水平超过了约旦和其他一些国家的艺术团体。

让我极为赞叹的是，我亲身体会到中国公民热爱和忠诚于自己的国家。他们融合在各个不同领域，并取得了成功。他们都感到自己是国家的一分子，理应为国家的进步、民族的理想而勤奋、忠实地工作。

尽管在中国时间短暂，但我有不计其数的有关中国的人和事及见闻要讲。简而言之，能在中国工作，能目睹那么多，能与中国各个领域建立起友谊，能为约旦与中国、约旦人民和伟大的中国人民之间的牢固友谊出力，我感到莫大的幸福。我完全相信，这种关系将一如既往地得到更快发展，取得更大成果，以造福两国和两国友好的人民。

在结束驻华大使的工作后，我回到安曼，担任约旦外交部长办公室主任。两年后，即2000年底，我被任命为约旦驻日本大使，任期从 2000 年 10 月开始，直至 2008 年 9 月。任期结束后，我便回国退休了。

我从好友尤素福博士那里得知，萨米尔大使的两个儿子，一个在美国，另一个在阿联酋迪拜，女儿也在美国。退休后，他四处走动，现在美国生活，有时也写点回忆性的文章，述说他在中国和其他国家的工作经历和观感。我请尤素福博士转达自己的问候，愿他保重身体，全家幸福。

也许，我与约旦驻华使馆有缘。自萨米尔大使离任后，换了好几任大使，但我一直与约旦驻华使馆保持联系。直至现在，大使叶海亚·卡拉莱每逢约旦国庆，均不忘给我发函，邀请我参加国庆招待会。

少将大使，以身作则

——记沙特前驻华大使尤素夫·穆罕默德·迈达尼

1990年中沙建交后，经贸活动立即活跃。1997年，我想趁沙特阿拉伯国庆之际，采访沙特阿拉伯驻华大使尤素夫·穆罕默德·迈达尼先生。经中方有关部门同意后，立即与沙特阿拉伯驻华使馆联系，并提出采访要求。几天后，对方回复同意采访，但要求把提问的问题用传真发给他们。

与大使一席谈

8月12日，我来到沙特阿拉伯使馆采访。该使馆是一座两层楼房，建筑面积不算小，在驻华使馆中属于中等。馆内设有两个会客室，一楼会客室接待一般来访者，二楼的会客室供大使专用。笔者采访大使，就被请到二楼会客室就座。一些阿拉伯人时间概念不强，总喜欢说"等片刻、等一分钟"等等，其实要等数分钟甚至10分钟以上。但这位大使与众不同，提前进了会客室。他身穿一身灰色西服。我们互致色兰（即阿拉伯语的问候）。迈达尼大使除了讲阿拉伯语外，从外表、肤色、举止看不出他是阿拉伯人。听使馆工作人员介绍，他原是沙特阿拉伯军队的少将，是一位虔诚的穆斯林，一天五次礼拜从不耽误，每天下午4点的晡礼，召集使馆人员一起做。他以身作则，准时上下班，并要求大家做到。

迈达尼大使接受笔者采访。

　　寒暄几句后，便进入正题，我先请他谈谈近几年中沙经贸合作的情况。他说："我们两国关系非常好，两国贸易充满生机，具体数字显示，贸易额逐年大幅度增长。1996年沙特向中国出口的商品中，第一位的是石油和石油产品，第二位的是化工产品和尿素。同年，中国向沙特阿拉伯出口成衣、纺织品、食糖和轻工产品等。中国产品质量好、价格便宜，在国际市场有竞争力。中国向世界开放的时间不长，中国产品在沙特阿拉伯市场还没有占据应有的地位，我们期待两国经济联合委员会做出努力，研究增加两国贸易的有效途径。"

　　沙特阿拉伯有不少产品出口，我问："沙特有哪些产品可以推销到中国？"大使先看看事先准备好的稿子，然后脱稿说："沙特可向中国市场推销的产品很多，特别是石油、石化产品、塑料制品和钢轨等。沙特的化工产品在国际市场上占据显著的位置，这是由于产品质量上乘，价格有竞争力。我们相信，塑料和其他轻工产品，也将受到中国用户的青睐。"他欢迎中国到沙特投资："沙特政局稳定，有得天独厚的地理位置，并向外国投资者提供优惠政策。"

大使特别强调沙中双方的旅游合作。他说："最近几年，从欧美去沙特旅游的人数不断增加。沙特幅员辽阔，各地区气候不同，但全年大部分时间气温适中，是旅游和避暑胜地。"

"塔伊夫是沙特第一个避暑胜地，由于这里气候温和，有很多国内和海湾国家的游客前来这里避暑。阿西尔地区有好几个旅游景观，这里景色诱人，夏季气候凉爽。吉达市沿海地区有花园、儿童乐园、游泳海滩，还有多家宾馆、餐馆和休养设施。东部沿海地区主要包括达曼沿海、尼施富、盖美尔海湾等，当地人和海湾合作委员会国家的游客都慕名而来。"

"中沙双方在旅游方面的合作前景如何？"大使回答道："毫无疑义，中国在旅游方面具有巨大的潜力。欢迎大量的中国游客前来沙特观光旅游。随着中国旅游宣传的加强，将会有沙特游客前来中国欣赏美丽的风光和伟大的古迹。两国相互组织游客观光是民间文化交流的重要一环，无疑将积极推动双边关系的发展。"

这次采访内容笔者把它翻译成中文，并以问答的形式发表在北京出版的《世界信息报》上。

向高校和图书馆赠书

自 1995 年到华上任以来，尤素夫·迈达尼大使为促进两国政府合作，增进两国人民了解，做了大量的工作。在任期内，他安排了沙特高层领导来华访问；促成了一些沙中合作项目上马；关心中国穆斯林的生活和清真寺的发展；到中国社会科学院等一些学术科研机构做报告；到北京大学、北京外语学院、北京语言文化大学等单位赠书。

我有幸参加了部分赠书活动。在北京大学庆祝建校 100 周年前夕，迈达尼大使代表时任沙特王国王储、副首相、国民卫队总司令、国王图书馆董事长阿卜杜拉·本·阿卜杜勒·阿齐兹·阿勒·沙特亲王殿下，向北京大学赠送书籍。迈达尼大使在赠书仪式上发表了热情洋溢的讲话："这次向北京大学赠送的书籍包括《阿拉伯全球大百科全书》和其他阿拉伯语言文学、阿拉伯和伊斯兰文明的重要书籍。文明的交流将成为连接中华民族和阿拉伯民族的桥梁。沙特阿拉伯王国高度评价中华人民共和国为加强两国之间在各个领域的关系所做出的努力。起源于阿拉伯半岛的阿拉伯和伊斯兰文明为人类文明的发展及创新做出了贡献，加速了彼此受益和相互学习的进程。阿拉伯伊斯兰文化和中国文化是两种发展的和具有创造性的伟大文化，它形成和发展了人道主义理念，远离偏见和仇恨。"

北京大学副校长迟惠生在赠书仪式上说："这次赠书给北京大学百年校庆增添光彩，将在北京大学和沙特各大学间的学术和文化交流史上写下一页。阿拉伯文化对世界产生了影响。中国和沙特阿拉伯都是历史悠久的国家，我们的文化有着灿烂的过去，在面向 21 世纪的时候，中国文化和阿拉伯文化肯定会对世界的进步做出更大的贡献。"

迈达尼大使介绍了《阿拉伯全球大百科全书》，他说："这套全书是在沙特苏尔坦亲王殿下亲自倡议关心安排和资助下，在一些阿拉伯国家高校和科技单位的合作下，荟集千名科学家、文学家、翻译家、艺术家及语言科技等各类专业人才，共耗时 6 年半完成的。这部巨著是第一部沙特阿拉伯出版的百科全书，也是阿拉伯世界规模最大、门类齐全、学术价值极高的大百科全书。"

"全书共 30 卷，每卷 1500 页，收条目 12 万，附有图片和地图 1 万 8 千幅，其中 1 万 2 千幅为彩图。内容包括自然科学、社会科学、伊斯兰教、科技工程、文学艺术等各学科，世界著名人物、历史、地理、团体结构等介绍。第 28 卷阿英和英阿词典均按阿拉伯语和英语字母的次序排列，全卷收集 2 万零 8 百个字条。全书最终定稿并出版经过了几个阶段，特别是照片、地图、表格的制作和印刷花费了很长时间，工序繁多，制作复杂。全书的印刷和装订都采用最先进的技术，《阿拉伯全球大百科全书》与同类百科全书相比毫不逊色。"

大使指出，长期以来，阿拉伯各国图书馆缺少如《世界图书百科

尤素夫·迈达尼大使（左２）和中国伊斯兰教协会主任沈遐熙（左３）、笔者（右１）出席河北承德清真寺扩建竣工庆典。

全书》《不列颠百科全书》这样一类包罗万象且有权威性的大百科全书。《阿拉伯全球大百科全书》的出版无疑为提高包括沙特人民在内的全体阿拉伯民族的知识水平，开展学术研究做出重大贡献。

　　赠书仪式最后，北京大学外语学院阿拉伯语系学生代表说："这次赠书仪式是一次中沙两国人民的友好聚会。《阿拉伯全球大百科全书》和其他阿拉伯书籍对我们学生来说十分珍贵，将受益匪浅。它将在中国和阿拉伯各国人民，特别是沙特人民间架起相互交流和了解的桥梁。"

广交朋友，全面调研

　　迈达尼大使在５年的任期内结识了很多中国朋友，据笔者了解，他的朋友面极广。因为他是军人，所以中国国防部、各军事院校的

马骏廷副主席（左2）会见沙特驻华大使尤素夫·迈达尼（左1）和阿联酋驻华大使伊斯梅尔·奥贝德·尤素夫（右1）等。笔者（右2）担任翻译。

马骏廷副主席（左5）和沙特大使尤素夫·迈达尼（左4）、阿联酋大使伊斯梅尔·奥贝德·尤素夫（右4）、阿曼大使阿卜杜拉·穆罕默德·法西（左3）、巴林大使穆罕默德·哈麦德·马哈梅德和科威特驻华使馆代办（左2）等合影。

朋友不少。每年沙特国庆招待会，有为数不少的中国军方人士应邀出席。当然，他最多的朋友还是中国外交界的，其次是教育界和我们新闻界。他与中国穆斯林有广泛的接触，除北京伊斯兰教协会及各清真寺的穆斯林朋友外，外地还有无数的穆斯林兄弟。

1997年7月，我曾陪同他去河北承德清真寺参加扩建竣工庆典。出席庆典的还有阿拉伯联盟驻华代表处主任萨基特和中国伊斯兰教协会主任沈遐熙及当地伊斯兰协会的负责人。迈达尼大使在庆典上做了热情洋溢的讲话，还代表沙特政府赠送给清真寺一笔款项。

1998年初秋，时任宁夏回族自治区副主席马骏廷在北京贵宾楼

饭店约见和宴请海湾国家驻华大使。我协助宁夏外事办公室安排和组织这次活动，并担任翻译。下午4点半，马骏廷副主席和自治区外办主任等首先来到贵宾接待室。20分钟后，海湾国家驻华使团团长、阿联酋驻华大使伊斯梅尔·奥贝德·尤素夫，沙特驻华大使尤素夫·迈达尼，阿曼驻华大使阿卜杜拉·穆罕默德·法西，巴林驻华大使穆罕默德·哈麦德·马哈梅德和科威特驻华使馆代办先后到达。

马骏廷副主席对海湾国家驻华大使们在百忙中参加会面表示感谢，接着他介绍了宁夏的情况，他说："宁夏土地资源丰富，引黄灌溉便利，光热条件充足。宁夏枸杞、马铃薯、瓜菜、中药材、清真牛羊肉等特色农产品质量优良，是大陆有影响的清真食品原料生产基地，具有发展清真食品产业的良好基础，在这方面可与海湾国家广泛合作。自治区把旅游业确定为宁夏国民经济新兴产业。区内设立了旅游发展基金，用于旅游精品的建设。走进宁夏，游客可一睹连绵起伏的山地、千沟万壑的黄土高原、浩瀚无际的湖沼等多彩的旅游景观。感受宁夏独特的历史环境和富有鲜明特色的人文景观及民俗风情。"马骏廷副主席欢迎大使们到宁夏参观旅游。

大使们对这片中国穆斯林聚居区很感兴趣，表示愿为他们国家与宁夏的合作努力，也欢迎自治区领导组团前往他们国家访问。我听说，事后不久，马骏廷副主席率领宁夏代表团访问了沙特和阿联酋等国。

迈达尼大使愿意启用苏丹人，在沙特大使馆内，就有苏丹雇员。有一位苏丹朋友，是清华大学的毕业生，也是中国通，不少大使馆内外的活动就请他当顾问和口头翻译。大使还挖掘各方人才，请一些中方退休人员到使馆帮助工作，他曾要我到使馆工作，帮助翻译每天中国各大报纸发表的重要新闻。由于自己工作和家务繁多，就婉言谢绝了。也许他对我的阿拉伯语翻译水平比较认可，曾要求我帮助沙特使馆翻译一些文件，其中一个是中华人民共和国军品出口管理条例。此条例约3000字，军事和法律术语很多，翻译难度极大。我用了一个星期的业余时间，艰难地完成了任务，并请阿拉伯专家审定。除此以外，他提出把国务院新闻办公室、新华社、人民日报等负责人列出阿拉伯文名单。还要我了解各新闻单位懂外语的穆斯林记者和编辑。这可不好办，国际台有几位懂外语的穆斯林编播人员，但外单位就不清楚了。经电话联系，总算找到了几位，中央电视台国际部副主任是穆斯林，旅游报国际部主任和中国青年报一位编辑是懂英语的穆斯林。

大使的调研工作十分全面，非常精细。据了解，他对中国高校、学术机构和政府部门都做了深入细致的调查研究。

思路敏锐，勇于开拓

——记沙特前驻华大使穆罕默德·本·阿卜杜·拉赫曼·比沙尔

沙特驻华第二任大使尤素夫·穆罕默德·迈达尼离任后，好长时间由代办主持使馆工作。将近一年后，来了新大使穆罕默德·本·阿卜杜·拉赫曼·比沙尔博士。虽然与新大使交往并不频繁，但他热情恳切、工作麻利，给人留下深刻的印象。

著书立说，颂扬中华

2004年4月的一个下午，笔者见到了比沙尔大使。他请我到他办公室，并把他近期出的新书送给我。他在书的扉页上写下如下的赠言："很荣幸地把我的书赠送给您，我的朋友萨利姆·刘。希望能在您的知识宝库中增添有益的内容。"

这本著作用阿拉伯文书写，书名为《中华文明》。全书共计347页，分5大章：总论、宗教信仰、中国传统医疗、中国饮食和中国简史。最后是中国历代纪元表和主要参考书目（包括阿文、英文和中文）。

比沙尔大使在自序中写道："伊斯兰历1421年的年中，即公元2000年10月，我被任命为沙特阿拉伯王国驻中华人民共和国特命全权大使，前往中国，报效祖国。中国是有影响的国家，到处飘溢着历史的芬芳、时代的气息，闪耀着未来的阳光。我力所能及地生活在这慷慨的人民之中，了解他们的社会、文化，还有政治立场。"

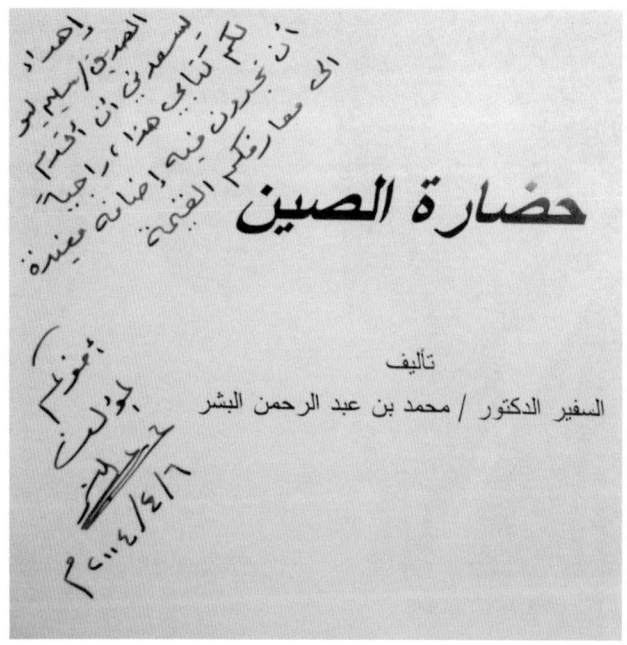

比沙尔大使在书的扉页上写的赠言。

"共产党致力打倒帝国主义，推翻了封建王朝。在这进程中，带来了大量的影响。在过去的二十年中，共产党领导人采取了对外开放政策，掀起了工业腾飞和国家建设热潮。中国已经实现了经济的高速增长。"

在本书的结束语中，大使再次谈论对中国的深情："中国过去和现在都是丰富多彩的文明国家。干渴者可得到清净的饮水，果园中可采摘到丰硕的果实。就这样，几千年来，它确保了所需要的食物和药材。子孙后代从其丰富的文化和哲理中吸取营养，在各个领域传宗接代。很幸运，我作为沙特阿拉伯大使在中国工作了三年，直到这本书问世。期间，我有机会近距离地接触中国的今昔。无疑，百闻不如一见。我尽力地工作，在伟大文化灌木丛生的深林中到处寻找闪闪发光的宝石，以快捷方式，毫不迟疑地，介绍给他人。"

"我目睹和阅读到的中国，可以用阿拉伯语的谚语来说明，这句谚语说'慢慢前行，会超越他人。'愿我的书写，能使大家满意。"

比沙尔大使在审阅笔者写的稿件。

组织采访，迎接国王

2006年1月，阿卜杜拉国王接位后首次出访，把中国作为第一站。这次出访受到世界各国，特别是阿拉伯国家舆论的关注。就在国王访华前夕，前驻华大使比沙尔博士打国际长途与我联系，要我以沙特著名的杂志《耶玛美》周刊记者的名义，采访几位中国著名人士，以迎接阿卜杜拉国王访华。在之后接到《耶玛美》总编辑哈吉兰的国际长途电话后，我便立即电话采访了前中国驻沙特大使郑达庸，中国伊斯兰教协会副会长马云福，中国对外友好协会副会长、中国阿拉伯友好协会和中国沙特友好协会副会长王运泽。

阿卜杜拉国王到达北京的当天晚上，哈吉兰总编辑在他下榻的中国大饭店约见了我，并送我一本前一天刚出版的《耶玛美》周刊，上面发表了我的专访文章，标题是《中国官员强调国王访华的重大意义，并指出发展两国关系和经济合作定能结出预期的成果》。刊登的详细内容如下：

《耶玛美》周刊拜访了三位中国官员，就两圣寺的守护者（即沙特国王）访华聆听了他们的看法，还就一些问题进行了对话，话题主要集中在沙特阿拉伯王国的对外政策和对阿卜杜拉国王个人的印象。

采访的第一位官员是中国前驻沙特大使郑达庸先生，他于1994—1997年就任大使职务。在谈及两圣寺的守护者时，郑大使说，我曾见过他多次，几乎每年一次。那时他还是王储，他认为中国大使都是他的朋友。至于对他个人的印象，郑大使说，阿卜杜拉国王在国内和阿拉伯世界享有很高的威望和声誉，德高望重。国王仁慈心善，国内老百姓对他反映很好。他当时也是首相，治国有方，取得很大成就。他非常关注和推动同中国的友好关系。他高兴地看到中沙关系在各个方面，特别是经贸合作的发展。他非常关心两国在能源方面进行合作。希望这种合作是互利的、长期稳定和战略性的。国王多次强调，中国是一个很大的市场，改革开放取得很大的成就。他希望同亚洲国家，特别是同中国发展关系。在他当首相期间，在他的主持下，通过了沙中相互投资保护协定。同时，他对中国人民怀有很深的感情，积极发展和推动同中国的友好关系。每次中国代表团到沙特访问，他都热情接见，并进行非常友好的谈话。在他的倡导和努力下，成立了沙中友好协会。所以我们可以说，阿卜杜拉国王是中国人民的好朋友、老朋友。他一再强调，沙中两国人民同属东方民族，都有相同的东方文明、传统和美德。我们是真正的、可信赖的朋友。

在谈到对阿卜杜拉访华的展望时，郑大庸大使说，中国和沙特建交以来，两国在各方面的关系都有长足的发展。我们中国领导人也非常重视同沙特发展战略友好合作关系。中沙双方是友好的，没有利害冲突。在这个基础上，两国领导人非常关注这次访问。郑大使强调，阿卜杜拉国王登基以后不久就到中国来访问，说明他对中沙友好非常重视。也反映了两国关系的水平。因为过去还没有国王来中国访问过。他的访华将具有深远的现实意义，会有实质性的结果，

有些项目会达成协议。由于沙特在阿拉伯世界是一个大国，这次访问也有助于中国与阿拉伯世界关系的发展。中国和沙特的关系已经有了很大的发展，中国很多公司进入了沙特市场，沙特有一些项目同中国合作。通过这次访问，中沙关系将进入一个新阶段，将包含更多的新内容。

接受采访的第二位嘉宾是中国伊斯兰教协会副会长马云福。他一开始就谈到了阿卜杜拉国王 1998 年 10 月访华期间，专程到中国伊斯兰教协会访问的情景。他说，阿卜杜拉当时是王储。对他的来访大家特别高兴，我们在中国伊斯兰教协会门口夹道欢迎，然后把他引到了贵宾接待室。在听了中国伊协的简单介绍后，他讲了三点，非常重要，也特别好。他说，第一，你们中国穆斯林要爱你们的祖国；第二，要服从你们政府的领导；第三，要学习伊斯兰教知识，传播伊斯兰教。实际上，他的讲话很符合中国的国情，就是我们常说的"爱国爱教"。我们伊协送给他一件礼品，是用玉石雕琢的花篮。他十分高兴地接过礼品后宣布：赠送中国伊斯兰教协会一笔钱。我们中国伊协利用这笔巨款修缮清真寺、救济遭受自然灾害的穆斯林聚居区的灾民、派中国穆斯林学生去阿拉伯国家留学、举办《古兰经》朗诵比赛等。

在谈到对阿卜杜拉国王的个人印象时，马云福副会长讲了一件事，他说，就在国王在中国伊协贵宾室就座时，我与他坐得很近，当他看到我头上戴的白帽子，便问，这帽子是从沙特买的吧？我答：是的。从中可领略到，他十分平易近人。没有架子，对中国穆斯林特别亲切热情。马副会长接着说，我对他的个人印象非常好。他确实是一位好国王，相信他能领导好沙特人民进行复兴和现代化建设。

采访的第三位要人是王运泽先生，他是中国对外友协、中国阿拉伯友好协会和中沙友协副会长。他说，我们协会一直期待着阿卜杜拉国王来华访问。他以前作为王储访问过中国，我们中有好多人都见过他，他给大家留下深刻的印象。这次他就任国王后首先访问中国，说明他对发展与中国的关系十分重视。

接着王运泽副会长介绍了中沙友好协会的情况，他说，我们中沙友协与沙中友协保持密切的接触。沙中友协的成立说明沙特国王和政府关注与中国发展关系。2001 年，前石油部长王涛担任中沙友协会长，他率领中国企业家访问了沙特，考察了沙特市场，举办了经贸研讨会。沙中友协会长阿卜杜·拉哈曼·杰里西也率领大批沙特企业家来中国访问，与中沙友协联合举办研讨会，就共同关心的中沙经贸合作进行探讨，并达成了一些协议。我们中沙友协主要为我们两国经贸合作牵线搭桥。近年来，两国的贸易额迅速增加。仅 2005 年前 11 个月，双方的贸易额就达到 144.9 亿美元，比 2004 年同期增加 59.4%。

谈到这次阿卜杜拉国王访华的意义，王运泽副会长表示，就经贸合作来讲，我们完全相信，通过阿卜杜拉国王这次访问，两国的贸易额将大幅度增加，双方的经贸交流将会有实质性的进展，将为以后的经贸合作开辟更加广阔辉煌的前景。2004 年 1 月，胡锦涛主席访问了开罗的阿拉伯联盟总部，并就发展中国和阿拉伯国家的新型伙伴关系提出四项原则，包括增进政治关系、密切经贸往来、扩大文化交流和加强在国际事务中的合作。在这个大框架内，我们与沙特的关系将进一步发展。这次访问将起到推动作用。所以，沙特国王访华意义重大。目前，中国和沙特都面临经济挑战，也有发展机遇。从我们双方的官方和民间机构来讲，都可发挥重要作用。

《耶玛美》周刊在同一期发表了比沙尔大使的文章，题目是《打开合作的渠道》。大使在文章中写道："沙特国王阿卜杜拉这次访问中华人民共和国使我们想起了大约七年前他的那次成功访华。那是一片经济腾飞的景象。如今，中国经济的巨龙又再次从容腾飞，并挥动着和平、技术进步的旗帜，参与世界经济的发展。"

"那次访问时，我们两国的贸易额是 16 亿美元左右，如今已超过 120 亿，超过了预期的指标。现在，中国商品已进入了沙特每个家庭。同时沙特的石油和石化产品也满足了中国的迫切需要。过去多次高尚的访问打开了许多大门，加强了合作。这次珍贵的国王访

问将摧毁障碍和建设多座桥梁，拓展各领域的进一步合作。"

迎接摄制组归来，欢送穆斯林朝觐

　　2000 年深秋，由北京电视台、中国国际广播电台和中国伊斯兰教协会等单位组成的摄制组，应海湾各国新闻部或广电总局的邀请，前往海湾六国拍摄电视纪实片，我作为编辑和翻译陪同前往。

　　摄制组前后拍摄了两个多月，于 2000 年底回国。比沙尔大使刚到任不久，听到我们回国的消息后，便在家中设宴，为我们接风洗尘。我们简单地介绍这部片子："《走进沙特阿拉伯》是电视纪实片。片子一开始是观众解说：这是一片广袤无垠的荒漠，悠扬的驼铃声每天迎送着日出日落。这是一个蕴藏丰富的宝库，有一种黑色的黄金从这里喷薄而出。一个国家的历史由此改写，今天的它，牵动着世界经济发展的脉搏。然后，影片出现了沙特第一口油井——达曼 7 号井、沙特阿拉伯石油公司、沙特石油博物馆和法赫德国王石油矿产东西等镜头。高速公路在快速延伸，高楼大厦在贫瘠的沙漠上崛起，高级轿车取代了沙漠之舟，淡化海水造就了新的绿洲。漫步在达曼市的拉德商场，谁能想像到这里曾是沙漠地，如今却成为沙特最大的购物天堂。"

　　"沙特盛产椰枣，国徽上就有一颗椰枣树。千百年来，沙漠中的人们靠它果腹。阿拉伯民间有句古老的谚语：'家中无椰枣，就会闹饥荒。'人们对椰枣如此推崇，是因为它适应多变的沙漠气候，耐高温，抗严寒，生命力极强，而这些正好代表着阿拉伯民族的特性。纪实片后半部分详细介绍了两大圣地麦加和麦地那及两大圣寺的扩建。"

　　大使听后深表满意，希望能把这部片子介绍给中国广大穆斯林。我们向大使表示，将把这部纪实作品制成光盘，送给中国各清真寺和有关单位。大使点头赞赏这种做法。

　　进入 21 世纪，中国伊斯兰教协会每年要组织几千，近几年均超过一万穆斯林前往伊斯兰教圣地麦加朝觐，并租用数十架包机运送

比沙尔大使在家中会见笔者。

朝觐穆斯林。这些中国朝觐穆斯林大多来自 26 个省市自治区，其中以新疆、甘肃、宁夏、青海、云南等人数较多。自笔者担任沙特通讯社驻华记者以后，差不多每年要到首都机场，送穆斯林去麦加朝觐。而且他们每次离京都在清晨。我们送行者必须在凌晨四五点，甚至后半夜二三点从市内出发。每次送行，沙特驻华使馆主要负责人一定到场，不是大使，定是代办。笔者记得，比沙尔大使也曾到过 2 次。

2001 年 2 月 11 日上午，第一批中国朝圣者离开北京前往圣地朝觐，这批朝觐者共 283 人，来自中国的甘肃、云南、西藏和北京。到机场送行的有比沙尔大使和中国伊斯兰教协会几位副会长。

中国伊斯兰教协会副会长穆罕默德·余振贵先生在机场欢送仪式上首先讲话，他说："今天前往麦加朝圣的穆斯林是新世纪第一批中国朝圣者。我们感谢中国政府，是它的宗教信仰自由政策，使得我们有机会前往麦加进行全部朝觐活动。我们也感谢沙特阿拉伯政府及其驻华使馆，是他们给我们提供了所有方便。我们有信心，中国朝圣者将诚实和真情地完成朝觐功课，胜利而平安地回到自己的祖国。"

比沙尔大使说："你们要去最伟大的圣地朝觐。去完成伊斯兰教的五大功修中的最后一项——朝觐。朝觐者没有贫穷富贵和年龄大小之分。大家都穿同样的衣服，都做同样的功课。都愿获得全能真主的喜悦。沙特阿拉伯王国在两圣寺的仆人法赫德·本·阿卜杜勒·阿齐兹国王的领导下，都认为应为你们，为我们的穆斯林朝觐兄弟服务，并准备提供所有的方便。我在这里要感谢中国伊斯兰教协会，是他们为你们，也为我们做了朝觐的准备工作。"大使继续说："两圣寺的仆人法赫德·本·阿卜杜勒·阿齐兹国王个人今年将免费提供 200 位中国穆斯林名额，欢迎他们前往麦加朝觐。这是两圣寺的仆人的善行。"

欢送结束后，我请陈广元会长介绍中国穆斯林前往麦加朝觐的历史。他说，中国是最早传入伊斯兰教的国家之一。一千多年前，中国穆斯林就开始朝拜天房。据有关中国朝觐历史记载，中国朝觐团去麦加朝觐可追溯到的唐代（618—907）。清朝期间（1616—1911），中国朝圣者的人数大增。其中有不少是学者，他们利用朝觐的机会，走访了著名的伊斯兰古老城镇，并进行了学术研究活动。这些人便成为中国与整个阿拉伯世界之间交流的先驱。由于当时通往麦加天房的道路崎岖，甚至充满危险和恐惧，所以当时中国穆斯林的朝圣之路十分艰辛。一些中国穆斯林在前往麦加的过程中，遇到天灾人祸，在半路就归真了。至于那些实现自己朝觐宿愿的人，都是受尽千辛万苦，经过了数千公里的长途跋涉，第二年才到达目的地，全程耗时一年多。

1949 年新中国成立后，有一段时间中国海港被封锁，加之中国和沙特阿拉伯尚未建交，中国穆斯林无法前往麦加。1952 年，中国组织了 16 人的朝觐团，绕道巴基斯坦去沙特麦加朝觐，但由于没有得到沙特驻巴基斯坦使馆的朝觐签证，被迫返回。1955 年，周恩来总理在出席印度尼西亚万隆会议期间，会见了出席同一次会议的时任沙特首相的阿齐兹亲王，与他探讨了中国穆斯林去沙特麦加朝觐的问题，希望沙特王国能给予他们朝觐签证。从此，麦加的大门重新对中国穆斯林打开。同年，中国伊斯兰协会组织了中国朝觐团，

比沙尔大使（右２）与中国伊斯兰教协会领导一起欢送中国穆斯林去麦加朝觐。

在获得沙特驻巴基斯坦使馆的签证后，顺利抵达麦加，并得到沙特国王沙特·本·阿卜杜勒·阿齐兹的接见。第二年，即 1956 年，以中国伊斯兰教协会会长包尔汉·谢海迪为首的中国朝觐团前往麦加履行朝觐功课，受到沙方的欢迎。沙特·本·阿卜杜勒·阿齐兹国王接见了朝觐团。团长包尔汉还参加了洗天房的仪式。这充分表明沙特国王、政府和人民都十分关注中国的穆斯林。此事已成为沙特阿拉伯和中国关系史上的重要事件及两国穆斯林之间友谊的突出的里程碑。自此以后，中国伊斯兰教协会每年都派朝觐团去麦加朝觐。

　　陈广元会长本人曾正朝两次，副朝也有两次。第一次朝觐于1962 年，受到了沙特朝觐部和世界伊斯兰联盟的殷勤款待。当时的沙特国王沙特·本·阿卜杜勒·阿齐兹还接见了他。陈会长高度赞赏沙特对中国朝觐工作提供的方便和帮助，对他们表示由衷的感谢。他指出，世界伊斯兰联盟每年邀请二十位中国穆斯林前往麦加朝觐。

合办反恐研讨会

2002年10月下旬，沙特驻华使馆和上海外国语大学联合举办"国际恐怖主义及其缘由"国际学术研讨会，我作为沙特通讯社驻华记者出席了这次研讨会。

开幕那天上午，上海外国语大学会议中心的贵宾接待室内济济一堂。比沙尔大使来了，学校的副校长和外交部有关部门及国内有关研究机构的负责人到了。在这里，我见到了北大的老同学赵国忠教授、仲跻昆教授和朱威烈教授等。

研讨会历时两天。比沙尔大使作了学术报告，题目是"探索真理"。他在报告中说："探索真理可行，获得真理不难；古往今来，掌握真理，乃是人类之追求；歪曲真理的手段易得，施展歪曲本领不难，利用歪曲有其可能。因此，人类可依其意志选择道路，可依其文化了解事物，可依其智慧掌握真理。"

"我们应该承认有'人为现实'的存在，人类应该改变这种现实，使之符合真理。令人痛心的'人为现实'不乏其例，诸如形形色色的恐怖主义、占领土地、双重标准、贸易障碍、强权主义、霸权主义、不公和不尊重人权等。恐怖主义是可耻的现实，是无法接受的犯罪行为，是卑鄙的手段。"

研讨会结束后，笔者与比沙尔大使进行了简短的对话，问了三个问题。第一个问题是："'恐怖主义'一词的含义是什么？"大使答复说："我认为'恐怖主义'一词不应该只有一个含义，而应该是反映各种恐怖形式的诸多语汇的总称。强占别国领土是恐怖主义，种族歧视是恐怖主义，不择手段地滥杀无辜是恐怖主义，把一种政治模式和经济模式强加给世界各国人民同样是恐怖主义。"

第二个问题是沙特阿拉伯王国对反恐持何态度？大使答道："沙特阿拉伯早在尊贵的圣地——真主的禁寺——遭到枪击前，已经成为恐怖主义的攻击目标。由此可见，沙特的反恐立场并非现在才有也不是美国（9·11）事件所致。这就是说，沙特对有悖于伊斯兰教

笔者与比沙尔大使进行简短的对话。

原则及其宽容精神的行为，抱的是全面痛斥、全面谴责的态度。沙特已宣布，将全力以赴地反对恐怖主义，并参加在联合国旗帜下的国际集体行动。这是因为世界各国可在这个国际组织中用同一标准为形形色色的恐怖主义下定义，对恐怖主义进行标本兼治，实现国际稳定和安全。"

我的第三个问题是："您对中国穆斯林的印象是什么？"大使回答道："1400 年以来，中国穆斯林在其权利受到保护、安全、稳定的形势下，一直享受着自己国家（中国）的福利。"

比沙尔大使 2006 年离任后，曾先后担任沙特阿拉伯王国驻摩洛哥和阿联酋大使。结束了外交生涯后，被任命为沙特国王办公厅顾问。2015 年 11 月陪同沙特图尔基亲王访问中国时到访北京语言大学，并出席《阿卜杜拉国王和他的王国》一书在华出版启动仪式暨授予图尔基亲王荣誉教授仪式。

北非绿洲的友声

——记突尼斯前驻华大使穆罕默德·蒙吉·拉比卜

突尼斯驻华大使穆罕默德·蒙吉·拉比卜是一位资深外交家，1997 年 9 月来华以前，曾任突尼斯驻阿尔及利亚和约旦大使，突尼斯国际合作及对外投资部秘书长（副部级）。穆罕默德·蒙吉·拉比卜大使在任期间，我与他结下深厚的友情。除平日交流外，还进行了专访，并陪同他到北京郊游和访问宁夏。

夏日宁夏之行

1998 年 7 月底 8 月初，应宁夏回族自治区政府的邀请，穆罕默德·蒙吉·拉比卜大使前往宁夏，进行为期 4 天的访问，笔者陪同前往。访问期间，自治区主席马启智会见了穆罕默德·蒙吉·拉比卜大使。马启智主席说，宁夏是中国唯一的回族自治区，共有 530 万人口，其中回族 170 万。回族群众享受着党中央制定的各项民族政策。在改革开放的新形势下，宁夏最强烈的愿望就是发展经济，提高人民生活水平。将利用穆斯林多的优势，发展与中东国家的经贸合作，这种合作是互利互惠的。穆罕默德·蒙吉·拉比卜大使说，我们的距离虽然相隔遥远，但我们的感情是近的。我们有许多共同的语言和便利条件，这可以促进我们在政治、经济方面加强合作。宁夏将要举行中阿经贸合作论坛会，这是我们联系的纽带，我们将认真探讨与宁夏可能的合作项目。

宁夏商贸部门向大使介绍了宁夏的农业情况。宁夏土地资源丰富，宜农荒地多，超过千万亩。北部得黄河灌溉之利，是全国著名的自流灌溉区和商品粮生产基地。他们还介绍了宁夏丰富而特有的清真食品。

大使向中国主人说，突尼斯地理位置得天独厚，位于东地中海的交接处，离欧洲大陆只有140公里，乘飞机到意大利罗马只需45分钟，去巴黎、伦敦、日内瓦也只需2个小时。突尼斯是连接欧洲和非洲的桥梁，从而使得突尼斯能与欧洲、非洲及阿拉伯国家建立贸易关系。

突尼斯已经同欧盟就自由贸易区签署了合作伙伴协议。按照这个协议，突尼斯的产品拥有自由进入欧洲市场的无配额、无关税优惠政策。突尼斯还和一些阿拉伯国家签订了类似的协议。众多的外国公司在本国安家落户。优越的地理位置、良好的投资环境、受过良好教育的工人群体是吸引外国投资者到突尼斯投资的首要原因。1998年，在达沃斯世界经济论坛上，突尼斯的经济实力在众多的非洲国家中排名第二，人力资源质量方面，被评为最优。突尼斯制定了许多税收和金融方面的优惠政策。投资类型主要包括基础设施建设、纺织、电气、农业综合企业、制药业等。

我也向宁夏的主人介绍自己对突尼斯的了解。突尼斯经济中农业是国民经济重要部门，工业以石油和磷酸盐开采、制造业和加工工业为主；拥有碧海蓝天、大漠黄沙、阿拉伯异域风情和众多罗马古迹，被誉为旅游的天堂。

我们下榻在银川市北京路上豪华的国际饭店。白天的节目排得满当当，但晚上的时间属于自由支配。饭店的一层有娱乐厅，每天举行舞会，我就领大使去度过良宵。大使虽然不会交谊舞，但满脸笑容地进入舞厅，我们在一小圆桌旁坐下，服务员端来茶水。

年轻时，我有时也参加一些舞会。20世纪60年代初期和中期，每逢周末和节日，广电总局在专家楼，国家专家局在友谊宾馆举办

突尼斯大使和笔者在银川沙湖畔交谈。

舞会。我多次陪同凯尔和伊拉克专家参加，有时跳到深夜 12 点。银川市国际饭店的舞厅很宽敞，男男女女随着轻松欢快的舞曲翩翩起舞。大使目不转睛地望着舞厅中央的舞者，见此情景，笔者便请一位女服务员，与他共舞。跳了几步，看来还可以呵，有乐感。先从慢三开始，再学快三和四步。一个半小时下来，跳得满头是汗。但是不能玩得太晚，翌日上午还有访问活动，大使便告别了舞伴，希望明日再学。

8 月初，宁夏的天气已开始变得比较凉爽，有人已穿上外衣。就在一个阳光明媚的上午，我陪同大使游玩了银川著名景观——沙湖。进入景区，几位负责人就热情迎接我们，并送上小红帽。我们坐上游船，行驰在湖面上，湖水呈现出黛绿之色。船主告诉我们这湖水是翻越黄土高原而来的黄河水，真是让人难以想象，滔滔的黄河水，到这里变成了碧绿的湖水。

快艇穿过湖中密布的芦苇荡，不时惊起野鸟数只，船主介绍说："在沙湖的另一端有个鸟岛，是候鸟南飞的中转站，每年都会有大量的候鸟从西伯利亚途经这里，栖息在芦苇荡，再转飞南方。"大使问："这湖面有多大？"船主说："湖面总面积是 1 万亩。如今湖畔长满了一丛丛随风摇曳的芦苇荡，与湖边一大片沙丘相映成趣。"半个多小时的沙湖横渡，我们兴致未尽。上岸后，主人向我们介绍了未来的设想：发展以沙为主的各种娱乐，如骑骆驼、滑沙、沙地赛车等，还举行沙雕节和各种水上活动，使沙湖成为银川市民和游客的最佳休闲娱乐之处。主人欢迎突尼斯和阿拉伯朋友前来沙湖和银川市观光旅游。大使表示，在旅游方面，突尼斯和中国有广阔的合作前景。

大使对银川之行十分满意，有座谈，有参观游览，还学了跳交谊舞，收获不少，表示下次有机会定会再来。

翻译影片《宫殿的沉默》

19 世纪 80 年代后，突尼斯沦为法国的保护国长达 70 多年。1956 年，突尼斯获得独立，重新回到现代世界。世界上很少有像突尼斯这样的国家，历史上经历了如此众多的入侵和变化，民族中并存着不同的文明，并且相互交融。如今，突尼斯成为欧亚非三大洲文化和文明的熔炉。突尼斯电影深受西方文化和阿拉伯文化的双重影响，无论从剧本题材、导演手法、表演艺术、配乐音响、摄影风格和美工效果等方面都融合着两种文化的艺术特色。

突尼斯年轻的女演员辛迪在突尼斯电影《宫殿的沉默》扮演少女艾丽娅。

突尼斯电影《宫殿的沉默》一镜头

1998 年 4 月，中央电视台文艺中心要我翻译突尼斯和法国合拍的电影《宫殿的沉默》。因阿拉伯文脚本中有很多是突尼斯土语，还有部分歌词，就多次上突尼斯使馆请教。

影片《宫殿的沉默》反映突尼斯独立前夕，突尼斯宫殿内一些女仆的不同遭遇。女青年艾丽娅自幼在宫内长大，她母亲海迪加是宫中的东方舞舞女，她曾两次被奸污：第一次是被宫内的男主人阿里糟蹋，从而生下了艾丽娅；第二次是被宫殿中另一位男主人巴希尔蹂躏，从而导致海迪加精神失常，最后流产致死。艾丽娅对这一切虽有觉察，但不明真相，也不知道自己的父亲是谁。她问母亲："谁是我的父亲？"母亲回答说："死了。"艾丽娅愤怒地说："骗人，你老在老爷房间里熬夜，你怀的谁的孕？"母亲海迪加无奈地说："我 10 岁的时候，他们把我带到这里，低价卖给了老爷。他们说，礼拜五接我回家。我每礼拜五就到大门等。我问门卫，他嘲笑我，劝我回去。我便到海达姨那里，求她保护。女儿啊，你别离开我，我是你妈，也是你爸。我没法讲下去了，我还有好多活要干。"艾丽娅又问宫内的老女仆海达，老人问答说："听着，孩子，在这个世界上，有些事，装糊涂更好。你母亲变疯的原因，也可能使你变疯。这是真主的意愿。在宫殿里有一条规定，那就是沉默。"艾丽娅与宫殿内的男青年鲁特菲相爱。两人未婚，艾丽娅就有了身孕。鲁特菲要她人工流产，但她坚持要把孩子生下。为了纪念她的母亲海迪加，她希望自己生一个女儿，并取名为海迪加。

影片表现了生活在社会底层的女性渴望光明、追求自身的个性解放。影片快结束时，收音机内不断播出各地举行示威、要求独立的消息，同时长时间播放革命歌曲，唤起民众起来革命。

在突尼斯大使助理马盖斯·卡迈勒等的帮助下，一个半月我把脚本翻完。中央电视台译配完中文后，立即在电影频道播放。这是中国观众第一次在电视上欣赏到突尼斯电影。

绿色突尼斯

突尼斯驻华使馆位于北京东北部的三里屯使馆区，我曾无数次到过这里。在这里采访过穆罕默德·蒙吉·拉比卜大使和他的前任阿布杜勒·哈米德·本·梅斯乌德大使；曾数次索取突尼斯报纸和杂志，以便收集资料、翻译并刊登在报刊杂志上；1997年9月，陪同国际台在突尼斯的听众俱乐部主任利达·萨米特到使馆拜访。

2000年5月，我以《外经导报》记者的身份再次来到这里。大使以茶水和突尼斯小吃招待我们。简单寒暄后，立即进入正题。当得知第六届中国外经论坛会将于7月底举行时，大使十分高兴，届时他可能不在中国，但他将派代表与会。

大使首先向我们介绍了突尼斯的经济情况："20年来，（即1980—2000年）经济增长率保持在5%。"在谈到突中经贸合作情况时，他说："1999年，两国贸易额为1.387亿美元。突尼斯向中国出口的主要产品是磷酸和磷酸盐。从中国进口的产品主要是茶叶、家用电器、农产品、农业机械、布匹、玩具等。"

突尼斯大使（右）会见《外经导报》社长卞洪登（中）和笔者刘元培（左）。

"突尼斯是世界上磷酸和磷酸盐第二大出口国。1985 年，中国化工建设总公司、突尼斯磷酸与肥料公司、科威特石油化工公司在秦皇岛投资兴建中国—阿拉伯化肥有限公司。中阿公司是中国和第三世界发展中国家进行经济合作的大型项目，堪称南南合作的楷模。中阿公司当时每年生产能力为 60 万吨，还准备扩建工厂，把生产能力再翻一番。"大使还介绍了其他方面的合作："在金融领域，中国为在突尼斯兴建如马贾尔德运河、水坝、首都建设档案馆和突尼斯运动馆等大型项目提供优惠贷款和援助。在文化和新闻领域，双方签署了文化合作协议和新闻合作协议，新华社在突尼斯设分支机构，《宁波日报》在突尼斯发行，两国电台和电视台节目交流等，在突尼斯议会设有突中友好协会。"

突尼斯有"绿色突尼斯"之美称，片片绿色橄榄树林覆盖着突尼斯大地，占地 1600 万公顷，这使突尼斯成为世界上第二大橄榄油生产国。随着新型包装和压榨系统的采用，橄榄油的产量持续上升。突尼斯橄榄色纯、味浓、清香又无污染，在欧美，突尼斯橄榄油占有一定的市场。椰枣是突尼斯南部绿洲的特产，色泽鲜明、肉质柔软、香甜可口，颇受消费者欢迎。突尼斯很愿意开拓中国市场，让中国消费者品尝来自突尼斯的食用油和椰枣。

穆罕默德·蒙吉·拉比卜大使不仅是突尼斯驻华大使，当时还是阿拉伯国家驻华使团经济委员会主席。他不仅积极推动突尼斯和中国的经贸合作，而且为阿拉伯国家与中国的经贸合作做出重要的贡献。那几年，阿拉伯国家与中国的贸易额稳步上升，1999年，双方的贸易额为 78.713 亿美元，比 1998 年增加 7.46 亿美元。

同我一起前往采访的有《外经导报》社长卞洪登和一位工作人员，因我们另有任务，只得结束 45 分钟的采访。这时，大使请我们品尝小吃，大家觉得突尼斯小吃非常可口，别有风味。临别前，大使到办公室收集一些资料送给我们，希望更多的中国读者了解突尼斯的情况，欢迎中国企业家到突尼斯投资办企业。

任新使命，写新篇章

——访毛里塔尼亚两任驻华大使

　　毛里塔尼亚是与中国建交最早的阿拉伯和非洲国家之一。毛里塔尼亚第一任总统达达赫是中国人民的好朋友，20世纪六七十年代曾几次来华访问。当年在长安街上周总理陪同他在敞篷轿车上向沿途群众挥手致意的照片，人们仍印象深刻。

　　我的毛里塔尼亚朋友屈指可数，但却采访了两位毛里塔尼亚驻华大使。第一位大使名叫谢赫·赛义德·艾哈迈德·乌尔德·巴勒·艾敏。1988年1月的一天，我如约来到了毛里塔尼亚驻华使馆。进入接待大厅，等待片刻，大使迎面而来。简单寒暄后，便进入采访正题。此时，一股茶香扑鼻而来，服务员送上两杯绿茶，大使请我品尝。

　　应我的要求，大使简单介绍了毛里塔尼亚的经济发展。他说："毛里塔尼亚政治形势稳定，加上同世界银行和国际货币基金组织的合作，进行了雄心勃勃的结构调整，实施了改革计划。国民经济基础得到加强，建成了许多基础设施。农业方面，整个塞内加尔流域得到整治，有助于缓解大米短缺。在矿产方面，铁矿年产量有所提高。"

　　接着，大使谈到了毛里塔尼亚的主要出口产品："鱼和铁是毛里塔尼亚的主要出口产品，占出口量的90%以上。鱼类主要出口日本、尼日利亚、西班牙和意大利等国。铁矿石主要出口意大利、法国、比利时和英国等。而渔业生产中，主要的合作伙伴是中国。"

　　话题自然地转到与中国的合作，他说："1991年8月中国和毛里塔尼亚签署了渔业合作协定。在毛里塔尼亚捕鱼区作业的60%—80%的渔船是由中国制造的。数千名中国船员与毛里塔尼亚兄弟并肩作业，无疑加强了两国人民的友好关系。农业方面，毛里塔尼亚在中国的帮助下，在国家的南部平原，播种了水稻。在建筑等其他领域，不少中国公司参与了项目施工。"

我问大使："中国产品在贵国的销售如何？哪些产品受到毛里塔尼亚兄弟的欢迎？"他立即回答道："中国向毛里塔尼亚出口的主要产品是绿茶和纺织品，不过越来越多的中国电子产品和家用电器也进入了我国市场。我国的某些商人对中国的农业机械极有兴趣，正积极同中国有关公司进行接触。另外，中国对铁矿的需求量大，我国工业和矿业公司早就和上海宝山钢铁公司就这方面进行接触。中国对毛里塔尼亚的投资领域，不乏矿业、渔业、农业和旅游等。"

"毛里塔尼亚旅游业潜力巨大，拥有几百公里的海滩；艾姆拉金岛可谓鸟的天堂，数百万只世界各地的候鸟冬天来栖息繁殖；还有一千多年历史的古城；撒哈拉风光无限。旅游是毛里塔尼亚一个未开发的处女地，欢迎中国的伙伴前来投资。"

"毛里塔尼亚的服饰别致，男人喜欢身披蓝色或白色带风帽的斗篷，两旁敞开无袖（当地人称伊德拉里特袍）。妇女穿长裙，头上缠着黑色、黄色、白色或与裙布同料的长毛巾，色彩鲜艳。"

"毛里塔尼亚人的饮食习惯比较独特，20世纪中叶之前，大量消费肉类和奶类、少量谷物（高粱、小米）和椰枣。在绿洲地带，人们种植少量的小麦和大米，供节日享用。如今，小麦和大米很大程度上取代了过去的杂粮。昔日仅限于沿海地区消费的鱼类，随着交通工具的发展和冷藏方式的运用，已成为家常便饭。"

"当地人喜欢大量饮用'阿兹里克'。'阿兹里克'这个词是毛里塔尼亚的方言，是毛里塔尼亚著名的饮料。先由牛奶或羊奶或骆驼奶发酵，然后放置在一个由羊皮制成的皮囊中，不断晃动皮囊，把母乳中的脂肪分离出来。接着，加一些水和糖。这样，自制的美味——'阿兹里克'饮料就做成了。"

2018年，我的毛里塔尼亚好兄弟、在中国国际广播电台工作的阿拉伯文专家阿卜杜·拉赫曼告诉我，大使仍然活跃在毛里塔尼亚政治舞台上，是该国著名的政治活动家。

　　我采访的第二位大使是阿卜杜拉·乌尔德·阿卜迪。1999年初夏，他踏上了中国的土地。2000年7月中旬，我采访了他。他表达了此间的感触："我佩服中国领导人制定的英明政策和他们的聪明才智，使得中国人民丰衣足食。人们常说中国是发展中国家，但发达国家有的中国都有。中国人勤劳工作，爱好和平。"

　　来华前，大使先生曾在国内政府部门担任重要职务：渔业和海洋经济部长，青年和体育部长等。不久前，我也从毛里塔尼亚兄弟阿卜杜勒·拉赫曼·乌尔德·西迪·穆罕默德那里获悉，大使目前担任毛里塔尼亚领先的房地产公司董事会主席，在新的岗位书写新的篇章。由于过去工作领域很广，他与中国人接触的机会很多，并同他们建立了密切的关系、举办过很多重要的友好活动。

　　大使说："中国给予毛里塔尼亚很大的帮助。在渔业和海洋方面，中国帮助建设了努瓦克肖特港（又名友谊港），它是继坦赞铁路之后中国在非洲的第二个重大援外项目。在毛里塔尼亚海域，活跃着一支拥有100多艘船只的船队，由毛中合作建成的。另外，中国还帮助毛里塔尼亚建起了体育馆和青年宫。"

　　"毛中合作领域繁多，前景宽广。毛里塔尼亚经济以农业和畜牧业为主，主要农作物有大米、小麦、高粱、谷子和阿拉伯树胶等。20世纪80年代以前，粮食自给率很低，仅5%—10%，20世纪末，达到50%。这个成就与中国派出的水稻专家的指导分不开的。目前，毛里塔尼亚很需要农业机械、化肥、农作物种植等方面的技术支持。毛里塔尼亚渔业资源丰富，鱼产量不断提高，但缺乏配套的渔牧业加工工业、冷冻设备。另外，毛里塔尼亚拥有丰富的矿产资源，如铁、铜、金、石膏、磷酸盐和石渔等。我们希望在矿产生产方面，也能得益于中国的勘探和开采技术。"大使接着说："毛里塔尼亚日照时间长，利用太阳能是有待开拓的项目，另外，毛里塔尼亚有着丰富的旅游资源，希望在这些方面能有中国的合作伙伴。"

　　在我与大使交谈时，服务员不时送上小杯热茶。这种热茶与众不同，上面漂浮着一层如同啤酒的泡沫，还飘散出一股薄荷的清香。大使介绍说："这是毛里塔尼亚人爱喝的茶，无论走到何地，每餐饭

笔者采访毛里塔尼亚大使阿卜杜拉·乌尔德·阿卜迪大使。

后饮茶三杯，概莫能外。"我品尝了一杯，又香又甜，喝后有一种提神的感觉。在那些日子里，我的舌咽不利，声音不畅，饮茶后，喉咙变得舒展，嗓音发亮。这不是假话，而是真情。

毛里塔尼亚人往茶壶里搁茶叶的同时，添加适量的白糖、薄荷糖和新鲜的薄荷叶。配料放齐后，放到炉上煮开。第一杯茶品尝合适后，把杯高举，茶水由上而往下倒入第二个杯子里，然后再高举第二个杯子，往第三个杯子里倒，如此循环往复，茶水面上就有泡沫出现，有人称这毛里塔尼亚茶为"功夫茶"。据说当地姑娘出嫁前必须学会做这种"功夫茶"，来访的客人进家门后，先得茶过三巡，方谈正题。

他们在茶水中加薄荷和白糖不知有何科学依据，但这肯定是根据当地的气候和地理环境创造出来的。在所有机关和公司里，几乎都有专人负责煮茶。茶费一般由机关和公司贴补，也有自己掏腰包的。出海打渔的渔民，必须带足绿茶、薄荷和白糖。渔业公司的船员，如果出航前船主不提供足够的优质茶叶，他们就拒绝出航。骑骆驼

毛里塔尼亚大使阿卜杜拉·乌尔德·阿卜迪（中）会见中国企业家，笔者（右2）任翻译。

出远门的贝都因人，骆驼的背囊里就装有不可缺少的茶叶和茶具，以便随时煮茶解渴消热。

毛里塔尼亚不产茶，但当地人的饮茶习惯已有很长的历史，最早可追溯到"丝绸之路"的时代。19世纪末以来，毛里塔尼亚人对茶的需求量越来越大。我问及中国绿茶在当地的销售情况，大使风趣地说："毛里塔尼亚人爱喝中国绿茶，市场上的绿茶全都来自中国。毛里塔尼亚人每家每月平均饮用2—3公斤茶叶，而我家比一般家庭多喝一倍多，每月平均饮用5—6公斤。中国的绿茶已进入毛里塔尼亚每个家庭，有人形容说，毛里塔尼亚和中国的友谊，就像这清香的绿茶般源远流长。"

刮目相看利比亚

——与利比亚两任驻华大使和使馆官员的交往

大约在 1995 年的一次外事活动后，巴勒斯坦专家阿布·杰拉德告诉我，利比亚将邀请我访问。这是一个好消息，因为利比亚我没去过，很陌生。利比亚与别的阿拉伯国家不同，奇特又神秘，我心中充满期待，但邀请函久久没有收到，访问利比亚只能是一种奢望。虽没有去过利比亚，但我在北京与利比亚使馆人员接触繁多。

与赞塔尼大使一席谈

1988 年 8 月 9 日是利比亚与中国建交 10 周年的日子，具有重大纪念意义，我以中国国际广播电台记者的身份采访了时任利比亚驻华大使阿卜杜勒·哈米德·赛迪·赞塔尼博士。

赞塔尼大使在华时间不短，已超过 5 年。我问："您在中国任期多年，印象如何？"他满怀喜悦地说："首先，我要感谢中国国际广播电台阿拉伯语部的工作人员，给我这样一个美好的机会，这正逢我们两个友好国家之间建立外交关系 10 周年。我对在中华人民共和国所看到的显著和日益增长的进步印象深刻，这大大振奋了第三世界国家。中国支持世界各国解放运动的立场广为人知。"

"您去过一些中国的地方，对这些地方的人和事有什么印象？"

大使答道："是的，我有机会访问了中华人民共和国的一些地区，如上海、杭州、宁夏和苏州。我们发现，那里的经济、社会、科学

和文化改革突飞猛进。在参观各地工厂的过程中，我们亲眼目睹了中国人民为发展和提高工业技术所付出的巨大努力。我们在所有地方都感受到中国人民是充满友爱的人民。他们接待和会见我们如同家人一样，这对有文明历史的人来说并不陌生。我希望中国人民有一个幸福的未来。"

"对发展中国与利比亚的友谊与合作您有何建议？"我问道。大使毫不犹豫地说："中国和利比亚成立了一个联合委员会，在的黎波里和北京该委员会可随时开会。委员会经常评估前一阶段完成合作的情况，然后提出建议开辟新的领域。中国和利比亚官员认为，这种合作应该在各个领域发展，加强在经济、建设、文化、教育、科技等领域的合作和交流。至今，我们已经迈开了一大步，两国都感到十分满意，我们将继续努力，有效地加强这种合作和交流。"

赞塔尼大使是中国国际广播电台阿拉伯语广播的忠实听众，对广播的很多节目非常了解，心中好像有很多话要表达。他直言不讳地说："我对中国国际广播电台阿拉伯语部的工作人员所做出的努力表示赞赏和感谢。无论是阿拉伯国家本地的听众，还是在中国北京的阿拉伯人，无论是学生或专业人员，无论是在阿拉伯驻华使馆工作的外交官和政治家，大家都一致地高度评价中国阿拉伯语广播工作者所作出的努力。我经常收听中国阿拉伯语广播，非常赞赏政治、经济分析性的文章，不论是谈中国的成就，还是评论一些阿拉伯问题，阿拉伯民族的问题，特别是个别阿拉伯国家问题都非常到位。有些节目很优秀，例如《中国一瞥》《中国穆斯林》节目等。"

接着，大使就阿拉伯语广播提出了建议："也许我们要尽可能增加广播时间，因为一个小时的广播太短，至少增加半个小时。然后根据物资条件和活动能力逐渐增加广播时间。另一点是不时地组织与在北京学习的阿拉伯留学生会面，把这些年轻的阿拉伯人与中国紧密地联系起来。中国和阿拉伯国家在历史上有着牢固的关系。我们认为，伊斯兰教开始传播之时，先知穆罕默德就嘱咐我们：'求知，即使远在中国。'这就说明，在伊斯兰教开始传播的时候，也就是丝绸之路开辟之时，阿拉伯人民和友好的中国人民就开始合作。"

"此外，也许值得称道的是组织与中国官员的见面，请他们阐述阿拉伯听众关注的一些问题，因为阿拉伯听众非常赞赏中国执行的改革开放政策，这些政策指引了中国进步和复兴的方向。还有一点，就是尽可能地、或多或少地加强关于中阿关系的新闻报道。这些建议丝毫不会减弱我们对中国阿拉伯广播节目的赞赏和评价。谢谢你们。"

采访从上午10点半开始，因大使11点另有安排，交谈被迫结束。最后，我感谢大使接受采访，并对中国国际广播电台的阿拉伯语广播提出了宝贵意见和建议，祝他在中国生活愉快、幸福，工作顺利，并有新的进展。大使对这次采访特别重视，要求把录音采访的胶带复制一盘给他，以便寄回国内。

多次拜会米夫塔哈大使

赞塔尼大使离任后，由米夫塔哈·马迪大使接任。他在中国的时间也不短，曾任阿拉伯国家驻华使节委员会主席，是一位资深外交家。我也见过他多次，除一些外交场合外，还数次上使馆专门拜访。

米夫塔哈大使亲眼目睹了市场经济的积极面，他说："中国把市场经济和计划经济的优点有机地结合在一起，创造了中国特色社会主义市场经济模式，具有特殊的典型意义。中国在建设社会主义市场经济方面的经验是独一无二的。"他积极推动阿中经贸合作："中国与阿拉伯人作为一个整体的经济合作，可以更好支持目前的双边合作，可以弥补双边合作局限性造成的不足，同时也可以为中阿双方开拓更广阔的领域，发展双方的经贸关系。"

每次见到中国商界人士，大使都积极宣传利比亚投资环境。一次我陪同两位公司老总见米夫塔哈大使，他介绍说，利比亚经济有一定的实力，石油是其重要的经济命脉和支柱。1998年的石油收入约170亿美元，人均国民经济生产总值7000美元，是非洲首富。至于利中可以合作的领域很多，互补性强。利比亚需要从中国进口机

笔者（右2）陪同中国企业家会见利比亚大使米夫塔哈·马迪（左2）。

械设备、原材料、纺织品和生活用品等。利比亚欢迎中国在基础设施、
通讯、电力、公路、桥梁、卫生服务、教育设施等领域展开双方合作。

《世界民族：非洲（第6卷）》

　　1998年8月的一天，我收到中国社会科学院民族研究所发来的
公函，通知三日后前往北京中央民族学院开会。我按时到会，与会
者有社科院研究员、北京大学教授、人民日报的高级记者等。会议
主要研究和布置《世界民族：非洲（第6卷）》的编撰工作。在当
今世界，民族问题成为国际社会共同关注的重大事务，政界、学界
等社会各界对这个多民族世界的认知需求日益增长，正是在这种形
势下，中国社会科学院民族学研究所、中国世界民族学会策划和启
动了此次项目。

　　这项具有工程性的研究工作涉及面很广，包括历史与现实、种
族与语言、宗教信仰、文明与文化这些宏观的题目。非洲总计56个

国家，主办单位分配我负责写非洲的 6 个阿拉伯国家：埃及、利比亚、突尼斯、阿尔及利亚、摩洛哥和毛里塔尼亚。文稿共计 4 万字，具体撰写内容顺序是：概况、历史、民族演变、主体民族描述和其他民族，要求年底交稿。

撰写工作任务重，时间紧。有些国家比较了解，如埃及和突尼斯等，有些国家非常生疏，如利比亚等。这样，就得被迫请教他人和查阅图书资料。有关利比亚的民族，特别是柏柏尔人的过去和现在，只得请教利比亚使馆人员。于是，由社科院民族研究所出公函，去利比亚使馆拜会有关官员，他们给予我极大的帮助，有的口述，有的送资料和书籍，特别是有关柏柏尔人的资料，他们送给我《马格里布概貌》一书中第四章的复印件，该章节谈到马格里布的人口结构，其中分别介绍了东马格里布人、西马格里布人和需要分析的特征等。在利比亚驻华使馆官员的帮助下，我按时完成了《世界民族：非洲（第6 卷）》利比亚篇的编撰工作。

满面春风，饶有风趣

——访巴林驻华大使安瓦尔·尤素夫·艾勒阿卜杜拉博士

初次见到巴林驻华大使安瓦尔·尤素夫·艾勒阿卜杜拉博士，是在 2014 年巴林驻华大使馆内。在一个明丽的初秋的日子，我和两位同事来到了巴林驻华使馆。走进使馆会客大厅，见到墙上的国王、王储和首相的肖像，我们感想万千。大使变了几任，但肖像未变，一些阿拉伯国家几经动荡，但巴林稳固安定。

稍待片刻，身着黑色西服的巴林新驻华大使走进了使馆的会客室，他满面春风，频频点头，向我们递交名片，向来访者表示欢迎。

安瓦尔大使生于 1957 年，当年已接近 60 岁了，比我小 20 岁。但他的履历，令我相形见绌，叹为观止。他是一位化学工程专家，曾取得沙特利雅得大学石油工程的学士、英国布拉德福德大学化学工程的硕士和博士学位。他曾担任巴林石油公司的石油工程师、巴林大学工程系教授助理、海湾阿拉伯国家合作委员会（海合会）秘书处能源部主任、秘书处科技合作部主任、标准秘书长等职。

著书立说叙友谊

2014 年是巴林与中国建交 25 周年，我与两位好友想出一本书，回顾在 25 年甚至更多的时间内，巴林和中国的友谊，特别是友好人物和感人故事。谈到此事，安瓦尔大使提起了极大兴趣。他对巴中

安瓦尔大使和笔者合影。

友谊史有过研究，曾写过文章，发表过一些讲话。

他说："追溯中巴关系的历史，我们会发现，它犹如中国的长城一般古老而稳固。毫无疑问，人际交往和沟通将巴中两个古老的文明联系在了一起，而这些文明遗留下的丰富的历史古迹至今仍然夺目。虽然现在难以确定巴中文明开始交流的确切时间，但是在研究中国和德尔蒙文明之间的关系史时，通过对巴林一些遗址的考察能够发现中国与巴林在公元 7 世纪和 13 世纪时已进行了贸易往来。1977 至 1978 年间，以木尼克·凯伊拉法博士为首的法国考察队在巴林堡（2005 年列入联合国教科文组织世界遗产名录）发现了 23 枚中国唐朝时候的货币，其中包括唐高祖时期（621 年）的货币，以及宋朝（960—1279 年）的货币。两国现代关系的发展可追溯到 20 世纪七十年代初期。1974年，巴林商会主席穆罕默德·寨莱勒先生带领的高级商务团访问中国，并同中方就发展双边贸易关系进行了磋商。1976 年，以巴林财政部长穆罕默德·埃勒阿拉维先生为首的第一个巴林官方代表团对中国进行了访问，旨在加强和发展两国经贸关系。1989 年两国建交后，各领域的交往都得到加强。"

"在两国领导人和高级官员进行互访之后，中巴两国关系不断发展。2002 年巴林首相哈利法·本·苏莱曼王子访华。2013 年 9 月 14 日至 16 日期间，巴林国王哈马德·本·尔萨·阿勒哈利法对中国进行历史性的访问，推动了两国间各方面关系的发展。此次访

153

问体现了巴林为发展同中国的友好关系，增进两国交往的真实愿望和巨大诚意。同时，巴林国王同中国国家主席习近平进行的会谈成果丰硕，符合两国人民的共同期待。两国在能源、卫生、教育、金融等诸多领域签署了多份协议和备忘录。在巴林国王结束对中国访问时，两国发表了联合声明，承诺两国在真诚友好的基础上尊重彼此的根本利益。巴方强调恪守一个中国政策，支持中国政府为实现国家统一所做的努力。中方重申尊重巴林的独立、主权和领土完整，反对干涉其内政，支持巴林为维护国家稳定所做的努力，支持中东建立无大规模杀伤性武器区。声明还提到，中方愿积极考虑将巴林列为中国公民出境旅游目的地国家。"

在谈到巴中两国合作时，安瓦尔大使说："自 2014 年初以来，两国增强了各领域的双边合作，巴林国王向住房部做出指示，邀请中国公司来巴林建造 40000 栋居民楼。另一方面，中国公司首次参加今年 1 月在巴林举行的第三届巴林国际航展，并获得价值 120 万巴林第纳尔的单子，在巴林国际机场大门和飞机之间建造 7 个运送乘客的新通道。除此以外，Batelco 电信公司还与中国华为公司签署备忘录，发展 4G 技术。在巴林国王结束对中国的访问后，中方宣布将巴林列为中国公民出境旅游目的地国家。"

"在过去的几年中，中巴两国贸易交往快速增长，在各领域都有显著成果。在文艺方面，巴林今年邀请了中国艺术团赴巴进行演出，其中，著名的小红花艺术团演出了丰富多彩的节目，这也是巴林'文化之春'艺术节的一部分。此外，巴林文化部在麦纳麦举办了'中国文化周'，其中的'丝绸之路'展览中展出了中国古代服装、工具和文物等，在中国享有盛誉的辽宁芭蕾舞团还进行了富有中国民族特色的舞蹈和杂技表演。在教育方面，为加强中巴两国文化学术交流，双方已签署备忘录，并已在巴林大学开设孔子学院教授汉语。值得一提的是，中国的学术机构已在亚洲乃至全世界赢得了巨大声誉，中国的大学在很多领域都开设了高水平高质量的课程和专业。近些年，有很多巴林人希望在中国大学接受包括医学、科技、工商管理等学科的高等教育，现已有超过 500 名巴林籍学生在中国学习。"

　　最后，安瓦尔大使说："在广泛共识和友好交往的基础上，中巴两国对美好未来都有着美好的憧憬与希望。巴林致力于到 2030 年实现全面经济愿景，体现在实现经济增长和可持续发展，改善全体人民的生活水平和社会福利。同时，中国致力于实现具有中国特色的民族复兴的中国梦，全面建成小康社会，推进发展和现代化。这使我们回想起 1955 年 4 月 18 日召开的万隆会议，其间公布了《和平共处五项原则》，友好的中巴两国都坚持这五项原则，并在很多方面具有广泛共识，中巴关系已发展成为在相互尊重和互利共赢基础上的双边关系的成功典范。"

家庭式的会晤

　　2017 年冬春之交，我曾陪同三批中国企业家到巴林使馆拜会安瓦尔大使，第一批人不多，第二、三批企业家人数较多，每批成员均超过 10 人，有各行各业的代表。安瓦尔大使热烈欢迎大家到巴林使馆做客，他说，我们之间的会谈是家庭式的会晤。如果你们个人或团体有意出访巴林，巴林使馆可以积极配合，甚至安排大臣接见。

　　中方企业家中，有人对金融合作较感兴趣。大使介绍说，巴林金融业发达，有一些世界性银行，是世界瞩目的金融中心之一。根据联合国的一份报告，在人类发展指数方面，巴林再次位居阿拉伯国家第一，在世界的 174 个国家中名列第 43 位。在经济自由化方面，巴林已经连续三年占世界第三位，香港位居第一，新加坡第二。2004 年，巴林开设了中东第一家中国银行。巴林有的银行加入了土耳其、美国和日本的银行集团。

　　中方企业家中有三位是太阳能等能源行业的，他们很愿意与巴林合作。大使欢迎中方专家发挥技术优势，到巴林合作兴建太阳能工程，可以是大型的，也可以是家用的。还有两位是办药厂的，谈到医疗，引起大使的极大兴趣，他说："巴中两国的医疗卫生合作前景宽阔。印度和德国等已在巴林设立了门诊所，中国也可在巴林开

安瓦尔大使与中国企业家。

设中医门诊，甚至建医院。如有合作意向，我个人可以马上与国内卫生最高委员会或卫生大臣联系，安排接待，甚至接见。"

在谈到投资环境时，大使介绍，巴林在中东独具特色，享有通往该地区其他国家和非洲及欧洲的便利交通、具有竞争力的成本和成熟的商业文化，营造了一个扶持外国公司蓬勃发展的商业环境。值得一提的是巴林龙城。一直受到巴林和周边海湾国家密切关注的巴林龙城于 2015 年 9 月底开业。巴林龙城不仅是一个具有中国建筑文化特色的批发兼零售中国商品的贸易分拨中心，还成为一个区域性东方文化和休闲娱乐的旅游景点，每年吸引超过 50 万客商。巴林龙城是巴林在中国"一带一路"国际经济战略中发挥独特作用的最新项目，为中国企业进军快速增长的海湾地区和更广阔的中东地区提供帮助。

我这个 80 岁的老者当他们的翻译，确实有点力不从心。因为记忆力衰退，有时要把中方和大使的讲话记在本上，所以翻译速度比较慢。大使也因为我年事已高，而放慢了讲话速度。

关爱馆内成员，听从秘书安排

　　一次在会见中国企业家的同时，来了两位糖尿病大夫。会见企业家结束后，大使诊疗糖尿病。先测量血糖，结果较高，大使对此不以为然，因为他早就是糖尿病患者。他更关心的是别人的健康，叫来使馆一等秘书、服务员等，请大夫一一为他们测量血糖，结果都很正常。大使对此非常满意。看来，大使与使馆内的每个成员，甚至服务员关系很好，关心他们的衣食住行。大使有一个动作，令人感动，让我至今难忘。一次，他会见客人，我当翻译，他要我坐在主人即大使的位置。我当然不能，还是请大使就座，他对长者十分尊重，还向中方来宾介绍了我个人的情况。

　　安瓦尔大使是个大忙人，每天日程排得满满的。由于他身兼驻蒙古国和韩国大使，不时要去这两个国家办事。他还要照管香港，那里有巴林领事馆。大使热情好客，朋友很多，每天要接待几批客人。使馆人手少，巴林人更少。一次，外地一位市长请他前往参观访问，数次电话联系，他回答说："我事情太多，请与秘书联系。"甚至开

安瓦尔大使与中国企业家座谈。

玩笑地说："我的一切行动由她安排，甚至起床、上班、吃饭。"

国王关注中国非同一般

2013 年 9 月，巴林国王哈马德对中国进行了 1999 年登基后的首次访问。访华期间，他同国家主席习近平等中国领导人就两国关系进行了广泛深入交谈。这次访华非常成功，哈马德国王回到巴林后，将巴林王室和内阁主要成员召集到一起，向他们讲述在中国感受到的友好情谊和中国发生的巨大发展变化。他指示，巴林各部门要同中国开展全方位的交流和合作，学习和借鉴中国先进的技术和经验。

安瓦尔·尤素夫·艾勒阿卜杜拉大使在会见中国企业家时，谈到了一件使他难忘的事：2014 年在他到中国赴任前，哈马德国王接见了 6 位新任命的巴林驻外大使，其中就有他。会见共进行了一个半小时。开始谈了半小时后，国王要他留下，单独与他谈了一个小时。谈到此事，安瓦尔大使显得十分兴奋和自豪。他没有忘记国王的嘱咐，牢记使命，竭尽全力，为巴林和中国的友谊大厦添砖加瓦。

文化、艺术、教育篇

"人民友好使者"

——记埃及著名画家黑白

　　黑白·埃奈亚特是1953年从开罗美术学院绘画系毕业的，他一心想到国外深造，特别想到中国学习绘画艺术。1956年，在中国与埃及建交后不久，他和夫人图玛迪尔有幸被选为埃及第一批赴中国的留学生。伊斯兰教的先知穆罕默德有一句名言："知识，虽远在中国，亦当求之。"从埃及到中国的确很远，黑白夫妇用了一周的时间，辗转经莫斯科抵达北京。到北京后，他们先在北京大学学习一年中文。

　　当时正值苏伊士运河战事刚起，英、法、以色列联合入侵埃及。中国政府和人民全力声援埃及反对外国的侵略，成千上万的北京市民上街举行声势浩大的示威游行。我当时也和北京大学的同学一起，从西郊经长安街来到日坛东路的埃及驻华大使馆，用阿拉伯语高呼"支持埃及人民的斗争"和"反对帝国主义"等口号。黑白夫妇亲眼目睹了这一动人的场面。从那一刻起，他们就感到自己踏上的并不是一个陌生的国度，体会到了中国人民与埃及人民同呼吸、共命运的深情厚谊。北京大学对这两位来自尼罗河畔的学生也倍加关照。

　　在北京大学，黑白不仅精通了中文，而且结识了很多中国朋友，建立了深厚的友谊，延续达50多年，我就是其中之一。1956年，我正在北京大学就读阿拉伯语专业二年级，所以与黑白有过一些接触，总的印象是热情随和。记得首批埃及留学生有七八个人，记忆比较深的还有塔海尔和伊德里斯等。一年后，这批埃及学生各奔东西，进入北京各大院校学习专业知识。黑白和图玛迪尔进中央美术学院学习绘画。因为中央美院在北京市内，离北大太远，与他们联系就不太方便了。但有些埃及同学分配在清华大学和北京医学院，离北大较近，有时星期六下午或星期天我还去看望他们。

黑白原先在开罗美术学院学油画，被派到中国学习后，觉得再继续学油画意义不大，最好学习中国的传统画，所以就选学了版画。学版画前，得先了解中国的山水画、人物画等。他先后师从吴作人、李桦、李琦、黄永玉、李苦禅和李可染等中国绘画和雕刻大师。

1961 年，黑白和图玛迪尔学成回国。黑白先后在多家埃及报社和杂志社担任美编、作家和主编，并在埃及和其他一些阿拉伯国家举办了多次画展，受到一致好评。

五次见到周总理

1988 年正逢中国农历龙年，中国国际广播电台各语言部举行了征文比赛，主题为"中国在我心中"。阿拉伯语部同样在《听众信箱》节目中广播了征文通知。一周后，便收到了突尼斯、摩洛哥、伊拉克、叙利亚和埃及等阿拉伯国家听众的来信，包括他们自己写的文章。

在诸多的征文中，有一份是埃及著名画家黑白的文章，共三页，全部打印，设计别致。第一页是文章的题目"我记忆中的中国人"，右下角是家庭地址、个人简历，从中得知，他时年 56 岁；左上角是他亲手画的龙和两行阿拉伯文字"龙年 1988"；最后一页是他的阿拉伯文名字和中文图章"黑白"。

黑白在他的文章《我记忆中的中国人》中谈了周恩来、齐白石、梅兰芳、鲁迅和他的老师及农民等诸多人物。在中央美院学习的时候，他见过很多中国高层领导人，其中见得最多的是周恩来总理，前后共五次。

他这样描述五次见到周总理的情形："第一次见到周总理是在1956 年底，记不清那是逢什么时辰，只记得是同埃及驻华使馆成员在一起。我走到周总理的跟前，没有同他握手，而是和他热烈拥抱，犹如拥抱一个古老民族的历史。通过翻译，我同总理进行了简单的交谈。"

"第二次是在埃及驻华使馆举行的国庆招待会上。这次可是近距离接触周总理，我仔细地打量了一番：乌亮的黑发、醒目的眉毛，目光里凝聚着超群的智慧，衣服熨得特别平整，穿着一双凉鞋，袜子的后跟露出一块补丁。当时，我站在大画家吴作人的旁边，他是我求学的学校——中央美术学院的院长。周恩来总理从我们身边走过。让我没想到的是，周总理居然记得我。他与吴大师谈了片刻，后来从翻译那里得知，周总理要吴大师趁我在美院学习中国艺术期间，好好学习点埃及美术。"

"第三次是中国人民的艺术家齐白石去世的时候。齐老的追悼会在一个佛教寺庙的庭院内举行。周总理也来了，他穿着一身灰色的衣服，手臂上戴着黑纱，胸前别着塑料白花。追悼仪式结束后，我走到周总理身边，向他表示了我的哀悼。在很短的交谈中，他简单地介绍了齐白石，并劝导我要研究他的作品。"

第四次是在电影院里。黑白描述说："当时我和夫人正在看电影。电影厅的灯黑了，不一会儿，突然听到一种轻微的声音，感到进来了一些人，在我们的旁边和前排的空位坐下。电影放完，大厅的灯打开。我们一看，前面坐的不是别人，就是周恩来总理。这次，我主动和他打招呼，并用中文交谈。他显得很高兴，还用手指着我夫人图玛迪尔笑了。图玛迪尔也用中文与总理交谈了几句。这时，我们和在场的观众一起鼓掌致意。离开电影院后我在想，总理为什么指着我夫人而且笑了？回到学校宿舍后，我才注意到图玛迪尔穿的是一件中国的蓝色旗袍。原来总理手指着图玛迪尔笑，是因为她穿了中国旗袍的缘故。"

又过了一段时间，黑白第五次，也就是最后一次见到周总理。他在文章中说："那是在天安门旁边的人民大会堂的宴会厅。总理走到每桌跟前，举杯祝贺。当他走到我们桌前时，我们全都站起来向他致意。我同他热烈握手，他也紧紧地拉着我的手，这时，我们已经不需要翻译，随便交谈，互致问候。"

访齐白石，见梅兰芳

按周恩来总理的教导"要研究齐白石的作品"，黑白对齐白石等中国名画家的艺术和画作进行了深入细致的研究，从不放弃每次学习的机会。他说："我很幸运，能到中国人民的大画家齐白石的家里看望他。当时，他身体欠佳。因为是夏天，当天温度很高，他感到很闷，极不适应。他要家人拿出水果和干果招待我们，然后问我有关埃及、尼罗河、金字塔和撒哈拉大沙漠的问题，还突然问我：'你们那里气温也这样高吗？'我回答说：'比这里还高。'听后，他宽慰了一些，要他的儿子再拿糖果给我们吃。"

"对齐白石的新老作品我都尽力关注。我读过他的简历，知道他小时放过牛、当过木匠、雕刻过木头和戒指，然后从事绘画。一生中仅有两次放下画笔，一次是母亲病故，另一次是自己得了一场重病，疼得难于提笔。他每天坚持画画，把非凡的天才倾注在画卷上，直至画笔从手中永远脱落，于97岁离开人世。"

对中国的国粹——京剧，黑白一开始要听懂和看懂非常困难。他在《我记忆中的中国人》一文中写道："京剧对非中国人来说很难迅速领会。开始，我对京剧伴奏乐队铜乐器的震耳声无法忍受，对演员衣服色彩鲜艳、精心刺绣的戏袍和像戴面罩那样的浓重艳丽的化妆不习惯。但这一切后来都逐步习惯了，而且我还能分辨出演员出场的音乐。总而言之，看多了，我就爱上了京戏，成了戏迷。"

入中央美院两三年后，黑白夫妇见到了梅兰芳。黑白回忆说："当伟大的艺术家梅兰芳知道我爱好京剧时，他对我说：'我老了，发胖了，肚子也大了。但是，不久还有最后一场演出。我非常欢迎你和夫人一起来看，我会给你们送两张票。'在王府井大街附近的长安剧场，我们看了《贵妃醉酒》。梅兰芳同平时一样，表演非常精彩。我有一个8毫米的彩色摄影机，我用它拍了部分片段，至今还保存完好。"

大约在此之后的几个星期，黑白听到了梅兰芳先生不幸去世的消息。黑白说："那天，我和夫人正在泰山旅游，我们想收听'美国之音'有关美国总统大选结果的消息，不料听到新闻节目的头条消息是：才华横溢的中国艺术家梅兰芳逝世。电台还介绍了梅兰芳的生平。对他的去世，我们感到无比悲痛。欣慰的是，他的艺术地位，不仅在国内，甚至在海外也达到了巅峰。"

黑白夫妇对中国文化情有独钟，他们不仅在课堂上虚心向各位老师求教绘画知识，而且在课余时间广泛涉猎中国的文学、戏剧以及各种传统艺术。他们不只喜爱京剧，而且还爱看话剧，夫妇俩看过老舍的名剧《茶馆》，并认识了老舍本人。他们还喜欢看舞剧《虞美人》和《小刀会》，特别爱看中国电影，如《洪湖赤卫队》等。

黑白十分敬仰鲁迅先生，他在《我记忆中的中国人》写道："我通过《鲁迅文集》的阿拉伯文和英文版本读到了他的部分作品。我见到他生活中不同场合的画像，还见到了一座鲁迅的汉白玉雕塑——他坐在藤椅上，下方是毛泽东主席的题词。第一次读到鲁迅的短文是从英文翻成阿拉伯文的，那时我体会到，现实的文学能推动革命。我看过由鲁迅先生的一部作品《祝福》改编成的彩色电影，著名演员白杨出演女主角。我希望鲁迅的所有作品都能拍成电影。"

黑白夫妇到过鲁迅的故乡绍兴，但仅待了一天，见到了鲁迅小说《狂人日记》《故乡》《阿Q正传》等故事的发生地。黑白说："鲁迅是我在中国领悟的伟人之一，他已深深铭刻在我的脑海中。他的四大卷著作永远摆放在我书房的书架上，每本书的封面上印有鲁迅的照片。每当我见到照片时，感觉就好像他和我握手。"

回到第二故乡

1989年9月，在阔别了28年后，黑白夫妇重返中国。我作为中国国际广播电台的记者做了部分跟踪报道。一到北京，黑白便向记者谈了这次访华的目的："中国是我们的第二故乡，这次我们夫妇

黑白先生（左2）会见笔者（右1）和国际电台记者等。

一同回中国，心中激动异常。我们一直注视着中国的巨变。回到我们的中国故乡，想看看北京和其他一些城市，顺便回母校，看望朝思暮想的指导老师和昔日的同窗好友。"

就在到达北京的第三天，黑白夫妇重返位于王府井大街东面校尉胡同5号的老中央美术学院（现改为中央美术学院美术馆）。他们向陪同要求，先要看看他们原来居住的宿舍区。黑白向周边的陪同介绍了他俩与中国同学同吃同住的情形。他说："当时，生活十分方便。即使在冬天，大地覆盖着白茫茫的雪，我们也没有感到任何不便。我们踩着雪地，到开水房打水。我们也会燃煤生火取暖，晚上睡前封火。第二天早晨，当听到我们楼下一层幼儿园的孩子们进园的声音时，我们便打开炉子加煤。孩子们看到我时，就叫'埃及叔叔好'，见到图玛迪尔时，就叫'埃及阿姨好'，在绝大多数时间里，我们并不是孤独的两个人。闲暇时，我们身边全是中国男女同学，他们给我们关怀和温暖。"

接着，他俩怀着浓厚的兴趣参观了学校。在素描室，他俩停留很久，仔细观看学生认真学习素描的场景。黑白夫妇对学校的教育设施和各方面的发展深为惊叹。中午，中央美院院长靳尚谊在学校食堂设宴招待黑白夫妇，参加的有黑白夫妇的指导老师——版画家李桦、中国肖像画画家李琦、时任副系主任的谭权书及后来担任北

京书画研究院院长的黄均等。黑白夫妇见到昔日的指导老师和同窗学友，特别高兴，同他们一一拥抱，回忆起了许多往事。他说："我们很幸运，先后有多位绘画大师教过我们中国画、木刻、版画和摄影。吴作人是当时的中央美术学院院长，李桦是版画系系主任，还有李可染、李苦禅、李琦和黄均老师等。黄永玉先生是版画主讲老师。那时候，我们同老师关系都特好。白天，有问题就找他们，他们总是积极而热情地鼓励我们刻苦学习。晚上，有时走家串门，我们边喝茉莉花茶边交谈，直至深夜。"

在北京访问期间，接待单位中国人民对外友好协会安排了诸多活动，其中有一项是游览长城，我有幸随同前往。途中黑白风趣地告诉我："很多人以为我是新疆人。一次，我在外地写生，一位大约40岁左右的农妇迎面走来，在我身旁蹲下问道：'哦！你在画画。你是从哪里来的？'我回答：'我从北京来。'她问：'你是什么民族，是新疆人吗？'我说：'不，我是从埃及来的。''埃及在哪儿？'我回答：'埃及是离中国很远的一个国家。'她惊讶地盯着我看：'那你是外国人？'我说：'对啊，没错。'她感到奇怪：'但你说的是中文，穿的是中国衣裳，同我们一样。'我说：'是啊，我住在北京，在中央美术学院学习。'这时，她好像恍然大悟并说：'欢迎你再到我们山里来。'"听完这个故事，我对黑白说："你已经完全融入了中国社会。"黑白笑道："类似的事还有很多。"

之后黑白夫妇就前往中国南方访问，返回北京后，我又对他们进行了第二次采访。

"你们即将结束对中国的访问，我想知道你们是否达到了访问的目的？"

黑白回答说："当然，我们达到了目的。我们见到了很多东西。这次长途旅行非常愉快。"

我接着问："你们从中央美院毕业至今已28年，这次你们故地重游，发现中国有哪些变化？"

黑白提高嗓门说："变化太大了、太多了，简直不可想象。房子加高了，马路加宽了，汽车加多了，市场更拥挤了，人们生活水平提高

黑白先生和夫人接受中央电视台记者梁玉珍采访。

了，衣食住行得到全面提升。"黑白夫人图玛迪尔女士说："我也发现有很多变化。现在中国女性比以前更注意外表和着装。特别是年轻人，观念大大改变。传统的服装已经不多见了，多穿得比较时尚。"

在谈到中国的美术发展时，黑白说："当然，有向西的趋势，但这一趋势不是主要的，是有限的，绝大部分是保留传统。画家们试图提高表现手法，反映社会现实。过去，绘画和雕塑的主题是英雄人物，现在是普通百姓。这说明基本观念在改变。至于其他艺术，我发现古老艺术如京剧和其他古典戏曲艺术仍得到保存；年轻人的艺术，如迪斯科开始涌入。电视上的广告多了，很多现象以前是没有的。"

最后，我请黑白谈谈通过这次访问对中国的印象。黑白兴奋地说："与过去我们在中国生活的时候相比，中国的确发展很快。为了建设一个现代化的社会，中国制定了发展经济和增加收入的计划。以前我们在的时候，国家的主要任务是解决吃住问题、公平合理地分配消费品的问题，以保障生活延续、社会安定。现在，中国度过

了这个阶段，衣食住行极大丰富。但这也需要非常小心，现代生活会带来好的东西，也会带来不需要的东西。就像河水泛滥，水是我们需要的，但它也带来淤泥和沉渣。这是很可怕的，必须警惕。"

采访是在黑白夫妇离华前一天进行的，我最后祝贺他们这次访华成功，希望下次在北京或在开罗再见。

半个中国人

果真，不久我与黑白在开罗又一次见面了。那是 1998 年 10 月，我当时在埃及度假，约有两个月，时间比较富裕。黑白夫妇的家，离我的住地较远，路不熟的人，前往不太方便，于是我就请中国使馆文化处的负责人带领我们一起前往。

黑白穿着一双中国布鞋，热情地在家门口迎接我们。一进黑白夫妇的家，如同步入中国艺术陈列馆，客厅内的摆设全是中国工艺品。四面的墙上挂着齐白石、李可染、黄冑、石鲁等名家的画。黑白指着墙上的两幅画对我说："我特别珍惜这两幅画，那是齐白石大师的亲笔画，一幅是一群海螃蟹，另一幅是木兰花。我每天都要仔细观赏它们，好像我每天去他家看望他、请教他。"

黑白夫妇的中国情结，体现在客厅里的每一件摆设上，桌上和茶几上摆放着中国的工艺品，有花瓶、瓷盘、茶具等，甚至上楼的台阶上也放着各式各样的中国花盆。置身这里，我被浓浓的中国文化气氛所包围，感觉非常亲切。

在谈到近几年的情况时，黑白着重介绍了埃及亚非团结委员会。他说，作为该委员会负责中国事务的委员和阿拉伯—中国论坛的协调员，他努力加强埃中和阿中民间交往。自 1992 年起，已举办了多次阿中论坛，加深了人民间的相互了解。协会还组织代表团访华，也接待中国美术界各界人士访问埃及。他利用工作之余时常为埃及著名的报刊撰文，介绍和宣传中国的经济建设成就，尤其是改革开放后的巨大变化。

可以说，黑白先生一生情系中国，他经常说："我是半个中国人。"2002年9月4日，中国人民对外友好协会授予黑白先生"人民友好使者"光荣称号，以表彰他长期以来为促进和发展中国和埃及人民的友谊所做的不懈努力和杰出贡献。黑白先生成为阿拉伯世界获此殊荣的第一人。2005年11月9日，黑白先生在开罗病逝。他留下的众多绘画、摄影作品和文章，永远在向后人讲述自己与中国的故事，讴歌中国和埃及、中国和阿拉伯人民的友谊。

杂技之花传友谊

——与苏丹杂技团合作相处的 500 天

20 世纪 80 年代初，在苏丹电视台《明星世界》节目的片头，出现了一个小姑娘表演柔功的镜头。这姑娘就是苏丹杂技团《滚杯》节目的小演员鲁布娜，她当时仅 10 岁，就成为了苏丹的明星。

喜见一代接班人

1978 年鲁布娜 8 岁时参加了苏丹杂技团，同其他 20 名小同学一起，成为苏丹第二批杂技学员。这批学员学习期限为三年：第一年在苏丹训练基本功；第二年到中国武汉学习杂技节目；第三年回苏丹巩固和提高在中国学习的节目并进行演出。

第二年，即 1979 年，这些天真活泼的孩子从遥远的非洲第一次来到中国。他们在武汉杂技团学会了《晃板》《双蹬技》《愉快的炊事员》《抗梯坐椅》《集体车技》等 16 个节目。

学成之后，学员们回了苏丹。中国武汉杂技团教练组与

鲁布娜在表演《滚杯》。

第二批苏丹杂技学员结业典礼。讲话者（左4）是武汉杂技团团长、著名杂技表演艺术家夏菊花，笔者（左3）担任大会翻译。

苏丹杂技小学员们同机抵达苏丹首都喀土穆。1月的苏丹温暖如春，万物竞发，是一年中的最佳时节，当飞机缓慢地降临机场时，发现广场上站着长长的队伍，队伍前列是身穿红色军服的军乐队和穿着民族服装的民间乐队，后排是数百名群众。场面之大，令人难忘。我们原以为是欢迎哪个国家元首来访，谁知待飞机平稳地降落在停机坪后，欢迎的人群竟然打破常规如潮水般涌向舷梯旁，把中国杂技教练组成员和苏丹小学员们围了个水泄不通。此时此刻，整个机场沉浸在欢乐友谊的海洋之中。苏丹政界领导人走到中国教练身旁，同队员们一一握手。有人伸出大拇指高喊："中国人了不起！"欢迎的人群齐声高呼："苏中友谊万岁！"

　　时任苏丹文化新闻部文化总局局长和苏丹杂技团团长等陪同中国教练组走进机场贵宾室作短暂停留，他们告诉我们："原先准备了一场隆重热烈的欢迎仪式，并且安排了乐队以及欢迎群众助阵，后

来由于欢迎群众见到中国朋友和苏丹小学员们，欢迎心切，蜂拥而上，把原来的计划打乱了。"

总理关怀武汉培训

在周恩来总理访问苏丹 7 年之后的 1971 年，根据中苏两国政府签订的文化合作协定，中国武汉杂技团接受了负责全权培训第一批苏丹杂技学员的光荣使命。当年的苏丹政府从喀土穆各中小学校里挑选了 50 名 9 岁左右的苏丹少年到中国学习，其中 35 人学杂技，15 人学中国民乐。经过 2 年多的学习，他们学会了《切转》《单蹬技》《木砖顶》《杂拌子》《走钢丝》《水流星》和《高车踢碗》等 20 多个节目。1974 年 4 月 12 日，在北京，举行了结业汇报演出，演出十分成功，受到业内外人士的一致好评。在周恩来总理的亲切关怀和中国武汉杂技团的全力帮助下，苏丹国家杂技团就在这天在北京宣告成立，这 50 名学员便成为苏丹杂技艺术事业的奠基人。

斋月练功不停

杂技团许多大团员求艺欲望强，知难而上，他们基础好，领会教练要求较快；小团员谦虚好学，组织纪律性强。很多团员排练场练完后，还把道具带到宿舍去练，他们这种精神受到大家的好评。

根据政府的规定，苏丹杂技团的成员享有一个月的年假，以往一般安排在斋月。由于当年中国教练在苏丹培训，杂技团员放弃了年度假期，以便充分利用难得的机会，多学技艺。1980 年的斋月是在 7 月中旬至 8 月中旬，喀土穆的气温开始回落，但有时仍在 40 度以上。在这样的高温下，白天戒食，滴水不进，他们却仍然像平时一样坚持练功。一旦遇到停电，空调设备停止运转，热气逼人，人坐着不动尚且出汗，练功学艺就可想而知了。

中国教练在指导鲁布娜训练。

到中国去度蜜月

到 20 世纪 80 年代初，第一批学员已年过 20 了。他们十分留恋在中国的日日夜夜，非常想念他们的杂技启蒙老师。他们回到排练场，一到课间休息，就围坐在中国教练的身旁，用已经生疏的中国话与中国教练交谈，询问今日中国的变化和他们老师的近况，回忆在武汉度过的美好而难忘的童年生活。

有的中国教练在苏丹工作了一年半左右，期间就有好几个大团员结婚成家了。中国教练数次被邀参加他们的婚礼，有一位教练还当了证婚人。婚礼一般设在大院内，夜间举行，场面有大有小。新郎和新娘在一片"扎格拉德"（阿拉伯妇女用舌头在嘴里摇动而发

中国教练与苏丹学员下中国象棋。

出的欢呼声）声中，随着乐曲缓慢地进入院内，入座后，人们纷纷上前祝贺、握手、亲吻、拍肩和拥抱。新郎和新娘坐在院子中央的沙发上，前面留有一块空地，中央放一块供跳舞用的大花地毯。音乐一响，新郎和新娘首先起舞。跳完后，男男女女鱼贯进入舞圈，跳起苏丹流行的"颈子舞"。这是婚礼上必跳的舞蹈，男女青年在成亲前都要学会。跳完一阵"颈子舞"后，扩音机里放出"迪斯科"乐曲，年轻人如痴如狂，扭动全身，左右晃动。就这样，土洋两种舞蹈交替进行，通宵达旦地纵情歌舞，一直到凌晨四点。

有些大团员对我们说，婚后要自费去中国度蜜月，要去武汉杂技团看看，特别去拜访他们的老师，要再去北京长城和故宫，去广西桂林和武汉东湖游玩。

尼迈里总统给我们授勋

1981 年 4 月 12 日，苏丹国家杂技团成立 7 周年之际，苏丹为中国杂技教练组举行授勋仪式。尼迈里总统及夫人与中国大使宋寒毅并排坐在一起，观赏杂技团的节目。

帷幕一拉开，天幕中央悬挂着大幅标语，上面用中文和阿拉伯文写着"苏丹中国友谊万岁！"舞台上，姑娘们用彩带构成一个五角星，小伙子们在五角星后表演蹦板技巧，他们飞身腾跃，矫若飞燕。当年 12 岁的小演员鲁布娜表演的《滚杯》，造型柔美，功底深厚，轻松自如，给观众留下深刻的印象。杂技团还表演了《定车》《扛竿》《椅子造型》《高车踢碗》等节目，引来阵阵掌声。当观众看到《集体车技》和《幻术》等惊险新颖的节目时，更是掌声雷动，喝彩声经久不息。

演出进行到一半时，授勋仪式开始。尼迈里总统面带笑容，登上舞台和六名教练一一热烈握手，并说："祝贺你！"他把苏丹国家一级勋章别在每个人的胸前，同时颁发了由他亲自签发的勋章证书。

尼迈里总统给我授勋。

在一片掌声中，教练们手举证书向观众们致意，感谢苏丹政府和人民给予的荣誉。苏丹政府官员、杂技团的领导和团员等朋友们上前与我们握手拥抱，共享喜悦之情，共庆友谊之果。

演出结束后我们返回住所，汽车行驶在的尼罗河畔，眼望胸前金光闪闪的勋章，手握沉甸甸的勋章证书，心潮起伏，思绪万千，决心在离开苏丹前一个月的时间内，圆满完成培训任务，向苏丹政府交出一份满意的答卷。

名扬苏丹，享誉亚非

从1974年至2018年，约半个世纪来，苏丹杂技团走过了从无到有、从小到大、从弱变强的过程。成立当初，没有演员，中国就派人挑选学生，并到中国接受培训；没有服装和道具，中国就支援；缺少节目，中国派出最优秀的教师来培训。靠着自身的坚强的毅力、信念和努力，在中国杂技老师们的精心教导下，苏丹杂技团如今成长为一支广受欢迎的专业队伍，名扬苏丹，享誉亚非。

想当年，苏丹杂技团演出的消息一传开，位于尼罗河边上的友谊厅剧场前，就排起长长的队伍，人们争先恐后地购买门票。演出大厅挤满了，有时还需加座或卖站票。看到精彩而惊险的动作时，观众纷纷报以掌声、笑声、惊叹声、欢呼声和阿拉伯妇女的咬舌声。在喀土穆和恩土曼，无论在大街上，还是在剧场内，苏丹朋友总是热情地招呼我们"希尼古伊思"（意思是中国人好样的）。当他们知道我们是中国杂技教练时，纷纷上前握手致意。有人搀着孩子问中国教练："你们还培养新杂技学员吗？请把我的孩子带到中国去学杂技吧！"有的大孩子自己走到教练的身旁问："我练杂技行吗？请把我收下吧！"

在国际上，苏丹杂技团的声誉越来越高，他们高超的杂技艺术水平、健全的演员阵容，在阿拉伯国家和北非地区是名列前茅的。长年来，他们随总统出访或单独访问演出，到过乌干达、肯尼亚、科威特和阿拉伯联合酋长国等，受到热烈的欢迎和高度的赞赏。一位久居在我们住地附近的两鬓斑白的苏丹老人欣慰地告诉我说："中国杂技艺术正在重新铺设一条从中国到苏丹乃至非洲和阿拉伯世界新的丝绸之路。"

时光流逝，日月如梭。我离开苏丹已近四十年，但在苏丹的日日夜夜依然在脑海里不时闪现，苏丹朋友的欢声笑语一直在耳边回荡，苏丹杂技团员技艺娴熟的动作仍历历在目。我怀念我的苏丹兄弟，愿中国和苏丹两国人民共同栽培和浇灌的苏丹杂技艺术之花永远绽开。

"科威特情"在中华回乡文化园落户

　　中华回乡文化园坐落在距银川市区20多公里处，建于2006年9月底，是一个美丽又壮观、熟悉又神奇的建筑群体，令人无限向往。自开园以来，多次举行大型文化活动，中央电视台还在这里拍了歌舞晚会节目。文化园每天接待众多国内外游人，其中包括科威特、沙特、阿曼、巴林、卡塔尔、埃及、阿尔及利亚、利比亚等国家的来宾。

　　2007年6月，银川连降中阵雨，可21日清晨，正如人们愿望的那样，云消雨停，太阳射出道道金光。宁夏中华回乡文化园内外一片欢腾，近千米长的红地毯两旁，站着数百名少男少女，他们高举彩球和中科两国小国旗，热烈欢迎远道而来的科威特客人——科威特司法、宗教基金和伊斯兰事务大臣阿卜杜拉·马图克博士及其随行人员。

　　为了欢迎科威特贵宾，文化园四周立起了用中阿两种文字书写的标语牌，上空飘荡着几十个红色大气球。9点左右，以李杰煌董事长为首的文化园负责人、各媒体记者就早早等待在文化园入口处的马路旁，宁夏回族自治区、银川市和永宁县的领导也到达了。

　　长长的车队缓慢地驶入文化园区，主人们即刻上前迎接。第一个走下轿车的是一位身穿海湾民族服饰的高个男士，他便是科威特司法、宗教基金和伊斯兰事务大臣阿卜杜拉·马图克博士。他抬头环视四方，赞叹道："文化园太美了！"第二个下车的便是老朋友——科威特驻华大使费萨尔·拉希德·盖斯先生，一见笔者，便问："萨利姆（我的阿文名字），你是宁夏人？"我说："我是专程从北京到

这里来欢迎你们的。"第三个客人有点面熟，再看片刻，想起来了，他是杜埃吉·沙麦里先生，现任科威特国民议会议员，我6年前去科威特拍片时同他打过交道。他也回忆起来了，问道："有关科威特的专题片你们共拍了几集？"我回答："我们共摄制了3集，取名《今日科威特》。去年（即2006年）科威特国民议会议员竞选时，我一直关注着全过程。当我从报纸上见到你当选的照片时，便告知摄制组成员，他们对你竞选成功都十分高兴。"杜埃吉·沙麦里先生让我转达他对摄制组成员的问候。

庞大的代表团共10人，其中包括天课办（天课，伊斯兰教的五项基本功课之一）主任阿卜杜勒·卡迪尔和司法部及外交部官员。

"欢迎！欢迎！热烈欢迎！"站在两旁的孩子们有节奏地欢呼，一位代表团成员问我，他们呼喊的是什么意思，我做了解释，他便激动地不断挥手致谢。

这次科威特外宾光临，主要是出席两艘科威特仿古船模型赠送

阿卜杜拉·马图克大臣（左4）、科威特国民议会议员杜埃吉·沙麦里（左3）和科威特驻华大使费萨尔·拉希德（左5）等步入回乡文化园。

仪式。仪式在文化园回族博物馆前厅举行，主席台一侧站着高挑秀丽的回族礼仪小姐，对面是一排身穿灰黑色绣边长袍的回族小伙子，外宾进入大厅时，他们用阿文高声朗诵赞词。

仪式开始，先由文化园经理马迪致欢迎词，对科威特司法、宗教基金和伊斯兰事务大臣阿卜杜拉·马图克博士赠送古船模型表示衷心感谢，并说："早在1300多年前的公元7世纪，古代阿拉伯帝国和中华唐王朝就有了友好交往。赠送的两艘仿古船模型，是自古以来中国和科威特人民友好往来和文化交流的象征和历史的见证，它凝聚着1000多年来的历史风韵，为中华回乡文化园增添了夺目的光彩。"接着阿卜杜拉大臣讲话，寒暄几句后，便脱稿即席发挥，他说："毫无疑问，为科威特展品专门设立一个馆，这反映了我们国家在中国政府和人民心目中的崇高地位。早在20世纪五十年代，两国就建立了牢固的友好关系。现在，这种关系继续提升，极大地鼓舞那些关注科威特国与中华友好人民共和国关系发展史的人们。我希望能为先辈建造的大厦添砖加瓦，没有他们的努力，我们两国之间的关系就不可能达到如今的水平。我以我个人名义，并代表科威特代表团的兄弟们，对贵国的热情好客，致以诚挚的感谢。"

双方讲话一结束，主席台后方露出四五米高的红色纱幕，大臣、大使和自治区副主席张来武、文化园董事长李杰煌等上前揭幕。幕布拉开，大家眼睛一亮，一座小舞台出现在眼前，天幕是大幅的科威特大清真寺的夜景图，整个舞台平面映衬出大海的效果，两艘科威特仿古船在碧蓝的海洋里荡漾。舞台两侧摆放着身穿着科威特服饰人物模型，右侧的3位男士头戴白绸纱巾，上端是双圈黑丝绳头箍，身披大袍，颜色各异，有紫红、浅黄和黑色；左侧的3位女士头扎白色丝巾，身穿色彩鲜艳的丝绸长袍。这科威特的情和景在回乡文化园乃至整个宁夏落户，拉近了中科的距离，密切了两国人民的情谊。

仪式结束后，阿卜杜拉大臣一行参观文化园的回族博物馆。一位年轻的回族姑娘走上前来，用阿拉伯语为贵宾简单介绍博物馆的情况。这是目前中国国内仅有的一座以陈列展示回族和伊斯兰历史

出席两艘科威特仿古船模型赠送仪式的嘉宾：科威特司法、宗教基金和伊斯兰事务大臣阿卜杜拉·马图克博士（右8），科威特国民议会议员杜埃吉·沙麦里（右9），科威特驻华大使费萨尔·拉希德（右10），自治区副主席张来武（右7）和文化园董事长李杰煌（右1）。

文化为重大主题的专题博物馆。博物馆的整体建筑呈中文的"回"字造型，内部贯通，建筑面积6600平方米，具备展现、接待、参观、收藏保管、研究交流的功能。

　　贵宾步入展馆，映入眼帘的是庞大的古老驼队大全景模型，大家纷纷议论，是古老的丝绸之路把阿拉伯和中国紧紧地联系在一起。客人们在一艘阿拉伯仿古木帆船前停住了脚步，女翻译介绍道："这是阿曼苏哈尔号船的模型，1980年，苏哈尔号船沿着当年辛伯达的航道，历尽艰难险阻，于翌年7月安抵中国广州。"

　　大臣一行对中国回族习俗很感兴趣，仔细地观看每件生活用具，专心致志地倾听讲解员的解说。一个大型模型十分抢眼，客人们驻足观看。它是一家清真饭馆，名为纳记饭馆。模型展示了西北地区穆斯林爱吃的炸油香、撒子、盖碗八宝茶、油茶、羊肉小揪面、生渗面、梢子面和羊肉泡馍等。

　　博物馆单列一个部分，专门介绍世界伊斯兰文明成就和伟大业绩及对世界文明的贡献。大臣通晓伊斯兰文化，精通伊斯兰历史，见到厅内展出的伊斯兰历史人物的照片，他如数家珍：这是哲学家、医学家伊本·西那，那是天文学家、数学家白塔尼，这位是哲学家、自然科学家和音乐理论家法拉比，那位是旅行家、历史学家伊本·白图泰……博物馆馆长雷润泽对大臣说："由于我们与阿拉伯世界、伊斯兰国家交往尚未全面展开，这个厅主要是图片，缺乏实物。"大臣立即爽快地回答："我们可以给你们提供实物。"

　　回族青年画家易卜拉欣·程全盛参与了文化园的设计和装饰。在博物馆的外厅，临时增设了他的小型画展。易卜拉欣·程全盛1992年毕业于北京美术学院，致力于伊斯兰艺术的研究。他的作品深受许多中外穆斯林喜爱，曾在沙特阿拉伯驻华大使馆和中国许多城市展出过；在阿拉伯联合酋长国、卡塔尔、伊朗和马来西亚等国举办过个人画展。他的画体现了伊斯兰文化和中国绘画的融合，具

阿卜杜拉·马图克大臣（左2）、科威特国民议会议员杜埃吉·沙麦里（左3）、天课办主任阿卜杜勒·卡迪尔（左3）在观赏画家易卜拉欣·程全盛（右1）的作品。笔者（左4）担任翻译。

有独特的艺术魅力。《心声》是一幅大型的丙烯画，99 个尊名和库法体书写的"安拉"，庄严地标明安拉独一无二，完美万能，画中的三大建筑和邦克楼，反映了伊斯兰文化的历史久远和深刻积淀，他前后花了两年多时间完成了这部作品。大臣对这幅画大加赞赏，连说"这是安拉的意愿"。我告诉代表团团员、议员杜埃吉先生："画家也把该画的两张复制品赠送给了科威特，一张送给了新闻部，另一张赠给了科威特世界伊斯兰慈善机构，挂在该机构的贵宾接待大厅。"杜埃吉先生和代表团团员都点头示意见到过。

走出博物馆，经过池塘和弯曲的小木桥，一座造型典雅、气势恢宏的清真寺呈现在眼前。大寺前的两侧站满了男女老少，不断向科威特贵宾道"色兰！"几个身穿胸前有中国国旗标志的黑色上衣、年龄稍大的男穆斯林从人群中走上前来，同大臣热烈握手，表示由衷地欢迎。陪同人员向代表团介绍，他们是哈吉（对朝觐过圣地麦加的伊斯兰教徒的一种荣誉称号）。

大臣原以为大寺已经建成，跨上台阶，步入前厅后，才发现清真寺尚在建设中。一迈进礼拜大殿，早已聚集在这里的几百名穆斯

阿卜杜拉大臣（右2）等步出回族博物馆。

林青少年集体歌唱赞圣歌，朗朗歌声在大殿里回荡。大臣抬头看了看拱顶，对建筑的宏伟颇有感触，便问："这清真寺有多大？"文化园董事长李杰煌上前回答："清真寺建筑面积7000平方米，建筑设计参考吸收了土耳其伊斯坦布尔色兰清真寺的建筑布局和风格特点，金碧辉煌，气势宏大，宏伟壮观。寺内陈列展示了有关伊斯兰教的教理、教义、戒律、经堂用语，伊斯兰教著名清真大寺的图片、匾额和楹联，以及伊斯兰教的源流和教派门宦承袭关系的图画文字，帮助来园旅游参观者加深对伊斯兰教的认识和理解，它同时也是文化园延请中外著名伊斯兰教界宗教人士和专家学者讲释伊斯兰教经典、进行文化交流的神圣殿堂。"大臣听后十分振奋，又问："由谁出资建寺？"李董事长直截了当地回答："由我个人筹资。"大臣非常敬佩李董事长的精神，并向他许诺："大殿的地毯由我们包了。"

大殿后墙竖立着一幅超大的效果图，十分壮观，吸引了大臣及其同行，我向他们解释："将来的大殿就是如此堂皇美丽。"大臣听后，邀宾主一起在图前合影留念。应大家的要求，大臣还朗诵了一段《古兰经》。

阿卜杜拉大臣（左6）、科威特国民议会议员杜埃吉（左8）和文化园董事长李杰煌（左7）、笔者（左5）等在清真寺合影。

因时间的关系，文化园内正在建设的其他项目，如民俗村、演艺宫、餐饮中心、购物街等，就无法安排参观。大臣和代表团成员就直接到贵宾接待室休息、座谈。接待室中央，摆放着两件物品：科威特

阿卜杜拉大臣（左4）观看《古兰经》手抄本。

赠送的科威特大塔模型，用牛皮制作封面、彩绘描金的《古兰经》手抄本。博物馆馆长雷润泽说："这是一位阿訇捐出的8代珍藏《古兰经》，手抄完成于距今600多年的明代。中国伊斯兰教协会会长陈广元见后，要我们珍惜保藏。由于时代久远，这件珍本现不断掉渣，金粉逐渐脱落。"听了介绍，大臣精心细看，并翻了几页，便说："在阿联酋，有一个中心，专门修补破损的《古兰经》手抄本，可以请他们来修补这部手抄本。"说完，就委托他的部下——亚洲穆斯林委员会主任阿卜杜拉哈曼办理此事。

座谈时，李董事长谈了未来打算："我们将拉开中华回乡文化园二期建设的序幕，二期规划由新疆建筑设计院的一位大师担纲，以中国伊斯兰文化交流中心、世界伊斯兰建筑微缩景观、世界伊斯兰文明之旅、中国回族非物质文化传承基地、阿拉伯语言学院为重点，打造中国宁夏对外文化交流的新平台，力争使中华回乡文化园成为游客过百万的宁夏文化旅游景区的新王牌。"他希望在以后的建设中得到科威特的支持。阿卜杜拉大臣对回乡文化园的文化建设分外关注，他认为，文化是一个重要领域，各国间的交流与合作先从文化开始，有了文化交流，才有司法、经贸等领域全方位的合作。他祝愿文化园文化氛围更浓，建设更美。

2006年9月，科威特驻华大使盖斯走访了中华回乡文化园，对

该园弘扬回族伊斯兰历史文化十分赞赏，当即表示愿与文化园建立经常性联系，并决定赠送古船模型和民族服饰等，为在文化园内建科威特馆做准备。

科威特司法、宗教基金和伊斯兰事务大臣和驻华大使为筹建科威特馆竭尽心力，李杰煌董事长对他们说："我们一定在文化园内辟出一块宝地建科威特馆。"他们也承诺："将继续赠送实物，充实科威特馆。"大臣还请坐在身边的代表团成员、天课办主任阿卜杜勒·卡迪尔关照此事。

仿古船的赠送、大臣的来访为科威特和中华回乡文化园的友好交往与合作交流打开了大门，也为文化园与其他阿拉伯和伊斯兰国家间的交流和合作架起了大桥。李杰煌董事长欢迎各国穆斯林朋友来文化园参观访问，牵线搭桥。他相信，在阿拉伯和伊斯兰国家及友好人士的关注、支持和帮助下，文化园将建设得更好，文化园内将会出现更多的阿拉伯和伊斯兰国家展馆。

现代派诗人、"副馆长首领"

——记也门前驻华使馆参赞、著名诗人阿卜杜勒·卡里姆·哈米西

20 世纪 80 年代中后期，也门现代文学的代表、著名诗人阿卜杜勒·卡里姆·哈米西先生出任也门驻华使馆参赞。当时，他是也门使馆的第二把手，也是所有阿拉伯国家驻华使馆的二号人物、被誉为"副馆长的首领"。为了增强中国国际电台阿拉伯语部与阿拉伯各驻华使馆的联系，我们与哈米西的接触十分频繁。就我个人来讲，重要的交往约十多次，直接对话达三次。

哈米西参赞（左 2）率领部分阿拉伯国家驻华使馆人员参观中国国际广播电台。

笔者采访哈米西参赞。

阿卜杜勒·卡里姆·哈米西是也门驻华使馆负责文化、科技、教育和新闻事务的参赞，十分关心也门和中国两国之间的新闻交流。在与他认识后不久，他代表也门的主要报纸《九月二十六日报》采访了我。

哈米西参赞先把采访的问题通过传真发给了我，以便我做一些准备。几天后，在1988年3月中旬，我便应约到也门驻华使馆接受了采访。下面是采访文章的内容。

哈米西：尊敬的读者，当你打开收音机，寻找波段的时候，是否找到来自亚洲的北京——中华人民共和国的首都的阿拉伯语的电波，从而停住不前，侧耳细听。

如果你没听过这家电台的阿拉伯语广播，那下面是一次机会，请听《九月二十六日报》代表对中国国际广播电台阿拉伯语部主任萨利姆·刘元培先生的采访。请他谈谈中国国际广播电台阿拉伯语部的起步和发展。

——无线电波和友谊——

刘元培：1957 年 11 月 3 日，北京无线电波发出了一个新的声音——胡纳·北京（意为：这里是北京），宣布中华人民共和国阿拉伯广播开播。

1957 年开播时，节目每天仅播出 2 次，每次半小时；1959 年，增加为每次 1 小时；1981 年，再次增加为每天 3 次，每次 1 小时。广播节目从内容到形式都发生了很大变化。开始时，只有新闻、评论、一般报道、文章和音乐。进入 20 世纪 80 年代，除了上述节目外，每周还增加了 7 个固定节目：星期一《中国建设》、星期二《青年与体育》、星期三《一组中国乐曲》、星期四《中国穆斯林》、星期五《听众信箱》、星期六《阿拉伯世界》、星期天《中国文化》。

《中国穆斯林》节目受到阿拉伯听众的欢迎。伊斯兰教在中国传播已有 1300 多年历史。根据最新统计，现在中国的穆斯林的人数超过 2000 万，他们中的一部分是阿拉伯人的后裔。根据听众要求，中国国际广播电台阿拉伯语部于 1982 年的开斋节正式开播每周一次的固定节目《中国穆斯林》。这个节目播出后，收到很多听众来信，他们赞赏这个节目的内容。

无线电波传播了友谊，加深了情感。中国国际电台阿拉伯部每月平均（注：20 世纪 80 年代）收到约八百封听众来信。听众不仅来自阿拉伯国家，而且在阿拉伯世界以外，也有一些听众。除此以外，在阿拉伯国家还成立了几十个听众俱乐部。俱乐部成员经常收听中国国际电台阿拉伯语广播，并热衷于通信交流，与电台保持密切的联系。

——广播的优势——

哈米西：电视抢走了电台的听众，这种说法对吗？

刘元培：确实，电视抢走了很多电台的听众。因为电视有图像，吸引了更多的广播听众，但电视在很多领域不能替代广播。广播有它的优势是电视不具备的，例如，广播新闻有时比电视新闻更快；

广播听众可以边听广播边干活、边吃饭、边开车、边锻炼。在中国，清晨有人在外跑步或散步时，手中拿着收音机听新闻或音乐。

——成功的播音员——

哈米西：成功的电台主持人应是怎样？

刘元培：成功的电台主持人应该具备下列的条件。（1）应充分理解所播稿件的内容、主题和背景；（2）应发音准确，音声清晰甜美，充分完美和热情流畅的表达文字的内容；（3）要有高度的洞察力，能强烈地感悟到听众所想，把语言变成听众欣赏的和感动心灵的艺术作品。

总之，播音员的基础是嗓音、朗读和语言表达。如果播音员具备以上条件，那他就能得到听众的满意，完成自己的使命。

——差异明显——

哈米西：广播播音员和电视主持人之间的区别是什么？

刘元培：他们之间的差异是非常明显的，广播播音员依靠洪亮的声音，而电视主持人则要求形象、坐姿和站姿及细微的表情等等。

——显著的成功——

哈米西：你可以跟也门听众讲几句吗？

刘元培：非常高兴。也门是古老文明的国家，也门人民是勤劳勇敢的民族。近年来，也门人民在政治独立、发展民族经济和民族文化方面取得了明显的成就。我祝愿也门人民取得更大的成功，过上更加幸福的生活。

我们欢迎也门朋友收听我们电台的阿拉伯语广播。波长是26、31、40、43米。广播时间是：每天第一次广播是也门时间晚上6:30到7:30；第二次广播是也门时间晚上8:30到9:30；第三次是也门时间晚上11:30至12:30。希望把你们的意见与建议发给我们。

邮政地址：中国国际广播电台阿拉伯语部，CRI 22，中国 10040

邮箱：arab@cri.com.cn

电话号码：00861068892491

采访结束 10 天后，即 1988 年 3 月底，《九月二十六日报》就刊登了哈米西参赞采访我的内容。一星期后，也门使馆寄来了样报，报上还刊登了我的照片。我立即打电话，向哈米西参赞表示感谢。

1988 年初，哈米西参赞写完《闪亮的愤怒已来临》一诗。得知这一消息后，我就向他表示祝贺，并商定采访的时间。4 月下旬，我来到了也门驻华使馆，对参赞说："很高兴能在贵国大使馆与您相遇。听说最近您写了一首诗，非常想听听，这首诗的题目是什么？"

哈米西参赞回答道："我的朋友，这首诗的题目是从一段美妙的诗句中得到启发的，诗句是长期以来阿拉伯革命战士每天早晚把它当作歌曲歌唱的：'闪亮的愤怒正在到来，这是我坚定的信念。'意思是人民可耐心等待，但不会灭亡离开。人民可以宽恕容忍，但决不会屈服。一旦激情迸发，闪亮的愤怒无可阻挡。他们用锐利言语抵御子弹，以伸张正义反抗暴力，用大小石块抵挡火箭。这是闪亮的愤怒，爆发出捍卫人道主义的精神力量。愤怒不掺杂任何恐怖，不容纳狡猾奸诈，把骄傲狂妄排除在外，这就是人民的愤怒。在'闪亮的狂怒爆发'面前，让那些杀人的暴君们见鬼去吧。这就是我这首诗的标题——闪亮的狂怒已来临。"

问：我们可以知道这首诗的主题吗？

答：这首诗的主题是当今每时每刻发生的事，即真理与谬误之间的激烈斗争。四十年来，在以色列野蛮占领的"熔炉"内冶炼出的巴勒斯坦石头；表达那些被拘留在联合国、安理会和国际司法机构营地内的阿拉伯人的意愿，儿童、妇女和老人扔出手中"觉醒"的石块；被铁、火和否决所侵占的巴勒斯坦国家等。这首诗的主题其实就是讲述热爱自由、拒绝桎梏的人。

问：我可以聆听这首诗吗？

答：非常高兴。

闪亮的狂怒已来临！

诗人和作家价值高，	当"暴动"到处掀起。
孩子扔起大小石块，	真主和阿拉伯人相聚。
孩子张开十个手指，	愤怒扑向威吓和恐怖。

他们从创伤中走出，	绿色的火焰又燃起 。
每个孩子的手指上，	迸发出愤怒的火苗，
如悲痛的火焰喷出，	定会铸出铁齿铜牙。
呼唤来自一个少女，	撕毁所有花言巧语，
战火磨练她的唇舌，	拆穿一切阴谋诡计。

光芒四射的黎明啊，	太阳和群星齐托起。
汇集各方的誓言啊，	点燃木柴一片烈火。
勇敢的少年儿童们，	双手爆发无穷威力。
你的呼唤威如地震，	号召我们勇敢站立。
我们学习坚持到老，	你为我们演讲说道。

战火燃遍整个大地，	弹炮无能愤怒四起。
骑上战马娱乐游玩，	奖杯属于游击战士。
我们的要求很简明，	灵敏的主播来说道，
大方向是"当代和平"，	让敌人听大众所要！

译注：戈兰高地是叙利亚领土，现被以色列占领；内盖卜指位于巴勒斯坦南部的沙漠地带，现被以色列占领。

译注：萨拉丁，中世纪穆斯林世界著名军事家、政治家，因在阿拉伯人抗击十字军东征中表现出的卓越领袖风范、骑士风度和军事才能而闻名基督徒和穆斯林世界。

孩子们：我无能，　　但我的诗为你们撑腰。

为我们去战斗，　　　愤怒和坚持在手中闪耀。

为我们去战斗，　　　鲜血浇灌戈兰和内盖卜。

为我们去战斗，　　　高举（萨拉丁）的大旗。

我的诗词深感愧疚，　　泪水掩藏在它背后。

放开嗓门大声呼唤，　　烈火燃烧狂风四起。

它原是我们的导弹，　　近百年历史可追溯。

试看阿拉伯人的根，　　定发现民族的失利。

问：这是一首美妙的诗。那写这首诗的动机是什么？

答：我没法回答，但我自己臆测，诗意是不由自主的。当决定写这首诗，就不需要等待任何人的许可和帮助。诗人仅仅是思维和行动、声音和反响之间的桥梁。也许这些天在巴勒斯坦发生的一切，是世界上所有声援自由的战士创作灵感的源泉。我用一些诗人的话来表达："我独自一人每天周游巴勒斯坦大地。从黎明时出发，踩着带有露水的青草，战斗。在阿里什游泳，但到不了雅法。大浪把我卷回大海……"在我的写作中，见到了房子，看到了烟雾弥漫中的孩子。

问：这首诗对听众和读者产生的影响，您有何希望？

答：我的期望是尊敬的听众能从诗中找到石块和琴弦、手掌和笔之间的关系。我们都想知道，世界的良知何时能够苏醒？！何时？！

问：你是否有继续写诗的想法？

答：我想用伟大的阿拉伯诗人苏里曼·伊萨的下面的诗句来回答这个问题。

以祖国和人民的名义

发出愤怒神圣的豪气

熊熊的烈火四处燃起。

以祖国和人民的名义

灵感来自那字里行间

借鉴它那隐喻的含义。

以祖国和人民的名义

诗情画意从头至结尾

与革命狂热拥抱一起。

在采访诗人阿卜杜勒·卡里姆· 哈米西结束时，我祝他能创作更多的诗词，并希望他作为使馆参赞，能为加强中国和也门两国人民之间的友好合作关系继续做出贡献。

1988 年，埃及文学家纳吉布·马哈福兹荣获诺贝尔文学奖，埃及和整个阿拉伯世界为之欢呼，中国文学界、特别是阿拉伯文学的爱好者和研究者也无不为之欢欣鼓舞。《人民日报》和一些报刊杂志发表文章为之祝贺，并介绍这位埃及和阿拉伯当代大文豪。我们国际电台阿拉伯语广播也播出了一些稿件，其中有我采访的录音报道《阿拉伯也门驻华使馆参赞、文学家、诗人阿卜杜勒·卡里姆·哈米西谈纳吉布·马哈福兹》，下面便是我与哈米西先生的对话。

刘：最近纳吉布·马哈福兹作为第一个阿拉伯文学家获得诺贝尔文学奖，我们国际广播电台阿拉伯语部向他表示衷心的祝贺。今天到你们使馆，请阁下向我们的听众谈谈您所了解的纳吉布·马哈福兹。

哈：感谢中国国际电台阿拉伯语部这种高度的热情和主动性，也感谢你，萨利姆·刘元培教授积极和连续的关注。请允许我向中国阿拉伯文学研究会表示祝贺，是它积极提名纳吉布·马哈福兹为诺贝尔文学奖的候选人，是它不遗余力地翻译了马哈福兹的文学作

时任中国国际广播电台台长的张振华会见哈米西参赞。

品。我还要向马哈福兹的前辈——阿拉伯老一辈的文学家表示祝贺，马哈福兹曾拜他们为师，读过他们的作品，并深受他们的影响。马哈福兹说，他们应该是在我之前先获得诺贝尔文学奖。除此以外，我应向阿拉伯语和东方语言祝贺，是它证实自己有能力培养出优秀的文学作品，去占领当代世界文学的顶峰。

刘：您能否简要地谈谈马哈福兹个人的特点和他的主要作品？

哈：我认为马哈福兹有三大特点：（1）谦逊忘我，不炫耀自己。这与中国文学家有共同之处。（2）严守自己的格调。他在吸收他人长处的同时，不失个人的创作特点和风格。这一点可以从他的早期作品中得到证实。（3）大胆。他用引人入胜的艺术手法对现实社会和政治的阴暗面进行批评。他的作品受到国内外各阶层的好评。他决不为了迎合读者的某些兴趣，而抛弃自己的信条和原则。作品中出现的一些思想上的迷惘困惑，恰好再次说明他自己的信念的理解和追求。

我认为，马哈福兹的作品具有世界性，他通过跟埃及社会的接触，与全人类进行对话。他以哲学家的身份开始了他的文学创作，后又写历史小说，通过回忆过去来寻找未来，最后成为一个现实主义作家。《命运的嘲弄》和《梅达格胡同》是他早期的代表作。在这个时期，如同上面讲的，他是以哲学家的身份出现的。接着，他变成了历史学家，回叙过去、观察现在、展望未来，企图在过去废墟上树立现代的典型。随后，他转向现实，以表达自己的愁闷和意向。从埃及社会的难题，进而引申到第三世界所面临的困难。这些主题不论在《哈利利市场》，还是在《始与末》都得到了反映。至于马哈福兹的三部曲和《平民史诗》，则已达到完整的戏剧创作的高峰。从此以后，他坚持现实主义的创作道路。

阿拉伯电影把马哈福兹的作品作为很好的电影剧本，其中有一部作品成功地拍成七部电影。他的重要作品已翻译成中英法德等各种文字，这就使马哈福兹的文字流传于世界各国。马哈福兹的所有作品水平都非常高，有重要的价值。但我个人认为，最重要的还是他的三部曲、《哈利利市场》和《平民史诗》。

刘：马哈福兹获诺贝尔文学奖以后，阿拉伯和世界各国做出了反应，您对此有何评价？

哈：阿拉伯和世界各国文学界从未像今天这样，来祝贺第一位阿拉伯文学巨匠获得诺贝尔文学奖。全世界一切主持正义的学者都沉浸在欢乐和幸福之中。获奖者本人也说："我非常高兴，因为我冲破了旧的基础，我坚持这样的信条，追求个人名誉，热衷宣扬自己不是与坚忍不拔、谦虚谨慎、埋头苦干背道而驰的。"

社会反应如此强烈和广泛是毫不足奇的，这是对马哈福兹的称颂。马哈福兹从未追求过诺贝尔奖，但诺贝尔奖需要他，马哈福兹从未打听诺贝尔奖，而是诺贝尔奖寻找到了马哈福兹。

中国文学界在得知他们崇敬的作家马哈福兹获得诺贝尔文学奖的消息后，立即开会庆祝，隆重和热烈的程度超过其他国家，我这样说不是奉承和毫无根据的。因为我本人曾参加过中国社会科学院外国文学研究所、阿拉伯文学研究会为祝贺马哈福兹荣获国际荣誉

而联合举办的文学报告会；参观了小型展览会，看到了马哈福兹的阿文原著和已译成中文的著作。现在你们对我进行采访，这说明你们对马哈福兹的文学和艺术十分重视。

刘：万分感谢您对马哈福兹的介绍和评价，也希望您自己有更多的作品问世。

哈：我也祝贺你们，祝中国国际广播电台，祝友好的中国幸福、进步、繁荣！

向母校汇报

——伊拉克著名版画家拉菲阿·纳绥里在中央美院举办个人画展

中央美术学院是中国培养美术专业人才的最高学府，在这里学习的除中国学生外，还有来自世界五大洲的留学生。20 世纪 50 年代末和 60 年代初，曾有 3 位阿拉伯留学生在这里学习过，他们是埃及的黑白·埃奈亚特和他的夫人图玛迪尔及伊拉克的拉菲阿·纳绥里。

1989 年 9 月中旬，埃及画家黑白夫妇应邀来华访问，并回母校见到了自己的老师和同学，对此，我曾采写过一篇报道《阔别 28 年后回母校》。10 月中旬，拉菲阿·纳绥里先生作为伊拉克艺术工会代表团成员也来华访问。他带着自己的作品回到了母校，并在那里举办了个人画展。我作为中国国际广播电台的记者，怀着浓厚的兴趣，前往参观和采访。

一个秋天的早晨，晴空万里，中央美术学院的展览厅前，聚集着近百人，他们在等待伊拉克著名版画家拉菲阿·纳绥里作品展览会开幕。不一会儿，拉菲阿先生来了。中央美院的领导、老师和同学走上前去同他握手，热烈欢迎他回母校。

他脸上露出了喜悦的笑容，见到了尊敬的两位老师——时任中国版画家协会主席、时年 83 岁的李桦教授，时任美术家协会副主席、时年 70 岁的古元教授。拉菲阿先生用中文对二老说："26 年不见了，很想念你们，看到你们身体很好，我很高兴。"二老说："20 多年后，你再返母校，还带来作品办画展，我们特别高兴。"

拉菲阿先生（左）与他的
老师、著名版画家古元教
授（中）热烈交谈。

拉菲阿先生（左）与叙
利亚的亚谷先生（中）
在展览会上相见。

　　简短的开幕仪式后，人们进入展厅，欣赏拉菲阿先生的版画作品。
拉菲阿先生1960—1963年在中央美术学院版画系学习，以优异的
成绩毕业。他将阿拉伯艺术与亚洲、欧洲的艺术特点融为一体，风
格新颖，独树一帜，在世界享有一定的声誉。他曾在香港、里斯本、
贝鲁特、卡萨布兰卡和巴格达等地举办了14次个人画展，作品在伦敦、
纽约、法国等国际绘画展览上展出。他还获得了奥地利萨尔斯堡国
际学院荣誉奖、法国嘎纳国际画展评委奖和巴格达国际美术奖等。

　　这次，他的41幅代表作品在中央美术学院展出，受到参观者的
高度赞颂。李桦教授说："拉菲阿是来中国学习美术的第一位伊拉克
艺术家，他在校时学习刻苦，基础打得很好，作品有自己的特点，
中国和阿拉伯两种版画艺术结合得很好，看了大开眼界。"

　　版画家古元教授补充道："拉菲阿先生毕业后，在巴格达创作了

几张黑白木刻，塑造得非常美。以后又有了发展，把本民族的传统结合了进去，中间还有阿拉伯文书法，装饰非常好看，给人以美的享受。"

中央美院院长靳尚谊教授也参观了展览，看后大加赞赏："拉菲阿先生现在的作品已有很大发展，有欧洲文化和中国文化的影响，但主要是反映伊斯兰和阿拉伯文化，将多方面艺术结合得很好、很自然。"

为了感谢母校的精心培育，拉菲阿先生把展览会上的部分作品赠送给母校。中央美院的领导把拉菲阿先生赠画一事称为壮举。他们说："拉菲阿在一些国际比赛中得了奖，为我们学校争了光。今天，又把自己的部分作品送给母校，说明他对母校的感情，我们为有这样的校友而感到骄傲。"

同我一起前往中央美院参观拉菲阿先生画展的有在国际电台工作的叙利亚专家亚谷先生。1957 年，亚谷先生作为来中国留学的第一批叙利亚学生，先在北京大学学习中文，后到武汉大学学习水利专业，与拉菲阿先生同是最早的在华学习的阿拉伯留学生。老朋友见面格外亲切，有很多共同语言，回忆起在中国大学度过的美好时光，交流了毕业后回国工作的情况。

参观结束后，我采访了拉菲阿先生，与他进行了简单的交流。

刘：非常高兴在这里见到您。今天，您在母校举办了个人画展，目的是什么？

拉菲阿：举办这次画展的主要目的是展览我从 1963 年母校毕业后 26 年来的作品，反映自己艺术的发展过程，从而证实我在中央美院的学习是非常有益的，并以此为荣。在中央美院，我度过了一生中最美好的时光。通过这个展览，表达我对母校的感谢和热爱。

刘：展览包括哪些内容？

拉菲阿：展览以 1962—1963 年创作的现代主义作品开始，它们反映中国和伊拉克的生活、风光和环境。之后的作品，我把阿拉伯文字加入其中。最近创作的作品将天、地、天际三者紧密结合在一起，反映大自然、人性和美。

刘：您见到老师和同学后有何感触？

拉菲阿：见到他们，特别是见到我的老师李桦、艺术家古元时，我非常激动。我极力控制自己的感情，故作镇静，脸带笑容，但我内心很不平静，十分激动。

刘：祝贺你的画展取得成功，非常感谢你内容丰富的回答。祝你在中国生活愉快，在增进中国人民与伊拉克人民之间的友谊和相互了解方面做出新的贡献。

拉菲阿：谢谢你们！

一个小时的参观和采访，我深深感受到拉菲阿先生对祖国和民族的热爱，对中国人民和他的母校——中央美院的深情厚谊。他的崇高精神和新颖作品将永远留在我的记忆中。

全票通过

——记在华获得工科博士学位的阿拉伯第一人亚谷

1992 年 6 月中旬的一天，武汉水利电力学院博士答辩场内鸦雀无声，一位叙利亚人站在黑板前，用流利的汉语，从容不迫地宣读了题为"半干旱地区水利若干问题——兼论叙利亚地区的水利建设"的论文。他说："叙利亚属于半干旱地区，筑坝蓄水、挖水渠和使用地下水等以灌溉农田，这是本地区水利工程的一个重要课题。我希望将叙利亚一些水利工程的可行性经验和建议，推广到其他类似的半干旱地区，对这些地区水资源的利用和经济发展，起到积极作用……"

答辩委员会 7 位成员交头接耳，酝酿提问。他们中有全国水利专家、武汉水利电力学院的领导和著名教授。一位答辩委员问："喷灌的技术要求是什么？"另一位答辩委员问："为什么中心墙坝比偏心墙坝施工费用便宜？"有关叙利亚的灌溉情况，一位年长的教授问："叙利亚农田灌溉有效系数是多少？如何计算？"答辩委员会前后提出了 15 个问题，他均一一做了回答。

答辩委员会对他的博士论文和答辩十分满意，给了满分。论文不仅知识面宽、内容丰富，而且理论结合实际，同时他答辩准确、层次清楚、有创见。国际排灌委员会副主任、中国排灌委员会主任、武汉水利电力学院前院长许志方教授说："这些问题相当困难，连一般考水利学博士学位的中国人也不容易回答，但他回答得简练、痛快、准确。"

这位叙利亚人名叫亚谷·夏蒙，他是我的老朋友。

1957年，他来到中国学习，是叙利亚派来的第一批留学生。他先在北京大学学习中文，这时，我在北大阿拉伯语专业读大三，因为是阿拉伯兄弟，很自然，我们就成了良友。我常去他宿舍帮助他学习汉语，也找他练习阿拉伯语口语。8个月后，他进武汉水利电力学院学习农田水利专业，1963年毕业。回国后，他与在武汉水利学院结识的中国广东姑娘喜结良缘，并有了3个孩子，学习努力，成绩出众。亚谷先后在叙利亚公共工程部和水利部工作，参与一些渠道、土坝、堆石坝等水利工程的设计和施工，并在大马士革大学土木工程学院讲授"水利工程"等课程。

1988年8月，在中国国际广播电台阿拉伯语部工作的埃及专家夏阿班期满回国。此后，大家通过各种途径寻找新专家。这时，中国驻叙利亚使馆介绍了一位中国通——亚谷·夏蒙。初秋，我们迎来了这位新专家。当时，我负责阿拉伯语部的工作，加之30多年前我们曾是好朋友，理所当然地前往机场迎接。长期不见，突然相遇，

亚谷与笔者讨论稿件的翻译。

双方都有些发愣，眼睛直盯着对方，毕竟我们都已进入天命之年。他头发有些花白，我的头发开始脱落，但大致的面貌未变。简单寒暄后，我们便驱车前往西郊友谊宾馆住地。

他来国际台的主要任务，与别的外国专家没有区别，还是翻译、改稿和播音。由于他精通中文，翻译和改稿工作很方便，可以做更多的工作，完成别的专家无法胜任的任务。例如，在一般情况下，专家是从英文翻成阿拉伯文，但有时没有英文，他就可以直接从中文译成阿拉伯文；在阿拉伯语广播节目中，有一个每周的固定节目《学汉语》，他发挥了别人无法替代的作用，直接用阿拉伯文和中文穿插播音。

亚谷先生特别赞赏中国的改革开放，对中国的市场经济、新兴产业很感兴趣。20 世纪 80 年代末—90 年代初，一些北京市民开始买车，他就向周边的中国朋友提出开一个修车行或洗车店的建议并肯定地说："生意一定兴隆"。

在完成国际台阿拉伯语部繁忙的翻译、改稿和播音外，他还帮

亚谷辅导阿拉伯语部的成员进行翻译。

助外单位改稿，甚至参与拍摄电影、当演员。当然，他大部分业余时间是用来继续水利专业的研究，撰写水利学博士论文，同时复习水利学博士生必修课"材料力学""水利工程经济""渠道防渗"和"英语"等7门课程准备考试。1992年2月，亚谷通过了水利学博士生全部功课的考试；4月，用中文写完论文，5月定稿；6月，他前往武汉水利大学参加论文答辩。

1992年7月1日，答辩委员会主任、中国水利学会常务理事兼秘书长、国际泥沙研究中心副秘书长戴定忠教授在电话中传来振奋人心的喜讯，告诉亚谷先生，武汉水利电力学院院务委员会经讨论，全票通过他的博士论文和答辩，决定授予他水利学博士学位称号。亚谷先生成为在中国获得水利博士学位的第一个外国人，中外朋友都为他高兴，纷纷表示祝贺，他自己也激动地说："我很幸运。在中国，我获得了3个第一：30年前，我是在中国获得工科学士学位的第一个阿拉伯人；现在，我是在中国获得工科博士学位的第一个阿拉伯人，也是获得水利学博士学位的第一个外国人。"

1994年底，亚谷先生与中国国际广播电台的合同期满，在中国国际广播电台举行的欢送会上，他谈到了回国后的打算："我希望继续到叙利亚大马士革大学土木工程学院任教，把我在中国学到的知识和学术成果贡献给我的祖国。"

乐队虽小，音色俱全

——记巴林民族小乐队

21 世纪的第一年，由北京电视台、中国国际广播电台和中国伊协等单位组成的民间电视摄制组，应海湾 6 国新闻部和广播电视总局的邀请赴约拍片。我有幸成为摄制组的一员，负责公关和翻译工作。

到达巴林已是 2000 年 11 月下旬，当地进入冬季，但气温仍然在 30 度以上，有时下雨甚至瞬间大雨倾盆。电视摄制组在采访巴林阿拉伯民族小乐队时，因为下雨，曾改变过几个地方，有时在海边，有时在我们下榻饭店的小会议室和附近的博物馆内，摄制组还拍摄了个别队员的独奏。

巴林民族小乐队在海边。

阿拉伯器乐影响世界乐坛

在采访乌德琴演奏家艾哈迈德·胡枚雷时，他向笔者介绍了阿拉伯乐器。阿拉伯乐器种类丰富，历史也源远流长，早在公元 7 世纪伊斯兰教形成之前，许多外族乐器传入阿拉伯半岛，阿拉伯人深受拜占庭帝国和波斯王朝音乐艺术的熏陶。

伊斯兰教刚在阿拉伯半岛传播时，一些地区的统治者禁止音乐和歌咏活动，认为这些活动分散了穆斯林的注意力，扰乱了穆斯林的信仰和祈祷。第四任哈里发阿里本人是一位诗人，也是一位文化保护者，允许研究科学、诗歌和音乐。这个时期，音乐和歌唱被认为是正统的阿拉伯艺术。从此，阿拉伯音乐走上了光辉的历程。

西班牙人早期使用的乐器，很多是由阿拉伯乐器演变而来的，如乌德琴、吉他拉等；西班牙姑娘用杜弗鼓伴奏，这是阿拉伯人的传统；吉卜赛人使用阿拉伯人的米兹玛尔笛；亚美尼亚人演唱时使用阿拉伯伴奏乐器等。有些欧洲的乐器也是由阿拉伯乐器演变来的，如小提琴由阿拉伯的拉巴卜琴演变而成，双簧管、黑管和巴松等是由纳伊箫演变而成。

阿拉伯音乐为中国艺坛增彩

随着伊斯兰教传入中国，优美的阿拉伯音乐和歌曲回荡在穆斯林聚居区，给当地中国人的文化娱乐生活增添了光彩。

阿拉伯人的一些乐器，自古以来就被中国人民采用。元代所用的七十二弦琵琶，是蒙古对外侵略时从巴格达带回的；扬琴，阿拉伯人称桑杜尔琴，系明末传至中国广东沿海，后流行全国各地的；唢呐，阿拉伯人叫唢尔呐亚，金元时传入中国，后改制成多种式样；南北朝时传入中国的"曲颈琵琶"源于乌德琴，"火不思"也是乌德琴的一种，流行于中国西北地区。清朝时的有些乐器被归为"回部乐"，也是从阿拉伯国家引入的。

中国受阿拉伯音乐影响最大的莫过于新疆音乐了。维吾尔族传统的大型套曲集《十二木卡姆》是维族穆斯林的艺术精华。《十二木卡姆》绝大部分来自阿拉伯的木卡姆。维吾尔族使用的乐器，很多由阿拉伯乐器改造而成。例如，丹不尔、热瓦甫、卡龙、杜弗鼓，分别是由阿拉伯乐器坦布尔琴、拉巴卜琴、卡侬琴、杜弗鼓演变而来。

在巴林采访时，几辆小车把我们代表团成员、小乐队队员和乐器拉到海边，广阔的大海和无数的渔船成为巨大的摄影背景。阿拉伯传统的器乐表演团体通常包括 4 到 6 种乐器：乌德琴、卡侬琴、开曼吉琴、纳伊箫、拉巴卜琴和达尔鼓。这 6 种乐器中，就开曼吉琴是西洋乐小提琴，其余均是阿拉伯民族乐器。也有中型的乐队，多了几把小提琴、中提琴和大小不一的鼓。我们采访的巴林小乐队，

笛子演奏家伏齐。

仅 4 种乐器，没有开曼吉琴和拉巴卜琴。

巴林小乐队演奏了几首海湾乐曲，4 种乐器均为齐奏，有时通过交替演奏，造成音色上的对比。千百年来，丰富的阿拉伯旋律、独特的阿拉伯调式和歌唱述说着阿拉伯人的喜怒哀乐，表达着他们对幸福的祈望。

乐器之王——乌德琴

小乐队演奏完后，我继续采访了乌德琴演奏家艾哈迈德·胡枚雷。据他介绍，在阿拉伯语中，乌德原本是木材或树干，后作为乐器的名称。据说，乌德一词希伯来语的意思是可爱。乌德琴是阿拉伯拨弦乐器，被誉为阿拉伯"乐器之王"，不仅流行于阿拉伯国家，而且还在土耳其、伊朗等国广为流传。木制乌德琴头向后弯曲，琴身扁平呈半圆形，琴面有圆形镂花音孔，琴弦 5 根，用羽毛管或手指弹拨。

古时，乌德琴为 4 根弦，分别代表火、风、水和土，也可以用一个人或一群人的性格来比喻，据说，从音量上比较，火比风大 1.3 倍，风比水大 1.3 倍，水比土大 1.3 倍。安达卢西亚时期，琴弦增至 5 根。乌德琴共有 4 个音区，音色各异。低音凝重深沉，中音轻柔圆润，高音清脆明亮，超高音高昂奔放、穿透力强。乌德琴既可为歌唱和舞蹈伴奏，也可独奏和合奏。

艾哈迈德·胡枚雷自小学弹琴，至今（即至 2000 年）已有 20 多年的历史。他说，乌德琴历史悠久，相传在公元前 2000 多年的阿卡德时代就已出现，距今已有 4000 多年的历史。有关乌德琴的故乡，说法不一，有人说是伊拉克，也有人说是由波斯传入阿拉伯的。乌德琴的发明者和第一个演奏它的人，说法就更多了。古书中有记载："第一个发明乌德琴，并弹唱的是努哈。而音乐界认为，首先发明乌德琴的是达乌德，但这种看法没有得到证实。学者们指出，达乌德弹的乌德琴，在他死后仍然留在耶路撒冷，一直保留到贝哈吐纳

笔者在练习弹奏乌德琴。

萨尔（前605年—前562年，迦勒底人，曾突袭埃及，进入并大肆焚烧耶路撒冷，把犹太人驱散到了巴比伦）。"据说，亚历山大每次漫游全国时，总要带上乌德琴，当他情绪低落或精神不佳时，就由专人为他弹琴，直至厌倦消除，精神恢复。至于伴唱的贤人是谁，那就太多了，有亚里士多德、希波克拉底、杰里纳斯和佛萨古尔斯等。

乌德琴如钢琴，阿拉伯作曲家常用它来作曲，边弹边唱，反复弹奏，直至成曲，它最能表达作曲家的心声、贴近听众的心。有的乌德琴琴手就风趣地说，乌德琴好似自己的心上人，怀抱胸前，即兴弹奏和弹唱，表达自己的爱恋和思绪。

《期望的终结》一书记载了各种乐器包括乌德琴的传说。哲人们说，乌德琴能反映人的四种特性：易怒的、恬静的、凶残的、忧郁的。阿布·法塔赫·马哈茂德描述了乌德琴及其各根弦的特点：

少女的琴声激情，

传来甜蜜的歌声。

把心事告诉乌德，

209

乌德回话她细听。

全靠安拉的造诣，

她俩的性格相近。

贝姆弦从属大地，

齐尔弦反映火焰。

麦斯莱斯似流水，

塞纳弦刮起大风。

乌德的美妙音符，

人人听后心舒畅。

乌德说她的苦衷，

少女右手拨琴弦。

左手紧抱乌德身，

来回摆动多亲近。

少女弹奏扣心弦，

好似那阿斯阿苏，

弹出最美的乐音。

还有那穆哈利格，

唱出最美的歌声。

两位巴比伦名人，

教乌德发音吐字，

这乐音颠倒神魂。

（注：阿斯阿苏是阿拔斯王朝的名琴手，穆哈利格是名歌手。）

在阿拉伯世界，流传着一些赞美乌德琴声的故事，其中一个故事是这样的：一群巴格达名流参观巴格达郊区的马吉德丁·伊本·埃齐尔花园，这花园是专门供当时的杰出学者谢赫法里德游玩的。法里德长老拿起乌德琴，对着玫瑰花弹奏。一位招待女郎站在名流们面前，此时，一只夜莺飞来，靠近人群，飞到那女郎的身上停下。乌德琴声不停，夜莺侧耳细听，并不断地挥动翅膀，一旦琴声停息，夜莺就鸣个不停。他一直弹了 10 个小时，直到人们散去，夜莺才高飞离去。

一些古籍中记述了不少诗人赞美乌德琴、琴手和琴声的诗文。

一位诗人写道：

在这馥郁的苗圃里，

把乌德的良种撒上；

安拉浇灌这片土地。

乌德吐翠枝满芳香；

乌德枝叶虽渐凋零，

鸟儿还是不停歌唱。

诗人纳吉姆写道：

姑娘紧抱着乌德琴戏耍，

用最美的语言同它交心。

用手指轻轻骚它的小肚，

乌德发出的笑声多诱人。

伊本·瓦尔迪在一次聚会上朗诵了别人写的有关乌德琴的诗歌：

乌德琴手会各种调式，

弹出的琴声委婉动人。

琴弦动情地对我们说，

是安拉打开它的嗓门。

诗人伊本·塔米姆在描述女琴手时说：

姑娘驯服乌德这野马，

使它变得温顺又听话。

野马倘若违抗，小心揪住耳朵，

姑娘心里的话，乌德句句表达。

诗人库沙基姆在描述乌德琴手和琴声时说：

姑娘弹出美妙琴声，

表现情侣惜别之情；

琴声消融内心痛楚，

好似鲜花芳香袭人；

琴轴如交叉的手指，

弹出的音婉转动听；

那铿锵有力的琴声，

使溃兵转身冲上阵；

歌声和琴声好动人，

似姐妹窃窃私语声；

歌声和琴声相呼应，

惟妙惟肖达意传情。

少女似白天的骄阳，

又似群星中的满月，

手持乌德踌躇满志。

她用羚羊目光凝视，

身披白纱高视阔步，

面颊像石榴样红晕。

怀抱乌德能说善辩，

当人们情感相连通。

琴颈像少女的前臂，

琴档似带镯的手腕。

少女抱琴奏出乐音，

左手温柔右手粗犷。

不知疲倦纵情弹唱，

从正午到太阳落山。

当她歌唱结束道别，

我含泪向少女表述：

只要我生存在世上，

定会再来光临观赏。

爱中国，爱毛主席
——记索马里艺术团首次访华

中国与索马里第一个文化协定于 1963 年签订，开始了中国和索马里之间的文化艺术交流。中国相继派出了浙江歌舞团、中国武术团、陕西杂技团和长春杂技团出访交流。1967 年，中国迎来了第一个索马里艺术团。

"我们成了红卫兵"

由贾马·哈拉夫团长率领的索马里艺术团一行 38 人，于 1967 年 7 月 19 日抵达北京。在华期间，索马里艺术家分别访问了北京、济南和上海三座城市，参观了那里的工厂、人民公社、学校和展览馆，看了样板戏和一些文艺演出，广泛地接触红卫兵、大学生、中国艺术家并与他们进行了友好的座谈和交流。

索马里艺术家还破格地受到了中国政府领导人周恩来、李富春、陈毅和郭沫若的接见。艺术家们所到之处，人们都敲锣打鼓，热情友好地欢迎。同时，他们收到中方赠送的红宝书《毛主席语录》和毛主席像章。在济南，当时的红卫兵还把红袖章套在他们的袖子上，他们高兴极了，风趣地说："我们也成红卫兵了。"

毛主席的话坚不可摧

为了表达对毛泽东主席的崇敬和爱戴之情，索马里艺术家阿卜杜拉·艾哈迈德·阿勒卡迪里认真学习中文，并用中文写下了"毛主席万岁！""毛泽东思想万岁！""祝毛主席万寿无疆！"等词句。这位艺术家和其他艺术团员被当时的气氛感染，都一起认真学习《毛主席语录》。毛主席说："世界上怕就怕'认真'二字，共产党员就最讲'认真'。"据索马里艺术代表团副团长优素福·阿里·哈隆介绍，他们在学习了毛主席这条语录后，就直接运用到自己的工作中。由于大家认真刻苦地排练，所以在中国的第二场演出比第一场更成功，以后越演越好。

穆罕默德·赛义德·法拉哈是索马里艺术团中的重要演员，经常捧着《毛主席语录》的英文版和阿拉伯文版学习。他说："毛泽东思想是全世界人民和被压迫民族为争取解放而斗争的指南针。"索马里艺术家欧斯曼·穆罕默德说："在我们来中国以前，我们就非常热爱毛主席。到中国后，我们就更加热爱毛主席了。因为我们深深体会到中国的成就，都是在毛主席正确领导下中国人民奋斗的结果。"

高唱《东方红》

索马里艺术家每到一个地方，就向中国同行学唱中国歌曲，表达他们对中国和毛主席的热爱。他们先后学会了《东方红》《大海航行靠舵手》等中国歌曲，并多次登台表演。访问期间，他们创作了一首歌曲《歌颂毛泽东》，以颂扬毛泽东领导中国革命和建设的伟大业绩，赞美中国对索马里及整个非洲的无私援助。每次联欢和演出，这首歌是他们压轴戏。索马里朋友对京剧《智取威虎山》《红灯记》《奇袭白虎团》和芭蕾舞剧《红色娘子军》《白毛女》等赞不绝口，艺术家阿卜卡尔·赛义德说："1961年，我来中国访问过。

那时的中国艺术发展刚起步。现在,中国艺术充满爱国主义的激情,艺术和政治高度结合。"

赞扬自力更生

在上海,索马里艺术家参观了工业展览馆,亲眼目睹了上海人民在自力更生方针的指引下所取得的巨大成就。当参观乐器展览台时,大家提起了浓厚的兴趣。艾哈迈德·纳吉·赛阿德坐在一架晶体管复音电子琴前,弹奏了一首索马里歌曲;歌唱家阿伊莎·阿卜杜·苏莱曼站在一旁,情不自禁地唱了起来,阿卜杜拉·谢赫·亚辛拿起一把中国笛子吹奏;阿卜杜拉·阿哈迈德·阿勒卡迪尔又敲起了中国鼓。顿时,展览会的乐器大厅里喧闹起来了。阿卜杜拉·苏尔说:"我在展览会上看到了这个萨克斯,它是全世界最好的萨克斯,音色非常美,这是我没有想到的。"为什么上海能生产出这样的乐器?阿里·阿布迪·法鲁斯替展览会的工作人员回答了这个问题:"我想,以前,中国不能做这样的乐器,但在毛主席的自力更生方针指引下,中国人民依靠自己的力量,创出了惊人的奇迹,生产出了这样好的乐器。"

在上海重型机器厂,索马里艺术家看到了一万二千吨水压机,当时世界上只有 20 台;在济南汽车制造厂,客人们坐着这个厂生产的黄河牌汽车在厂里转了一圈;在济南毛巾厂,他们看到了远销西亚和索马里等非洲国家的美丽的毛巾生产过程;在北京郊区,索马里艺术家们参观了一所农村敬老院、奶牛场、鸭场和扬水站,还为农民们演唱了中国和索马里歌曲,很受农民们的欢迎。

切磋技艺,交流经验

索马里和中国相隔遥远,语言不通,但对毛主席的热爱把人们的心紧紧连在一起。在北京昆明湖上,索马里艺术家和中央音乐学

1997 年，中国新闻代表团访问索马里，图为团长王寿仁（中）、副团长陈龙（右）和笔者。

院的学生一起乘坐游艇，观赏湖光山色，共同放声歌唱；在济南，他们和山东省文艺界的朋友们泛舟大明湖；在上海，他们与上海的文艺工作者一起夜游黄浦江。夜幕下的黄浦江就似玉带盘缠，让人陶醉。他们还到上海儿童艺术剧院观看孩子们表演的节目。

他们每到一个中国城市，就和当地的中国文艺团体座谈，交流文艺方面的经验，讨论如何使文艺成为团结人民、教育人民、打击敌人的有力工具。索马里广播艺术家协会主席阿卜杜拉·卡尔希·穆罕默德说："就像中国的艺术家一样，我们在索马里也要用文艺这种形式与敌人进行斗争。"

索马里艺术家在中国进行了将近一个月的友好访问，于 8 月中旬，满载着中国人民对索马里人民的深厚情谊，圆满结束了访问。

1997 年 12 月，我随中国新闻代表团访问索马里，一到首都摩加迪沙，便立刻沉浸在友好亲切的热烈气氛之中。在短短一周的访问期间里，再次感受到索马里人民与中国人民的深厚情谊。他们强烈的反帝、反殖、反外来侵略和干涉的光荣传统留给人深刻而难忘的印象。

音乐丝绸之旅

——访黎巴嫩乌德琴演奏家哈迪·迪比克

　　黎巴嫩乌德琴演奏家哈迪· 迪比克等三位阿拉伯民乐艺术家演奏的传统阿拉伯木卡姆等音乐，充分展现了阿拉伯音乐艺术的精华。2015 年夏末，他们在北京国家大剧院举行了小型音乐会，我有幸被邀前往聆听。音乐会旋律优美的乐曲来自北非的摩洛哥、阿尔及利亚、突尼斯和西亚的叙利亚及整个阿拉伯半岛国家，特别是黎巴嫩。音乐会中间穿插着黎巴嫩舞蹈，一些热情的听众还上台同舞，这使我们感受到阿拉伯音乐的魅力，体验超脱独特。

　　艺术家一行还前往中国南方访问演出。回京后，我对哈迪·迪比克进行了简短的采访。

　　我问："这是你第一次来中国吗？"哈迪先生迅速地回答："不，这是第二次来中国访问。去年（2015 年）6 月，我第一次访问中国。""你这次访问的目的是什么？"他愉快地回答："我们向中国听众介绍阿拉伯音乐和舞蹈，他们十分喜爱，我们也深感喜悦。这也反映了阿拉伯文化与中国文化的相似和融合。"

　　哈迪先生说："我们在中国大约演出了有十五场，特别在云南省大理市还举行了帐篷音乐会，具有中国、阿拉伯和美国三种音乐文化结合的特色。那一周，我们与听众在帐篷内分享了音乐和其他文化，相互学习，共同受益。"

　　我多次听过乌德琴的演奏，听说乌德琴是阿拉伯甚至整个中东地区的乐器之王。哈迪先生发表了自己的看法："乌德琴在阿拉伯传

笔者采访哈迪先生。

统音乐中是一种非常重要的乐器，音乐家用它来作曲、伴奏等，它音色柔和，历史悠久，贡献独特。乌德琴永远位于乐队的中心，十分重要，所以人们赋予它'乐器之王'的特殊称号。"

我问道："中国有琵琶，听说它与阿拉伯乌德琴有相似之处。你是否对此有研究？"哈迪说："是的。这需要仔细地研究历史，据说，乌德琴和琵琶来自同一个地方，源于同一种乐器。从外形和演奏方式来看，它们有相似之处，琴弦虽然不完全相同，但也有共性。"

"那中国听众能很好理解乌德琴吗？"我继续问。他说："中国听众肯定能理解。坦率地说，正是这一点，让我特别兴奋。中国听众通过我们的乌德琴演奏能够体会整个阿拉伯音乐特色。乌德琴声给他们带来喜悦和欢乐，好像阿拉伯音乐和中国听众有着一种必然的联系纽带。中国听众给予阿拉伯音乐高度评价和关注。"

我认为，阿拉伯音乐和中国的新疆音乐有很多相似之处，新疆维吾尔族的大型套曲集《十二木卡姆》绝大部分来自阿拉伯的木卡姆；维吾尔族使用的乐器,很多由阿拉伯和波斯乐器演变而成,如冬不拉、

卡龙和热瓦甫等。哈迪先生表示赞同："是的，还有笛子。"

因为已是第二次来中国了，哈迪满面笑容地说："访问和演出给我留下了非常积极的印象。中国听众对乌德琴独奏、阿拉伯音乐节奏和旋律很感兴趣，并给予高度的评价。因为音乐能感化心灵、催促思维、振奋人心。此外，中国文化、中国人注意身体的锻炼和精神的塑造等给我留下深刻的印象。中国的听众之所以对阿拉伯音乐感兴趣，是因为它是健康和快乐的源泉。"

哈迪谈到与一些中国音乐家会见的成果："我们一起演奏，特别在大理、广州和成都。由于音乐，我们成为最亲密的朋友。音乐有着非常有效的作用，缩短了各国人民间、各种不同文化和思想间的距离。"

我问道："听说你曾于 2009 年与著名音乐家马友友的丝绸之路项目合作，2010 年加入马友友"丝绸之路"小合奏团。未来是否有与世界各国，特别是与中国音乐界合作的计划？"哈迪回答说："是的。我们正在策划与各国音乐家等文化人士进行一次音乐之旅，大家就这一设想初步交换了意见。我们打算沿着丝绸之路一起完成音乐之旅。在老的丝绸之路上同吃、同住、同演，共同营造一种链接过去和现在历史的崭新的经历。"

我对此计划表示赞赏，问哈迪先生："你是否有第三次访问中国的计划？"

哈迪思考片刻后说："我感到有些意外。为什么阿拉伯艺术与中国接触那么少。我认为阿拉伯音乐和艺术在这个幅员辽阔的大国没有充分地展现。由于这个原因，我第二次来到这里。也出于这个考虑，我会再一次来到中国。我认为，两种文化十分相近，中国人民理应对阿拉伯艺术有更多的了解。我们在这里就是与中国人民一起共享我们的文化和艺术。我想，以前接触不多的情况会改变。我希望这种情况能很快得到改变。"

我提议："你们下次来华时，团内甚至可以包括舞蹈团。我们知道，黎巴嫩有一个著名的民间舞蹈叫踏卜凯舞，下次可以一起带来。"

哈迪一行表演黎巴嫩舞蹈。

哈迪先生听后惊讶地说："啊，太好了！我们也希望这样。当然，带更多的艺术家和音乐家出访，有一些财政上的困难。但我们以后会努力加以解决，使计划得以实现。"

采访结束时，我请哈迪先生转达对黎巴嫩著名乌德琴演奏家马尔西勒·哈里发的问候，他曾于2005年获得联合国教科文组织授予的"和平艺术家"称号。我告诉哈迪，在马尔西勒·哈里发获奖的当年，我在中国文化部主办的杂志《中外文化交流》上发表文章，向中国读者介绍马尔西勒·哈里发。我说："明年（2016年）是中国和黎巴嫩建交45周年，届时，欢迎你们第三次访问中国。"哈迪先生回应说："好的，我们对此非常高兴。"

怀念家乡

——记巴勒斯坦诗人阿卜杜拉·纳法阿

1977年底，由中央广播事业局、新华社、人民日报、外文局和天津广播事业局等5个单位组成的中国新闻代表团，访问了叙利亚、埃及、突尼斯和索马里，我作为团员和翻译随同前往。

叙利亚盛产优质棉花，为纺织工业提供了充分的原料。减少原棉出口，这是叙利亚逐步改变外贸结构、发展民族经济的一项有力措施。在首都大马士革，代表团参观了由政府收归国有的"五人公司"，

中国新闻代表团与中国前驻叙利亚大使曹克强（右5）在叙利亚库奈特拉，背后是戈兰高地。

这是一家较老的纺织厂，国有化后，生产有了显著的发展。陈列室内，各种产品琳琅满目，色彩缤纷。在哈马市，代表团参观了细纱厂，公司经理热情地说："我们公司有两个细纱厂，都是中叙两国人民友谊的象征。由于两国的友好合作，第一个细纱厂早已投产，第二个细纱厂比原计划提前四个月建成投产。中国技术人员帮助我们建起了工厂，把全部技术传授给我们。现在，在我们自己的管理下，两个厂的生产任务完成得很好，棉纱质量在国际市场上受到好评。我们为两个厂的生产情况感到自豪。"那些与中国员工并肩劳动过的工人更是热情，希望代表团转达他们的问候。一位头发斑白的老工人紧紧地握着我们的手，激动地说："中国老朋友回国后都好吧？我们真想念他们啊！"

我们即将离开工厂时，一位老人走到代表团跟前，紧握着代表团团长王寿仁的手说："巴勒斯坦人民向中国兄弟问好。"老人原是巴勒斯坦的一个盲人，名叫阿卜杜拉·纳法阿，1948 年，被以色列侵略者赶出家园，在叙利亚政府的关怀下，安排在细纱厂包装车间做一些力所能及的工作。纳法阿老人经常作诗来抒发自己怀念祖国的深情。在和我们中国朋友分手的时候，他与笔者进行了简单的交谈，并朗诵了自己最近用阿拉伯文写的一首新诗《怀念家乡》。新闻代表团回国后，我把这首诗翻译成中文，并发表在 1978 年 3 月 21 日的《人民日报》上。译文如下：

> 弟兄们，同志们，乡亲们，
>
> 热爱祖国赤诚的心
>
> 是我们的根本。
>
> 弟兄们，昨夜黄昏时候，
>
> 思乡的狂风
>
> 袭击我的心房。
>
> 长期远离故乡，
>
> 我的心呵

已被灼伤。

只有返回家园

才能医治我心灵的重创。

我辗转反侧

彻夜不能入睡,

只待阿拉伯失地解放,

我们的旗帜

在西奈,戈兰上空飘扬

巴勒斯坦战场捷报频传。

新闻篇

美好的回忆

——记苏丹和平人士凯尔

20 世纪五六十年代，在北京召开的一些国际性会议上，经常可以听到苏丹朋友艾哈迈德·穆罕默德·凯尔的声音。1949 年 10 月 2 日，即新中国成立的第二天，在北京成立了中国人民保卫世界和平大会（简称"和大"）。宋庆龄、郭沫若、廖承志、刘宁一等是"和大"的直接领导。一些外国组织的代表长期驻会，其中有美国著名记者安娜·路易·斯特朗、智利著名画家万徒勒里、新西兰著名人士路易·艾黎、日本著名人士西园寺公一和苏丹和平人士艾哈迈德·穆罕默德·凯尔等。凯尔和以上的国际友人长期居住在中国人民对外友好协会院内，他们都曾受到毛主席和周总理的多次接见。

坚定的反帝反修战士

20 世纪 50 年代中期，他首次来到中国。他到北京是为了支持中国反对西方帝国主义的侵略，支持中国共产党反对现代修正主义。1960 年 8 月 11 日，第 6 届禁止原子弹、氢弹和争取全面裁军世界大会在东京举行，与会的有 28 个国家和 10 个国际组织的代表。苏丹代表艾哈迈德·穆罕默德·凯尔参加了大会并讲话，呼吁各大洲爱好和平的人民团结起来反对共同的敌人——美帝国主义。

在 1966 年毛泽东主席发表《支持美国黑人反对美帝国主义种族歧视的正义斗争的声明》3 周年时，首都各界 1 万多人隆重集会，表示 7 亿中国人民坚决支持美国黑人兄弟的英勇斗争。艾哈迈德·穆罕默德·凯尔也在大会上讲话。他说："越来越多的黑人面临着持种族主义的垄断资产阶级的暴力镇压，必须起来抵抗。有些人甚至已经拿起武器自卫，抗击警察的暴力和法西斯集团。美国政府对内实施种族主义政策，在亚非拉推行侵略、干涉和镇压的对外政策。我们强烈谴责这种行为。黑人兄弟们，作为美帝国主义干涉和侵略的受害者，在反对美帝国主义和新殖民主义的斗争中，我们同你们之间有着更坚固的联系。广大的中国人民，同我们最紧密地站在一起，携手并肩，共同战斗，给予我们真正的、而不是虚假的支持和援助。"凯尔还强烈谴责苏联现代修正主义者及其追随者，指出苏方过去从来没有支持过、预计将来也不会支持反对种族歧视和争取民族独立解放的斗争，因为他们早已离开了反对美帝国主义斗争的道路，离开了无产阶级国际主义的道路。他的讲话激起了全场一阵阵热烈的掌声。

中国外宣的大红人

凯尔不仅在言论上，而且在行动中支持中国人民的反帝反修斗争。除了做好"和大"的本职工作外，他还热情帮助新闻和出版单位的工作。20 世纪 60 年代初，北京对外宣传单位的阿拉伯国家专家不多，他先后在外文出版社的《北京周报》阿拉伯文版和《人民画报》阿拉伯文版、新华社翻译部阿拉伯文组和外训班、国际广播电台阿拉伯文组和中央编译局中央文献翻译部帮助工作。前后 20 年，他忙碌于中国对外宣传机构，成为中国外宣部门的大红人。

1960 年秋，新华社为部分新员工开设外训班，学习阿拉伯语。凯尔被聘请为外训班阿拉伯语专家，他耐心地指导阿语的初学者，对那些学习努力、成绩优秀的学生给予热情鼓励。由于他的英语好，《毛泽东选集》的部分文章由他从英语直接翻成阿拉伯语。大家认为，凯尔对毛主席的话理解得比较深刻，全力以赴工作，态度认真。20

世纪 70 年代末，凯尔被聘请到外文局《人民画报》社阿拉伯文编译室工作，中方对他的生活做了精心的安排。在友谊宾馆，他有一套宽敞的住房，上下班有车接送，每月月薪为 1900 元，这在当时的外国专家中是较高的。凯尔在阿拉伯文编辑室与中方积极配合，按质按量完成任务。与此同时，外单位请他帮忙，总是有求必应。

中国播音员的良师益友

1960 年 10 月，在我到国际台阿拉伯语组工作的第 2 个月，组内 5 个阿拉伯专家有 4 个离开中国。当时组内阿拉伯语干部只有 3 人，翻译水平不高，更谈不上定稿，播音工作更是谁也没有尝试过。大家心急火燎，怎么办？经商定，立即与北京大学东语系联系，东语系同意由马坚教授和刘麟瑞教授来帮助工作。留下来的那个外国专家两三个月后也走了，这时，组内没有一个外国专家。就在我们困难的时候，凯尔以外国专家的身份来到国际广播电台阿拉伯语组

凯尔（左 3）与中国国际广播电台阿拉伯语部部分成员。

帮助工作，真是雪中送炭。由于事务繁忙，他每天只能来我们阿拉伯语组工作半天。他政治热情高，努力完成翻译、改稿和播音工作，不讲条件，不计较工作时间，随叫随到。

1960 年底，我开始播音，成为新中国第一位阿拉伯语播音员。刚念稿时，我心情紧张，两手颤抖，一篇 1000 字的稿件要录近百分钟，常常念得满头大汗，衣衫湿透。凯尔的播音造诣很高，有时，他到播音室听我的播音，就发音、语调和语气给予耐心地纠正和指导，面带微笑地指出念稿中的注意点。凯尔经常鼓励我，即使是微小的进步也给以肯定。

为了提高我们的阿语翻译和播音水平，他每星期腾出半天时间在家中辅导我们。他分析阿文原著、讲解在修改我们的翻译稿件中发现的错误，还要求我们朗读练习。凯尔在阿拉伯语组工作了 4 年，我们一致认为他对提高中国国际广播电台阿拉伯语广播的翻译和播音水平做出了显著的贡献。在他的指导下，我在翻译、特别在播音方面得到了提高，从广播新闻和专稿起，到后来我能广播好几万字的大文章，凯尔堪称我阿语广播生涯中的良师益友。

两封远方来信

20 世纪 80 年代初，凯尔去澳大利亚工作。1985 年 9 月，我收到他的第一封来信。他在信中谈到由于住所一直没有确定等种种原因，所以迟迟没有给我们来信，这次除了向大家问好外，让我们对他在 20 世纪 60 年代国际台阿拉伯文组帮助工作做一个文字评价，并译成阿文和英文，盖上国际电台的公章，寄往澳大利亚。我们立即起草了一个证明，并请有关人士审阅、盖章后寄给他。证明的前半部分证实了凯尔参与的工作，后半部分是我们的评价："凯尔先生工作态度积极努力，工作效率高，业务能力强，尤其在阿语播音方面有很高造诣，他对提高国际台阿语广播的翻译和播音水平做出了显著的贡献。"

但不知什么原因，我们给他的回信在路上漂泊了很长时间。1986年5月8日，我收到他第二封来信："4月3日收到来信和有中、英、阿三种文字的证明。信中，你们对我个人表达了崇高而真挚的情谊，对此，我表示由衷的敬意。虽然我们远隔千山万水，但我十分关注你们，经常通过传媒、去中国的人了解你们国家的发展情况。"接着他介绍了自己在异国他乡的情况："我买了一所住宅，房前有一个院子，种上了各种蔬菜供自家食用。我目前在一家澳大利亚报社工作，兼任澳大利亚中东研究会委员、苏丹侨民协会委员等。这些工作并不影响我为苏丹进行的活动，不影响我毕生为之奋斗的事业。"

凯尔祝贺我们阿拉伯语广播的发展，他写道："我不能忘记在阿拉伯语组工作的日子和一起工作的同志们。记得有一天，我感冒严重，声音沙哑，但手上有一篇重要的稿子要播。当时，只有你萨利姆（我的阿拉伯名字）能替代我。我清楚记得你进录音室的情景，你太紧张了，满头是汗，但最后成功了……"

凯尔在中国生活了30年，对中国怀有深情厚谊。他希望老朋友之间经常通信，交流情况。可惜我的老师和战友凯尔，到澳大利亚后身体一直不适，最后得了胃癌，没有走完20世纪就离开人世。他给我的两封信，我一直保留至今，作为永久的纪念。

语言水平高，同志情谊深

——记巴勒斯坦专家拉迪夫

"胡纳·贝肯"是北京电台（现中国国际广播电台）阿拉伯语广播早期的呼号，意为"这里是北京"。

1957 年阿拉伯语开播时，我还在北京大学东语系阿拉伯语专业学习。我们的老师几乎每天熬夜收录北京电台阿拉伯语广播的新闻和其他节目，翌日上课时让我们听录音回述内容，以提高听力。我很爱听"胡纳·贝肯"的广播，有些节目，如《阿拉伯兄弟，我们支持你们》很感人，内容丰富，还有现场实况录音。外国专家拉迪夫和拉格卜的播音水平很高，语音洪亮，吐字清晰，至今我还记忆犹新。

周总理亲自聘请专家

1956 年中国共产党第八届全国代表大会召开期间，周恩来在会见应邀与会的叙利亚共产党代表团长巴格达什时，谈到了中国要开办阿拉伯语对外广播的打算，并希望他们派几位阿拉伯语专家帮助和指导。1957 年 9 月，内比赫、维达德、巴拉凯特等 3 位约旦专家抵京，投入紧张的阿拉伯语广播的筹备工作。同月，北京电台阿拉伯语组正式成立，这是中国第一家用阿拉伯语对外宣传的媒体。经过两个月的筹备，1957 年 11 月 3 日，中国的阿拉伯语广播节目正式开播。当时，3 位专家将英文稿件翻译成阿拉伯文，

然后上录音室播音并相互监听。

1957 年底,巴勒斯坦专家拉迪夫·艾布·加法尔和约旦专家拉格卜相继来阿拉伯语组工作,专家的队伍扩大许多。他们热情支持中国的社会主义建设事业,赞扬中国在阿拉伯人民反帝斗争中采取支持的做法。由于这些专家都是通过党的关系请来的,与中方互称同志。他们工作认真,态度谦逊,不断与中方交换意见,双方配合默契。

中国的阿拉伯语广播节目正式开播后不久,举办了特别节目《阿拉伯兄弟,我们支持你们》,该节目引起了广大听众的共鸣和赞扬。叙利亚建筑工人联合会书记哈拉勒来信说:"当我们听到中国工人示威游行,反对美帝国主义干涉我们阿拉伯国家内政的录音报道时,感动得流下了眼泪。"利比亚听众哈尼希来信说:"两分钟前,我听完了《阿拉伯兄弟,我们支持你们》节目,十分激动,马上坐下来给你们写信,感谢你们对阿拉伯人民的同情,并且保证,我们不会忘记你们的支持和援助。"一位沙特听众说:"我听了你们的广播,声音十分清晰悦耳。中国的声音是友谊的声音、和平的声音、各民族间兄弟般友情的声音。"伊拉克等国的听众还要求延长广播时间。

20 世纪 60 年代初的拉迪夫先生。

莫斯科的来信

1960 年 9 月,我参加工作后的第二个星期,阿拉伯语组的负责人和巴勒斯坦专家拉迪夫·艾布·加法尔一起考核我的阿拉伯语水平。在一个小办公室内,考核开始。我们三人围坐成三角形,负责人先说一句中文，由我翻成阿拉伯文给拉迪夫听，然后，负责人又把这句话译成英文，让拉迪夫判断我的翻译和语音是否准确。翻译的内容涉及中东局势、国内形势和人民生活等。大约翻了半个小时，拉迪夫对我表示满意。从此，在他的指导下，我在阿拉伯语组站住了脚跟，播音水平有所提高，并成为中国国内第一位阿拉伯语播音员。我积极请教拉迪夫，有的同事说我的播音有点类似拉迪夫的播音。

之后不久，因意识形态的某些分歧，首批专家分别离华。拉迪夫对中国友好，没有随波逐流，还和我们同甘共苦了一段时间。拉迪夫的英翻阿和播音水平很高，在其他专家都撤离的情况下，他每天下午两点半左右到办公室，翻译当天的新闻和评论等。约两千字的中文稿件，一个半小时就翻完了，然后进录音室播音。他念稿子一气呵成，基本没有任何错误，约四点半他的播音结束，就下班回西郊的友谊宾馆。这样坚持了两个月，他最后还是离开了中国前往莫斯科。听拉迪夫的好朋友、北京外语学院的叙利亚专家纳义夫讲，拉迪夫到莫斯科后，也在电台工作，但每天上班还得自己挤公共汽车，不像在中国，上下班都有汽车接送。

拉迪夫不忘友情，到莫斯科后，通过纳义夫转给我一本介绍毛泽东主席生平的阿拉伯文书——《毛泽东生平》和一张他的近照，照片反面写着："给亲爱的萨利姆（我的阿拉伯名字）兄弟，

《毛泽东生平》（阿拉伯文）一书的封面。

美好的回忆，牢固的友谊。萨利姆，愿我们在阿拉伯国家相聚。"署名是"忠实的拉迪夫"，时间是1962年10月20日。

20世纪60年代初，国内很少有阿拉伯文原版书籍，拉迪夫送的《毛泽东生平》一书，让我如获至宝，还给它包上了封皮。此书内容丰富，我花了一个月的业余时间才读完，其中提到毛主席的青少年时代、长征、窑洞生活、中国的解放、中国的明天等，还翻译了毛主席的一些诗词。笔者对照中文一字一句地学，对如何翻译毛主席的诗词颇有帮助。

几年后，拉迪夫回巴勒斯坦工作，后来担任巴勒斯坦全国委员会委员、巴勒斯坦解放组织政治部总干事（即第二把手）。

回台看望

1987年5月，拉迪夫应邀来华访问。期间，他特地来中国国际广播电台看望，张振华副台长会见了他，我和张慧明、张乃谦曾与他共事过，也参加了会见。张振华副台长感谢拉迪夫对开办阿拉伯语广播所做的帮助，并介绍了国际台、特别是阿拉伯语广播的近期发展情况。拉迪夫为有机会来到国际台、并见到阿拉伯语组的老同事感到十分高兴，他说："我经常收听北京的阿拉伯语广播，但干扰太大，很难听清。我还想回阿拉伯语组工作，继续为中国国际广播电台做微薄的贡献。"张副台长对此表示感谢，希望他继续关心国际台的阿拉伯语广播，并提出改进意见。

1988年，我在采访巴解组织主席阿拉法特时，请他转达对拉迪夫的问候。阿拉法特主席对我说，巴勒斯坦国新政府成立后，拉迪夫将担任重要职务。

用知识和信念勤奋工作
——记埃及专家夏阿班

　　20世纪70年代后期，中国国际广播电台阿拉伯语部来了一位埃及专家——穆罕默德·穆斯塔法·夏阿班。这位专家曾于50年代末在北京大学东语系阿拉伯语专业工作过两年，还曾是我的老师。在北大读书时，曾有好几位阿拉伯国家的专家教过我们，但大家一致认为夏阿班老师教得最好，是让我们学生受益最多的外教，是最称职的教师。他平易近人，没有架子，但也不留情面。上课时，有的同学发音不准，夏阿班老师便走到他的课桌前，教他如何张大嘴，有时甚至伸手直接扒开他的嘴，告诉他从哪个部位出声、口形怎样，直到发准为止。

　　在阿拉伯国家，埃及电影的发行量最大。埃及的开罗音，等于中国的北京话，使用最广泛，被大多数人认为是标准音。大学时，受夏阿班老师教授语音的影响，他的学生都学开罗音。直到在电台工作初期，我也经常收听埃及电台和开罗"阿拉伯之声"电台的广播，努力模仿埃及播音员的发音。2013年初，我见到埃及前驻华大使艾哈迈德·里兹格，并与他交谈片刻。他对我说："你的讲话中有埃及音。"我便告诉他，我们北大的外教是埃及专家，而且我自己还经常收听埃及的广播。

功底扎实，善于教学

　　夏阿班不熟悉新闻业务，不适合播音，但他阿拉伯语功底扎实，

文字水平较高，译稿改稿用词恰当，而且通俗易懂。经他改过的稿子，读起来朗朗上口。

他修改过无数稿件，乐于帮助中国译者，并耐心地回答译者提出的任何问题。1987年，我接到中国外文出版社的任务，把《中国古代寓言选》翻译成阿拉伯文，全书6万多字，包括从公元3世纪到18世纪的113个中国古代寓言，翻译难度很大。该书经夏阿班修改后，译文水平大增，受到中国有关方面和阿拉伯读者的好评。

除改稿外，夏阿班还为大家讲授阿拉伯文学、历史、地理、诗歌、散文、寓言、埃及土语和阿拉伯修辞学等，并带领大家朗读。有一段时间，我们阿拉伯语组坚持每天8点至9点学习阿语，由夏阿班授课。

夏阿班原先是一位中学语文老师，善于教学。为了充分发挥他的一技之长，提高大家的阿拉伯语水平，经酝酿，决定由夏阿班讲授阿拉伯语语法，并由他选定教材——阿拉伯文版的《阿拉伯语语法》。该书有300多页，我们用蜡纸打印，并装订成册，分发给大家，人手一册。1979年，全组分成3个班，每个班脱产学习3个月。上午上课，由夏阿班按书中的顺序主讲，下午自学，期末还要考试。经过短期学习，大家普遍感到受益匪浅，翻译水平得到提高。

练习瑜伽，精力充沛

来中国国际广播电台工作时，夏阿班已年近六旬。从北京西郊的友谊宾馆到靠近市区的复兴门广播大楼有十几公里，虽然每天上下班有班车接送，但他从来不坐车，而是选择骑自行车。就这样，他每天要花两个小时来回奔波在长安街、三里河路和白颐路（今中关村大街）上，不管刮风下雨，连续坚持了11年。

他严守工作时间，每天早晨8点前后就到办公室，有时比中国同事还早。他手里经常提着国际台的民族布包，里面装着午饭和自制的酸奶。他白天以办公室为家，中午在办公室吃饭休息，上午11点左右练瑜伽功，盘腿、静坐、深呼吸，有时还拿几个倒立，双手

埃及专家夏阿班和笔者在讨论阿拉伯语翻译等问题。

着地，两脚靠墙悬空在上。

我 1960 年底开始阿拉伯语播音工作，有时播音量特大，嗓子很累，甚至发哑。他便教我打开嗓子的窍门：深呼吸、憋气、伸舌头、发"啊"的声音，坚持 20 秒钟，这样反复两三次。这方法确实不错，在嗓子累的时候特别管用。1997 年香港回归时，要完成大量电视纪录片的配音解说工作，我在录音间连续播音半个月，非常劳累，当时我就用这种方法，特别管用。

夏阿班每天坚持锻炼，除上午 11 点在办公室一次外，早晨在家就已晨练过一次。这位个子不高的老者体壮如牛，胸似铁扇，背脊如熊，有时还给大家做几个表现胸肌等的健美动作。

夏阿班很注意生活规律和饮食结构，清晨三四点起床，晚上七八点睡觉。他是一位虔诚的穆斯林，不喝酒、不抽烟。每年斋月，白天不进食，但他坚持上班，只是缩短时间。出于对真主的虔敬，他天天背诵《古兰经》。由于能把《古兰经》背得滚瓜烂熟，他的阿拉伯语语法造诣很深，语言水平超群。

以诚相待，合作愉快

夏阿班出身社会中下阶层，生活简朴，待人中肯，与阿拉伯语组成员相处融洽。那时，我与他同坐一个办公室，天天有说有笑，

气氛十分活跃。我当时负责阿拉伯语组的工作，所以他直接用中文称我为"领导"。阿拉伯语组有位女士，她儿子的奶名叫"冬冬"，于是，他就叫她"冬天他妈"。

夏阿班认为伊斯兰教和社会主义有着某些联系，包括一些用词都很相似。所以，他热爱周围的社会主义气氛，欣赏身边共事的中国人的社会主义精神。

夏阿班与阿语组合作愉快，以诚相待。他在国际台阿拉伯语广播开播30周年纪念会上发表了热情洋溢的讲话，谈了自己的工作感受："我要说，这是一个难得而幸福的巧合，我很荣幸，能有三个纪念日凑在一起：首先，是我们的话题，庆祝北京电台（即现在的中国国际广播电台）阿拉伯语组成立30周年；其次，是我本人曾于1958年11月首次来华，在北京大学阿拉伯语专业教授阿拉伯语语言和文学30周年；再次，是我在电台工作10周年。这使我成为在阿拉伯语组工作时间最长的阿拉伯专家。这段工作岁月在我心中留下了深刻的印象，因为我和我的同事们在充满友好和真诚帮助的环境中一起工作。我的这些同事对我来说并不陌生，他们中有我30年前在北京大学教过的学生。"他在讲话中提到了我的名字，因为30年前，我也是他的学生。

他接着说："我就是在这种充满欢乐、友爱与合作的气氛中进行工作的。随着岁月的流逝，广播工作的各领域，从翻译到掌握播音技巧，直至丰富节目内容，都取得长足的进步。"

最后，他动情地说："有一个事实我必须在这里指出，我可以打个这样的比喻，我和我的同事犹如清水和肥土，节目是我们培育出的丰硕果实。由于我微薄的付出，北京电台阿拉伯语组的同事们在学习、掌握阿拉伯语方面，确实是杰出的典范。阿拉伯语组的兴旺首先和最终都要归功于它的成员优秀，也正是这一点，促使我勇往直前。他们正如一位阿拉伯诗人所说的那样'只要决心不移，勿虑荆棘之途'，另有诗人说'成功在勤奋，失败属懒惰；坚定齐更生，希望展眼前'。愿你们阔步前进，取得更大的辉煌！"

在庆祝国际台阿拉伯语广播 30 周年、向广大阿拉伯国家听众广播的特别节目中，他道出了肺腑之言："我们的电台很重视伊斯兰和中外穆斯林。我愿意用第一人称称呼北京电台，因为除去官方场合以外，我并不把自己看作一个外国人，而把我和我的同事看作情同手足的弟兄。事实上，我和他们是一个身躯上的不同部位。尽管国籍和语言不同，但我们都表现出同一个精神——忘我和为了人类的进步。我们用自己的知识和思想，孜孜不倦地工作。"

夏阿班这样说，也是这样做的。他确实用自己的知识、信念勤奋地工作，毫无保留地把自己的知识传授给我们，是我们学习的楷模。

在生活上，他没有向我们提出过高的要求。他有一个女儿，精神上有些损伤，听说是由于她母亲去世而受到了极大的刺激。夏阿班很疼爱她，女儿没有了妈妈的呵护，他就把女儿带到北京来疗养了一段时间，承担起父亲的养育之责。

自 1957 年阿语广播开播到 20 世纪末，到阿拉伯语组工作的有几十位外国专家。大家一致认为，在这些专家当中，我们从夏阿班身上学到的知识最多。自 1977 年 10 月到 1988 年 9 月，我们与他前后共事了 11 年。加上在北京大学工作的 2 年，他前后在华工作 13 年，是与中国合作时间最长的埃及专家。1988 年，他已超过退休年龄，却还准备续约，愿意继续留在中国工作。按他的身体状况，既无疾病，又肯干，精力又充沛，完全可以延续合同。但国际台负责外国专家工作的部门还是考虑他年事已高，不忍再占用他安享晚年的时光，没有挽留他。

对他的离开，大家都有些恋恋不舍。他回国后，我们便再也没有得到他的任何消息。我曾试图通过各种渠道了解他的动向，但都没有结果。但愿他健康长寿！

我们曾经的芳华

——记索马里专家达德

　　中国国际广播电台阿拉伯语广播于 1957 年 11 月 3 日正式开播，但由于国内的阿语人才缺乏，相当长一段时间，聘请阿拉伯专家负责翻译、播音和监听。1960 年 10 月，因意识形态的某些分歧，首批专家分别离华。无奈之下，只得向北京大学求助，他们派了两位教授来帮忙。后来，又与新华社、北京外语学院和世界和大（即中国人民保卫世界和平大会）联系，请他们的阿拉伯专家临时来帮助翻译和播音。1964 年秋，通过国务院外国专家局介绍，来了两位新

达德和笔者在北京动物园。

专家，一位来自也门，另一位来自索马里。这位索马里专家全名叫瓦莱德·达德，听说他原先在部队训练过，所以精力旺盛，走路步伐大而快，上楼经常是两个台阶一跨。

勤读报，背词典

国际台阿语部十分重视研究对象国家的情况和提高阿拉伯语水平，所以一直订阅阿拉伯语报纸，长年订阅的报纸有埃及的《金字塔报》和《共和国报》以及黎巴嫩的《事件周刊》等。外文报刊大约一周或半月来一次，报刊一到，大家争先恐后地阅读。索马里专家达德也如饥似渴地与大家争着挑选两三份报阅读。当时，阿拉伯语部外国专家的主要工作是把文章和报道的英文稿件翻译成阿拉伯文、修订中国人的译稿和自己进录音室播音等。由于他以前没有从事过新闻和翻译工作，一开始，对电台的工作不太熟悉。为了提高自己的阿拉伯文和英文水平，他经常抱着厚厚的英阿词典背单词。

索马里人虽讲的阿拉伯语，但与标准的阿拉伯语还有少许差异。他们是阿拉伯人，阿拉伯语毕竟是他们的母语，语感比我们中国人强。正因为如此，我在翻译稿件的过程中，有时不知选择什么阿拉伯语词表达中文原意，便与达德商榷。我把中文的意思告诉他，请他选择合适的词汇或句子，一般都能得到满意的答复。

月中钱用光

每月工资发下，由于缺乏计划性，达德有时 20 天甚至半个月就用完了。他像小孩一样，爱吃上海的大白兔奶糖。也许它是奶做的，又有西方奶糖的口感，所以他特别喜爱。

1967 年，在他离开中国回索马里的前夕，单位特地安排他去上海，参观生产大白兔奶糖的工厂。他怀着强烈的兴趣观看了生产奶糖的全过程，不时向工人提问。当他得知奶糖内添加了咖啡、花生、

鲜果、红豆、薄荷等口味，还加入了富有中国特色的"奶油话梅味"时，更增加了对这种奶糖的兴趣。

由于他人际关系好，大家也愿意帮助他。当时，北京有两个索马里专家，除达德外，新华社还有一个，名叫穆罕默德·艾布·白克尔，他们相处融洽，节假日经常在一起度过。他们相互帮助，达德缺钱时，穆罕默德总是慷慨解囊。值得指出的是，在 20 世纪 60 年代，中方为外国专家提供住宿和交通工具，他们的生活开支主要是一日三餐的费用。

把《修养》带回国

当时达德年约 25，我也不满 30，年龄相近，便结下了深厚的友情，彼此成为真诚的好兄弟。20 世纪 60 年代初期和中期，单位十分重视外国专家的工作和业余文化生活，每逢节假日总要组织专家到北京景区游玩，笔者经常伴随着他，给他讲解景点的历史。

达德和笔者在北京颐和园。

达德在华工作 4 年多，临别前，大家依依不舍地到他的住地和他告别，有的同事送他中国的工艺品和丝织品等礼物，不过他最喜欢的还是中国的书籍。他的翻译在行李箱中发现一本书——刘少奇同志写的《论共产党员的修养》英文版。翻译问："为什么带这本书？"他立即回答："你不用管，我有用，我要好好学习。"看来，达德是一个有志的青年，回国后要干一番事业。说实话，国际台阿拉伯语部的成员，特别是我们这些与他相仿的同龄人，一直牵挂着达德。虽然相处仅短短的 4 年，但因为达德忠诚老实、待人诚恳、慷慨大方、乐于助人，是一位真诚的好兄弟。我们与他结下了深厚的友情，留下了珍贵的记忆。1976 年，笔者随中国新闻代表团访问中东四国，其中最后一站是索马里。到索马里后，曾通过中国驻索马里使馆和索马里朋友打听他的消息，寻找他的踪迹，可惜都以失望告终。

　　五十多年前与达德相处的日子、他的言谈举止，至今仍记忆犹新。他与我 1964 年在北京动物园和 1965 年在颐和园的留影，一直珍藏在自己的影集内，作为永久的纪念。

回望在华 25 年

——与苏丹专家叶海亚交友札记

我的阿拉伯兄弟中，苏丹兄弟占很大比例。20 世纪 50—60 年代，接触到第一位苏丹兄弟是艾哈迈德·穆罕默德·凯尔；70 和 80 年代，结识了到中国国际广播电台帮助工作的新华社专家瓦菲和二三十位苏丹杂技团的团员；90 年代以后，我的苏丹兄弟就多了，而且都是重量级的人物，例如穆罕默德·阿达姆、贾法尔·卡拉尔、穆罕默德·杜什、叶海亚·穆斯塔法和现苏丹驻华大使欧玛尔·伊萨等。1997 年我退休后，与外界接触减少，认识的苏丹新兄弟就少了，其中有乌萨马，但与很多老朋友还保持联系，叶海亚·穆斯塔法就是其中之一。

与中国结缘，到电台工作

叶海亚 1957 年 5 月 1 日出生在苏丹，1978 年考入喀土穆大学文学院阿拉伯语和历史专业，1982 年硕士毕业后在老家的一所中学教英语，1983 年到苏丹通讯社工作，1994 年成为新闻部的主编。他对中国悠久的历史、灿烂的文化、迅速崛起的经济产生了兴趣。叶海亚是新华社驻苏丹分社的常客，结识了不少中国朋友，与他们建立了深厚的友谊。

1994 年末，苏丹专家叶海亚·穆斯塔法来中国国际广播电台阿拉伯语部工作，他万万没有想到会与中国结缘并参与这个国家的发展。我们阿拉伯语部很多同事们基本上有一个共识，苏丹人比较忠厚老实，办事牢靠。叶海亚也不例外，他工作踏实，遵守制度，有求必应，待人诚恳；在生活和工资等方面不提个人特殊要求，不给中方增添任何麻烦，是一位好合作的外国专家。

他每天早早来上班，有时比中国人还早。他不爱言笑，一到办公室便立即投入忙碌的译稿和改稿之中。经他修改的稿件通俗易懂，既忠实原文，又符合阿拉伯语的表达方式。这都得益于他长期培养的新闻业务素养、深厚的阿拉伯语和英语功底和对中国的深入了解。

除译稿和改稿外，他经常与中国年轻人一起拟定采访题目，用阿拉伯语采写新闻报道，有时还亲自撰写稿件。1997 年香港回归时，他替中国朋友高兴，对"一国两制"这种符合中国国情的治国方式很感兴趣，并撰写文章《中国龙的现代觉醒》。他到河南、河北和宁夏等地采访，见识中国各民族的风土人情，见证中国改革开放的辉煌成就，并前后采写了十多篇报道。1999 年，他在宁夏采访了一位因工厂效益不好而选择创业并成功的商人，在报道《从一个工人到一个企业家的转变》中这样写道："这是中国改革开放给人民带来好处的真实写照。"稿件向阿拉伯世界广播后，被一些阿拉伯国家的媒体转载。

2003 年，叶海亚荣获国际广播电台"先进工作者"称号；2006 年，他离开国际台阿拉伯语部。谈到工作，他十分感慨："我被介绍到中国，在中国国际广播电台的阿拉伯部门工作了 10 年。我近距离了解中国，它的政治机构、经济和社会情况，同时结识了一些优秀的中国同事。媒体传播团队合作的性质使得人们和谐协调地工作。我尽我所能地将我的经历和新闻体验传授给周围的中国同事，并促进了向阿拉伯世界传播信息。"

苏丹"老夫子"

由于他阿拉伯语水平不错，为人厚道，所以从国际台一出门，就被"中国网"聘请为专家。2009 年 7 月，中央电视台阿拉伯语频

道开播，叶海亚也被请去帮助翻译和定稿。他细心指导中国同事翻译稿件，因为他一丝不苟的工作态度和鼻子上架着的厚厚镜片，好像脑袋里装有很多智慧，中国同事们都亲切地称他为"老夫子"。

叶海亚连续数年被评为中国网先进工作者。在他指导下，中国网阿拉伯语部完成的重大专题达数十个，如《中国与非洲建交友好55周年》《中国共产党建党90周年纪念》《2011年两会》《聚焦中东局势》等，专题一经发布，均受到国内外读者的广泛关注。谈到在"中国网"工作，他说："我有幸成为第一个在中国网站工作的阿拉伯人，这是通过互联网了解中国的重要窗口。近年来，电子媒体不断增长，人们花费更长的时间在上网，对传统媒体的兴趣在减弱。因此，网络已经成为重要的新闻媒介。中国网是重要的新闻媒体，它的受众队伍将越来越大。"

由于贡献突出，叶海亚获得中国国家"友谊奖"，2012年12月5日，他出席了习近平总书记与在华工作的各国专家代表的座谈。作为习近平当选中共中央总书记后首次会见的外宾之一，并接受中国国家"友谊奖"，叶海亚感到无比荣幸和自豪。他激动地说："这个奖不只属于我一个人，更属于一直默默支持我的中国同事，属于许多奋战在中国外宣一线的人们。"他表示要继续为中国的对外宣传工作贡献自己的力量，愿意继续帮助中国培养更多的阿拉伯语翻译人才，继续见证这个总给他带来惊喜的国家崭新的发展。叶海亚的同事张琼瑛如是说："叶海亚老师是认真负责的专家，当天的事当天完成，从来不拖沓。我们有些翻译不准确的地方，他都能用很地道的阿语来进行修改和润色。"

翻大文件，译大著作

2015年，叶海亚到中央编译局工作。中央编译局是中共中央直属机构，主要任务是编译和研究马克思主义经典著作，翻译党和国家重要文献和领导人著作等。20世纪六七十年代，《毛泽东选集》

叶海亚（左2）和夫人（右1）与我和中国同事等。

的外文翻译就是由中央编译局负责的。近年来，中央编译局阿拉伯语部翻译了习近平总书记在中国共产党第十九次全国代表大会的报告、李克强总理在十三届全国人民代表大会上做的政府工作报告、商务部长做的预算报告、发展改革委员会主任提出的国家经济和社会计划以及其他重要文件和讲话。

　　谈到中央编译局的工作，叶海亚·穆斯塔法深情地说，这大大丰富和补充了自己在华的经历。翻译的这些文件是知识宝库，从中可以了解政府工作的情况；他结识了一些新同事，增添了一批中国兄弟姐妹；感谢编译局的负责人尽一切可能为工作提供了方便。他十分喜欢这里的工作。

老朋友，好导师

　　我与叶海亚是老朋友了，自1994年至今已有25年交情。我们

平时保持电话联系，每逢伊斯兰教开斋节和宰牲节，还互致问候。我比他年长20岁，他称我为老师，我也称他为老师，因为在阿拉伯语方面他永远是我的老师。我在阅读阿拉伯语和翻译阿拉伯语的过程中，有解决不了的问题时，首先请教他，每次都给予满意的答复，所以他是一位优秀的导师。

2009年夏，苏丹驻华使馆举行一次联欢活动，邀请部分曾在苏丹工作过和访问过苏丹的中国朋友，其中有中国部分大公司的老总、朱明瑛等文艺界著名人士，我也有幸被邀出席。当天，叶海亚早早地等候在苏丹驻华使馆的门口迎接我。参加这次活动的还有苏丹国家电视台的摄制组，记者要我谈谈对苏丹的印象，我接过话筒，用阿拉伯语讲了前苏丹总统尼迈里向我们授勋的事。我说："1981年4月12日，在苏丹杂技团成立7周年之际，我和另外5名杂技专家一同获得了尼迈里总统首次向中国杂技专家颁发的国家一级勋章和勋章证书。这极大的殊荣至今难忘。苏丹和苏丹人给我留下美好印象，我视苏丹为第二故乡。"讲话博得了热烈掌声，苏丹大使也上前与我握手表示祝贺。事后不久，有朋友从苏丹回国告诉我，苏丹电视台播放了我在联欢会上的讲话，他们都看到了。苏丹观众也看到了纪录片，反映挺好。

叶海亚已在中国外宣工作25年，见证了中国三代领导人的更迭，经历了中国的改革开放，领略了中阿友谊，特别是中国和苏丹两国关系的不断发展。同事们都说他是"中国通"，叶海亚却谦虚地说："中国太大，很难全面地了解。"

他说，中国的文化包容，人民友好，在这里生活和工作的外国人过得很舒心，始终感觉自己受人尊敬。希望自己能留在中国工作直至退休。回到苏丹后，继续到媒体工作，讲述自己在中国所见所闻，畅叙对中国的深情厚谊。

勤奋开拓　贯穿始终
——苏丹专家乌萨马·穆赫塔尔

乌萨马·穆赫塔尔是一位出色的苏丹播音员和新闻工作者，1993 年开始在苏丹电台工作，担任新闻、政治节目的主持人，同时参与苏丹国内外的重要采访。他曾获得苏丹优秀播音员等多项荣誉，还被德国电台、英国广播公司等认可。乌萨马是苏丹记者联盟、阿拉伯记者和作家联盟的成员，这些单位都是中国的好朋友。

著名播音员、新闻主播、优秀节目主持人

2009 年乌萨马抵达北京，并在中国国际广播电台阿拉伯部门工作，是国际台第一位来自苏丹电台的专职播音员。他说："我喜欢中国国际台的工作，这是世界上最大的广播媒体，每天用 65 种语言向全世界广播，并通过手机和互联网播放节目。它还有电视和报纸，在世界多地设有办事处、记者站、孔子学习班等。中国国际广播电台阿拉伯语部，每天广播新闻、社会、旅游、音乐、听众服务等内容，通过中波、短波和 FM 向毛里塔尼亚、科摩罗、苏丹、阿拉伯联合酋长国等播放节目。""除了编辑和主持每日各种形式的广播节目以外，我积极提出有利于广播和媒体发展的建议，帮助提高中国同事，特别是新同事的业务水平。"

2011 年，他获得国际电台西亚、北非中心颁发的最佳外籍广播员奖；2013 年，获得采访 2010 年上海世博会的优秀鼓励奖证书。

他还为许多中国书籍的阿拉伯文版进行定稿，其中最重要的是人民出版社出版的有关以习近平为首的中国领导核心的新思想、新战略和新理念的书籍。他写过一些新闻报道，曾在一些阿拉伯网站和报刊发表过，其中最重要的网站是总部设在黎巴嫩的阿拉伯作家和新闻工作者联合会网站。当谈到中国媒体时，乌萨马说："事实上，我十分喜欢中国媒体，他们完全摆脱了对人民傲慢和冷酷的做法，而关注各国间的团结与和睦，关心人类在科技方面的伟大发展。"

"我在中国的这些年，多次参加了中国重大活动的采访报道，其中有中华人民共和国成立 60 周年的盛大庆典。我荣幸地成为上海世博会开幕式和闭幕式盛况报道的第一个外国人。上海世博会是 2008 年北京成功举办奥运会后的第二件大事，展示了 5000 年的中华文明。新中国成立后，60 年内取得了新辉煌，实现了巨大而崭新的建设成就。我参观并报道了宁夏第二届经贸论坛和新闻论坛；到过江西，起草过有关造纸业的备忘录；参观了承德的皇帝行宫。我曾和居住在北京的苏丹侨民家庭一起，到北戴河避暑胜地疗养。我应中国同事之约，欣赏中国艺术，观看京剧，出席了一些庆祝活动。艺术是永恒的，是与人和事相处和谐的秘密所在。北京、上海等美丽城市正是艺术创新和文明的结晶。"

中国——实现梦想的大地

2014 年，我和其他三位朋友准备写一本书《阿拉伯侨民在中国》，想把乌萨马列入书中，请他提供一些资料。一星期后，他便发来一篇文章《在中国的日子给我留下的印象》，摘选如下。

"我惊讶地发现，中国是实现梦想的大地。我注视着以习近平为首的新领导为实现中国梦所做的努力。事实上，自从踏上中国这片土地，当见到中国经济和社会飞速发展的过程时，我就无法控制内心的惊喜。这些发展恰恰证实了中国人的伟大。拥有 5000 年文明的中国人民珍惜时间，遵纪守法，勤奋工作。过去几年，我制作了

乌萨马在国际广播电台直播现场。

一些节目，写过一些文章，把所见所闻和访问中国不同地区的印象
介绍给阿拉伯听众。我称中国国际广播电台为小联合国，它让我有
机会和广大的世界各国朋友进行接触，从而使我内心对中国充满希
望和期待。"

　　"我来自建立于1940年的苏丹恩图曼广播电台，这些年来，我
通过新闻报道、娱乐节目如'广播之夜'等播出苏丹的过去和现状。
尽管中国和苏丹间隔遥远，语言不同，尼罗河和长江不可能汇流，
但两国人民为密切关系写下了辉煌的篇章。我们共同反对英国殖民
主义，拥有许多相似的风俗习惯，甚至5个音阶也十分相似。"

　　"我十分高兴能生活在中国。现在，所有在华的外国人都十分
钦佩中国在城市基础设施、通讯、交通、航天、深海和反映国家发
展的技术进步等方面取得发展和成就。中国还面临其他挑战，包括
腐败和分裂势力。依我之见，或许最重要的是环境污染，这个问题
困扰着许多中国居民，甚至在华的外国人。在过去三年，人们不谈

别的，就谈他们面临的可怕的空气污染问题。过去，中国以牺牲环境来发展经济。现在是需要采取有效措施，制止污染带来的危害。"

"中国那些熟练的工人和进城的农民工让我惊喜，他们不分昼夜、不辞辛劳，在北京和上海等一些城市进行美化城市的工作，把美丽和创新带到每个角落。在我看来，这就是成功的秘诀。每当我经过他们正在工作的地方，总有震惊之感。站在那里久久不愿离去。我看到了他们的创造，赞赏他们的成果，默默地向他们致意。他们确实是创造者，理应得到国家更多的关怀。"

报刊和学者的评价

一些苏丹和阿拉伯文报刊报道了乌萨马所做的努力。《苏丹日报》的文章是《从阿卜杜勒·加尧姆之门到中国长城》。阿卜杜勒·加尧姆之门离乌萨马以前工作的苏丹广播电台不远，乌萨马比喻说，它类似中国的长城，城墙围绕着苏丹的恩图曼市。

2010年6月8日，《苏丹人报》在文章《来自中国电台之声》中报道了乌萨马在电台的创新。乌萨马一次与《苏丹人报》的交谈中说，媒体专业人员在国外面临的最大困难包括环境陌生、工作复杂、需要适应新的社会和生活方式，以及如何保持自己的媒体身份和满足自己国家的要求。这些困难使你学会了很多东西，学会了如何坚持、更好地发扬媒体人的本色、与你所处的媒体环境共存等。还有一些苏丹报刊、电视台、电台、网站对乌萨马进行了采访，报道了他的成就。

2017年7月4日，中国人民的老朋友、阿拉伯新闻工作者和作家国际联盟主席、约旦学者麦拉万·苏达赫，在网上发表文章介绍乌萨马，文中说："乌萨马是中国国际广播电台阿拉伯语广播自1957年开播以来，最杰出和最重要的外国专家之一，我不是随意或出于个人的感情这样说，因为这是事实。自20世纪60年代，也就是我童年时代起，我就一直注视着这友好、优秀的中国广播电台阿拉伯

乌萨马与国际广播电台台长王庚年亲切交谈。

语部坚实的前进步伐。长期来，阿拉伯语部和阿拉伯专家一起，创办了丰富多彩的节目。"

"我还没有发现有人像乌萨马一样如此热爱中国和中国的新闻业务及实践，他忠诚地工作，积极地奉献，将自己在苏丹广播电台积累的丰富经验倾注到了中国国际广播电台。难道不是这样吗？他是专门研究媒体的阿拉伯语学者，一直在努力架起中国和苏丹友谊的桥梁。几年前，他还陪同一个中国高级别代表团访问苏丹，共同商议中国和苏丹电台之间可开发的项目。"

"在最近一次访问中国时，乌萨马告诉我，他为中国国际广播电台阿拉伯语部完成了 1000 篇新闻报道、专题采访等，也为中国和苏丹电台交换节目《苏丹之夜》制作了一些栏目，内容是介绍中国、反映中苏友好交往的。他每天要完成新闻的编辑，还要用宽厚、独特、具有感染力的嗓音对外播音。乌萨马是第一位参与阿拉伯语广播直播工作的外国专家，他的前同事埃及的艾哈迈德·阿布宰，我认为

乌萨马（左3）与第二届"CRI杯"中国高校阿拉伯语演讲比赛的评委。

是乌萨马的唯一竞争者，在退休前对乌萨马说：'我的儿子，你很幸运，好事都让你占了。'乌萨马也经常开玩笑说：'艾哈迈德大叔！'"

当代中苏友谊的见证人

2016年5月，乌萨马联系我说想以苏丹电台的名义采访一些人士，作为《苏丹之夜》节目的嘉宾和中苏友谊的见证人，被邀嘉宾中包括我，我欣然表示同意。

采访地点在苏丹驻华使馆内，这里对我来说并不陌生，在这里我曾经采访过苏丹驻华的几任大使和政要，也接受过苏丹电视台的采访。我们几位被邀嘉宾来到了使馆宽敞的会客室，简单寒暄后，乌萨马首先把话筒伸向了我，请我谈谈个人的简历、学习阿拉伯语的初衷、访问苏丹的经历、对苏丹的回忆和印象等。

之后，苏丹嘉宾发言。穆罕默德·艾哈迈德·杜什是20世纪七十年代中期来到中国并学习中文的，现在阿联酋驻华使馆任商务参赞，夫人是中国人；阿迪勒·奥斯曼是喀土穆炼油厂驻京办事处主任；纳赛尔丁·凯里在中国开设了一家商贸公司；穆罕默德·阿卜杜·拉赫曼八十年代中期在中国学习工科，曾是苏丹驻华使馆官员，现在北京经营一家商贸办事处；还有两位是与欧玛尔·伊萨大使同批来到中国的。他们都是 20 世纪七八十年代苏中友谊的见证人，表示将继续为加强两国的友好关系做出贡献。

沿着丝绸之路古人留下的脚步

　　乌萨马·穆赫塔尔对中国的"一带一路"的倡议很感兴趣，他完成了多篇有关这方面的口头和文字报道。在一篇文章，他写道："每个人都有开始的旅程，有的旨在缓解生活的压力，有的则是为了寻找心理平静和发现新的世界。我起步到中国的第一愿望，也许是步古代苏丹人在古丝绸之路上的后尘，探访他们的故事。我骑在

乌萨马与中国前中东特使吴思科交谈。

骆驼和马背上，虽然旅程遥远，但却没有丝毫倦意。随着时间的推移，丝绸之路的面貌发生了巨大的变化，但许多人心中仍充满激情。在这个新时代里，过去的辉煌经历和生存得到延伸，甚至演变成一种新的思想，并以'一带一路'的倡议出现。丝绸之路将不同国家、城市和地区从经济和文化上连接起来。那里有丰饶的财富，汇集着人类历史上最伟大的思想，这种思想今天已经被采纳，以越来越多的经济模式出现，并在技术时代得到不断发展。"

"今天，当我站在同一条道路上，遥望灿烂的前程，发现中国国家主席习近平 2013 年提出的 '一带一路'的倡议在世界，特别是在阿拉伯国家，引起了广泛的关注。我认为它标志着中国向世界开放的新阶段，中国在这一倡议下在世界各大洲取得了许多成就。"

"中国政府于 2017 年 5 月召开了一次重要会议，即'一带一路国际合作高峰论坛'。中国是丝绸之路的发源地，有理由提出这个和平友好倡议，这一倡议过去是、现在仍然是中国促进发展的口号。论坛提出了中东地区恢复平静与稳定的'中国愿景'，并决心努力沿着古代贸易之路，建立一个连接亚洲、欧洲和非洲大陆的基础设施网络，使周边陆地和海洋地区成为和平、友谊、博爱与和谐的地区。新的先驱们开始沿着旧的可再生丝绸之路走，但道路仍然崎岖不平。虽然如此，今天的人们比以往任何时候都更迫切希望恢复丝绸之路。感谢我们的祖先，使我们继续进行人类文化交流，改变历史，克服障碍，为古老的丝绸之路旧貌换新颜做出贡献，并继续生活。"

未来计划

在《阿拉伯侨民在中国》一书中，乌萨马曾写道："这些年，我粗略地阅读了孔子的书籍，了解了他的思想特点；翻阅了周恩来和其他民族在一起的故事；邓小平的改革开放思想牵动了我的心；毛泽东的决心令我印象深刻。我在中国了解到，成功不是偶然的，而是一个有组织的进程，需要有明确的政治远见、周密的规划、认真的行动和坚持。中国成功地创造了一个适合其国情的独特的发展模式，中国政府有巨大的能力动员人民执行其发展政策。"

"我想把在中国生活的感悟，写成随笔、故事等文章；热爱和关注文学、诗歌、历史等，计划在任期结束前完成一本关于中国的书；想继续培养年轻的媒体人才，包括艾赫法德女子大学和一些中国的大学生。"

"另一方面，如果提法正确的话，我在这里正发挥着民间外交和传媒的作用。通过广播和报刊介绍苏丹的文化和风俗习惯，同时把自己在中国的经历介绍给别人。这样，我将会感到自己努力了，即使这种努力对十分尊敬的这个国家来说是微不足道的。在我看来，中国和中国人民有很多事迹值得歌颂赞扬。"

尽心竭力为提升毛中友谊

——记第一位在华工作的毛里塔尼亚传媒人阿卜杜·拉赫曼

2012年初秋，中国国际广播电台阿拉伯语部迎来了一位朝气蓬勃的毛里塔尼亚青年阿卜杜·拉赫曼·乌尔德·西迪·穆罕默德。他毕业于摩洛哥拉巴特新闻通讯高等学院，作为专家，是第一位进入中国传媒的毛里塔尼亚记者，曾在毛里塔尼亚广播电台担任过总编、节目部主任、电台网站站长、努瓦克肖特新闻社编辑等。他到中国不少城市进行采访报道，曾担任过中国高校每年举行的、有数百人参加的阿拉伯语演讲比赛的评委，还参与了中国国际广播电台阿拉伯语职称评审工作。

他积极参与媒体活动，与包括毛里塔尼亚总统和几位部长在内的高级人物进行过对话，还多次参加中国组织的研讨会，介绍毛里塔尼亚的情况和投资环境等，为加深毛中关系发挥了作用，他还被邀参加了中国与毛里塔尼亚建交50周年的庆祝活动。

2014年初，我认识了富有大志的阿卜杜·拉赫曼。当时，我准备写《阿拉伯侨民在中国》这本书，请他为本书写文章。不久，他发来了一些资料，介绍了个人的简历、毛里塔尼亚与中国的关系和两国在经济、文化、社会和政治等所有层面不断发展的过程，也谈到了作为中国国际广播电台专家、毛里塔尼亚驻中国国际广播电台代表的原由。

他来中国工作并非偶然。在此之前，2009年8月，他参加了在

258

阿卜杜·拉赫曼（右2）采访毛里塔尼亚总统（左2）后合影。

北京举行的中国与非洲青年第三次会议，会议由中国国务院前总理温家宝主持，非洲国家驻华大使应邀出席。作为毛里塔尼亚青年代表，他在中非青年起草的大会文件上签字。那次访问历时三周，他和参加会议的代表团一起到了许多城市，看到诸多的名胜古迹，目睹了中国各方面的伟大复兴。其中，访问了一家中国建筑公司，该公司曾负责完成努瓦克肖特港和毛里塔尼亚会议宫的建设，这两大工程被认为是中国在该地区的最大工程。2010 年，他来华参加一次研讨会，见到了中国青年的精英，对中国的文化和科学发展水平表示惊讶。2015 年 5 月初，他随同阿拉伯新闻代表团访问中国，与一些中国官员进行了会晤，其中包括中国外交部长、商务部官员以及上海和大连的一些官员。

　　阿卜杜·拉赫曼说："这些访问彻底改变了我对中国的看法。西方媒体过去对中国的描述与我的所见所闻真有天渊之别。我发现，中国是经济巨人，这是千真万确的。同时，我可以证实，中国的对外立场是完全从阿拉伯利益出发的，是阿拉伯正义事业，例如巴勒

斯坦问题的主要支持者。中国是毛里塔尼亚基础设施建设的最大参与者。于是，我决心成为诚实的传播者，为加强毛中关系出力，想到北京去工作。"

"我把这一想法告诉了毛里塔尼亚通讯部长哈姆迪先生、电台总台长穆罕默德·谢赫·西迪先生。他俩向我强调，可作为毛里塔尼亚电台驻中国的代表到北京。就这样，我于2012年9月来到中国，如愿以偿成为中国国际广播电台的编辑和主持人。我对毛里塔尼亚政要进行了访谈，其中有毛里塔尼亚总统、通信部长兼政府发言人、贸易部长、兽医部长、执政党团结党主席、议会副议长、驻华大使和外交部发言人等，所有这些访谈有利于加深双边关系。"

"毛里塔尼亚和中国的战略关系是最牢固的，并且在一些重要领域靠近中国，这些领域是我国的经济命脉，包括矿产、渔业资源、基础设施等。毛里塔尼亚政治和经济的稳定，在调解国际争端特别是非洲冲突中所起的主要作用，都是在现任总统穆罕默德·瓦拉德·阿卜杜勒·阿齐兹领导国家后发生的。他曾领导一些区域和国际组织，例如3年前（即2011年）担任非洲联盟和平与安全理事会轮值主席，为调解利比亚和科特迪瓦的危机做出努力；2013年6月，他成功地制止了马里各方的争斗，说服他们在停火协议上签字。所有这些棘手问题的解决使得中国更加关心与毛里塔尼亚的深化合作。我国通讯部长政府发言人穆罕默德·西迪在接受我采访时，高度赞赏中国国务院总理李克强的访非。他强调，毛里塔尼亚作为非洲联盟轮值国主席国，对李克强总理在亚的斯亚贝巴联盟总部的演讲内容和中国准备同非洲地区国家一起振兴国家、共同发展的提法感到特别振奋。"

在中国主席习近平结束非洲访问后，拉赫曼电话联系了时任毛里塔尼亚外交部发言人穆罕默德·艾敏，请他谈谈这次访问的意义和悠久的毛中关系，并通过中国国际广播电台在毛里塔尼亚电台FM播放了穆罕默德·艾敏的讲话。很多努瓦克肖特的听众收听了这次广播。

阿卜杜·拉赫曼对毛里塔尼亚新闻部前秘书长穆罕默德·艾敏

进行采访，艾敏曾多次访问过中国，他高度评价中国在毛里塔尼亚发展中的作用。他还采访了毛里塔尼亚电台总台长穆罕默德·谢赫·瓦来德，谈到了发展毛中新闻关系的重要性，深化毛中合作的措施等，并制作了特别对话节目。

毛里塔尼亚是非洲大陆走近阿拉伯人的大门，1965 年，毛里塔尼亚与中华人民共和国建交，是与中国建立外交关系最早的非洲国家之一。从那时到现在，双边合作举措连续不断。阿卜杜·拉赫曼说："2014 年，毛里塔尼亚总统担任非洲联盟主席，十分关注毛里塔尼亚与中国之间的双边关系。中国没有帝国主义野心，能和诸多阿拉伯和非洲国家分享历史背景。作为伙伴、重要的支持者，中国不加任何前提条件向许多阿拉伯和非洲国家提供物质援助和人道支持，充分理解和尊重本地区人民的本源、特点和文化。由此，毛里塔尼亚人民十分信任中国政府和人民，允许中国优先在采矿、捕鱼、道路和基础设施等方面进行投资。"

毛里塔尼亚总统于 2011 年 12 月的访华，是加强和巩固几十年来友好关系的明显标志。期间，他作为当时唯一一位阿拉伯国家领导人出席了在宁夏召开的中阿经贸合作论坛。他与中国领导人讨论了加强和深化双边关系的措施，在重要的国际问题上毛中双方取得一致，并表示在国际事务中加强配合和相互支持。同时，毛里塔尼亚坚定地坚持一个中国的原则，拒绝与台湾当局进行任何接触，强烈支持尊重中国的主权和领土完整，不干涉别国的内政。

中国和毛里塔尼亚已经签署了一系列协议，包括中国对毛里塔尼亚的优惠贷款、多项援助等。同时，中国帮助毛里塔尼亚建设一些项目，其中包括友谊港、会议大厅、总统办公大楼，还有政府大楼、医院和学校等建设项目。近年来，两国间的贸易往来有显著的发展，贸易额由 2008 年的 6 亿美元上升到 2014 年的近 20 亿美元，大约 60% 的毛里塔尼亚的铁矿石出口到中国。除了基础设施建设外，中国已开始进入毛里塔尼亚新的领域，例如鱼产品加工。在文化和教育领域的合作也有长足的发展，两国的科学代表团进行了互访，

阿卜杜·拉赫曼（左2）在秦皇岛海边与鼓乐队一起。

阿卜杜·拉赫曼（中）与舞狮队队员。

努瓦克肖特大学设立了中文系，中国大学每年接收不同学科的毛里塔尼亚学生等。

2017年9月，阿卜杜·拉赫曼随中外记者采访团走进中国北方美丽的海滨城市秦皇岛，他说："毛里塔尼亚2／3的面积都是沙漠，对于我们来说，绿色象征着生命和希望。秦皇岛当地政府树立'青山绿水就是金山银山'的执政新理念，将天女小镇的自然环境与康养度假村模式结合在一起，化自然资源为经济效益、社会效益的做法，很值得我们学习借鉴。"

经贸篇

真诚的印记，永恒的典范

——科威特阿拉伯发展基金会和中国政府合作回顾

海陆两条丝绸之路通过汪洋大海，穿过崇山峻岭打开了东西亚两扇大门，历史记录了这辉煌的一页。自 20 世纪以来，中国和科威特的合作，给人们留下了美好的回忆。

从 1982 年开始，科威特阿拉伯发展基金会向中国数十个发展项目提供了大量的优惠贷款。这些项目绝大部分已建成投产，为促进当地经济发展、改善人民生活水平起到积极作用。中科双边财政合作，为两国友好历史写下了新篇章。

我有幸数次到过科威特阿拉伯发展基金会的总部，参与基金会领导人举行的座谈，还采访过基金会的两任总经理和部门负责人。

愿同中国兄弟合作

1989 年初秋的一个下午，我在长城饭店采访科威特阿拉伯发展基金会总经理巴德尔·胡迈迪先生。他身材魁梧、举止倜傥，眼光里充满热情和聪敏，确实是一位精明能干的实业家。他首先介绍了基金会的情况。

基金会成立于 1961 年 1 月 1 日，是科威特政府机构，目的是通过贷款的形式帮助发展中国家建设一些项目。初建时，基金会仅有5000 万科威特第纳尔（当时 1 第纳尔约合 3.5 美元），只向阿拉伯国家提供贷款，后来逐步发展到面向所有发展中国家，基金也增加了几十倍。到 1988 年，基金会约有 20 亿第纳尔，接受贷款的国家达 60 余个（截至 2015 年底，基金会已向 103 个发展中国家提供了 180 亿美元政府优惠贷款），涵盖工业、农业、交通、运输、能源、教育、通信、水电、医疗卫生等多个领域。在谈到与中国的合作时，巴德尔·胡迈迪总经理说，1982 年，基金会开始向中国的一些发展项目提供贷款。最早受惠的项目中有厦门机场的兴建和扩建，期间，曾 3 次提供优惠贷款。通过科中双方的共同努力，厦门机场设备先进、功能完善、环境优美，成为重要的航空枢纽。

对于中国和科威特阿拉伯发展基金会的合作前景，巴德尔·胡迈迪先生坚定地说，我们愿意继续同中国兄弟合作并向更宽泛的领域发展。这种合作有助于进一步加强两国间的关系。我们还要优先向中国的一些项目提供贷款，并将就建设机场、港口等项目进行考察和谈判。

巴德尔·胡迈迪先生最后说："过去四年（即 1985—1988 年），我访华四次，这次是第五次。每次我总能发现不少进步。自实行对外开放以来，中国发展很快。我确实没有发现同以前有什么不同，国家继续开放，人民生活正常，北京局势稳定安全。"

2000 年 10 月中旬，我第二次访问科威特时，又见到了巴德尔·胡迈迪先生。他再一次兴致勃勃地向笔者介绍了同中国的友谊和合作。他说："科威特是第一个承认中国的海湾国家。从 1980 年开始，基金会每 3 年同中国订一次计划，给中国发展项目提供的长期贷款，期限 20 年，利息是 2.5%—3%。1985 年，科威特和中国两国企业家召开了两天洽谈会，效果很好。1990 年，科威特埃米尔访问了中国，我也陪同前往，科中商贸关系不断发展。另外，科威特企业家也很想去中国投资。"

扩大合作领域

2001 年 5 月 16 日，我和朋友一起又一次访问科威特阿拉伯发展基金会。在宽敞明亮的办公室内，副总经理阿卜杜·瓦哈卜·巴德尔会见了我们一行 6 人。他负责基金会的各项援建工程，对于中国的合作项目了如指掌。他指出，基金会已向中国 26 个项目提供贷款，今年（即 2001 年）要完成第 27 个项目。他还给我们看基金会在中国援建项目的清单，表示基金会愿同中国在更多的领域扩大合作项目。

2002 年 3 月底，我和几位朋友再次来到科威特访问阿拉伯发展基金会。当天上午，狂风大作，沙尘四起，能见度很低，汽车艰难地开到了基金会总部。会见我们的还是副总经理阿卜杜·瓦哈卜·巴德尔。老朋友相见格外亲切，他说："中国是我常去的国家，每年要去两三次。中国的发展和中国人民的热情友好，给我留下深刻印象。今年（即 2002 年）是基金会向中国贷款 20 周年，我们将在北京举办庆祝活动。我们还想拍一个电视片，记录基金会在中国的贷款项目，希望得到你们的帮助。"我们立即表示，我们将组织人力，拍好这部片子。几个月后，因总经理巴德尔·胡迈迪先生年事已高，阿卜杜·瓦哈卜·巴德尔先生接替了他的职位，成为新的一任总经理。

宁夏扶贫工程

阿卜杜·瓦哈卜·巴德尔先生特别提到了宁夏回族自治区扶贫扬黄灌溉工程，他曾考察过那项重要的工程。

1998 年，宁夏政府为保障和改善南部山区人民群众生产生活条件，从根本上解决农村贫困人口温饱问题，决定建设宁夏扶贫扬黄灌溉工程。就在此时，科威特阿拉伯发展基金会向扶贫扬黄灌溉工程提供了 6600 万美元贷款，开发了 130 万亩土地、解决 67 万 5 千人的脱贫问题、安置移民约 48 万人。工程从 1998 年开始建设，于

2003 年竣工，包括灌溉、发电、通讯、耕种、移民、农田综合管理等项目。中国政府高度重视这项工程。1999 年，时任国务院总理朱镕基视察了工程现场，并给予高度赞扬。

据 2001 年统计，红寺堡灌溉区平均亩产 250 公斤，约 30％的农民实现粮食自给有余。灌区自然生态环境明显改善，昔日千古荒原如今绿意葱茏、渠网纵横、道路四通八达，成为各项设施齐备的人工生态绿洲。除此以外，科威特阿拉伯经济发展基金会还为宁夏人民医院的建设提供贷款 3400 万美元，这一切都说明科威特人民对宁夏人民的深情厚谊。

合作 20 年大庆

2003 年 1 月上旬，中国财政部和科威特阿拉伯发展基金会在北京共同庆祝两国开展财政合作 20 周年。中国财政部副部长金立群（现亚洲基础设施投资银行首任行长）、基金会副总经理海夏姆·瓦格

金立群副部长（右）接受采访。

扬出席了庆祝仪式。我采访了金立群副部长，他说："20年来，科威特阿拉伯发展基金会向中国提供了7批、总金额约为7.4亿美元的贷款，用于32个大中型项目的建设，现绝大部分项目已建成投产，获得了良好的经济效益，改善了项目所在地的基础设施条件，促进了当地经济发展和人民生活水平的提高。"

金副部长在回答为何取得合作成功时说："我们之间的合作之所以取得成功是由于互相尊重。科威特政府对我们中国非常信任，所以把资金给了我们，对我们的经济建设给予全力支持，这是很好的合作基础。"他还说："我们中国政府和中国人民对科威特政府和科威特人民对我们的慷慨支持表示衷心的感谢。我们将一如既往地与科威特保持友好合作关系，使科威特资金在中国发挥更大的作用，起到更好的示范作用。"

接着，我又采访了基金会副总经理海夏姆·瓦格扬先生。他谈到了基金会的发展："刚开始，基金会仅向阿拉伯国家贷款，后来发展到100多个发展中国家。贷款利率为1.5%—4%，偿还期15—20年，如需要，可延长若干年，一般为4年半。"

在介绍与中国的合作项目时，海夏姆·瓦格扬副总经理说："基金会与中国之间开始财经合作的第一个贷款项目是安徽省宁国水泥厂。基金会为该项目提供4620万美元。经过20年的发展，如今的宁国水泥已发展成为跨地区、跨行业、多种所有制的大型企业集团，2002年底，已跻身世界水泥前10强。目前进行的项目是广西钦州港

海夏姆先生（右）与笔者交谈。

工程。20年来，中国与科威特双方在财政领域进行了真诚的合作，科威特阿拉伯发展基金会的众多项目已在辽阔的中国大地结出了丰硕的果实，这是合作的典范，友谊的象征。希望这种合作通过未来更多的计划持久延续，能覆盖中国更多的地区和领域。"

钦州工程评估

中国和科威特阿拉伯发展基金会财政合作20周年大庆结束后，基金会评估团前往广西钦州市，对钦州工程进行评估，我有幸陪同前往。

评估团包括工程师、经济学家和法律顾问等，到钦州市主要是评估科威特基金会援建的第28个项目——广西滨海公路钦州港至犀牛角段的一级公路。科威特基金会为项目提供了2亿5千万人民币的低息贷款，大大加快了工程建设。评估团还视察了钦州港。钦州港是中国西南出海通道，是广西临海工业港的重要配套工程，建成后将提高广西沿海港口吞吐能力，对钦州市产生的连带经济效益高达140%，而且能有效带动50多万人脱贫。2002年3月，时任国家主席胡锦涛曾亲临工程现场，对工程项目给予高度评价。

在广西钦州港至犀牛角段的高速公路工程现场，一片繁忙的施工景象展现在眼前，运输车来回奔跑，挖土机把一个个小土堆纷纷吃掉。评估团认真地从地图上寻找公路和港口的位置及周边地理环境。一个多小时的察看，他们谈笑风生，脸上露出笑容，看来对工程的进度非常满意。评估团负责人法伊兹·穆夫利哈·杜赛利对我说："钦州港项目进展顺利。愿真主保佑，钦州港工程预计再过7个月，即10月即可完成。"

他还自豪地告诉我，第一次访问中国是七年前。他说："七年来，中国发生了显著变化，我亲身感到，中国人民是伟大的人民，勤劳的人民，他们真诚地热爱自己的国家，很有想象力。他们需要外部

基金会评估团在钦州考察。

评估团负责人法伊兹与笔
者交谈。

支持，但仅仅是财政援助。我祝愿中国越来越强。"

　　科威特与中国双边财政合作的众多项目在辽阔的中国大地开花
结果，为促进当地的经济发展、改善人民生活水平起到积极作用。
这是友谊的象征、真诚的印记和永恒的典范。

　　在当今实施习近平主席提出的"一带一路"的倡议中，科威特
与中国的合作项目将发挥不可磨灭的作用，厦门机场和钦州港等工
程将架起连接亚非欧大陆的彩虹般的桥梁。

中阿经贸交往第一人

——记"中国阿拉伯友好杰出贡献奖"获得者阿德南·卡萨

他生于雪松之国——黎巴嫩，曾担任诸多重要职务：国务部长、经贸部长、工商会主席、阿拉伯农工商会总联盟主席、国际商会主席等。他是政治家、企业家和经济学家。在 20 世纪五十年代新中国成立之初，他首开先河，率先开辟了阿拉伯国家通往中国的经商之路，在中国和阿拉伯国家政治、经济、商贸和金融舞台上，功勋卓著。他是 21 世纪中阿友好的楷模，是走在"经贸、金融一带一路"上的筑路者与践行者。

他就是阿德南·卡萨，黎巴嫩法兰萨银行董事长——"中国阿拉伯友好杰出贡献奖"获奖者。

从机遇到建立终身牢固关系

20 世纪五十年代初，20 岁的阿德南·卡萨和 18 岁的弟弟阿迪勒·卡萨，告诉父亲瓦菲克，他们不准备步他的后尘，而打算涉足商界。他们的父亲是著名法官，还曾担任黎巴嫩驻巴基斯坦大使。

由于他俩一再坚持，父亲便同意了他们的选择，并祝愿他们成功，还给他俩少量的资金，支持他们起步，实现他们的创业目标。卡萨两兄弟于 1954 年去卡拉奇，在那里遇到了当时正在巴基斯坦采购棉花的中国企业家代表团。就在这个城市，他们开始与中国结缘，进

入漫长而崭新的历程。

中国代表团感受到卡萨两兄弟的亲切热心，于是便邀请他俩去香港。1954 年，他俩首次启程前往中国。这是他们人生的转折点，开始建立中国与黎巴嫩、阿拉伯世界和整个国际商业的经济关系。这种关系持续发展，最终成果丰硕。中国国家主席习近平 2016 年 1 月在埃及进行国事访问期间，授予阿德南·卡萨"中国阿拉伯友好杰出贡献奖"，他一生用友爱和互助孜孜不倦编织的友好关系达到了高潮。

阿德南·卡萨说："我们认为，中国特别重要，因为中国教导我们如何领会耐心、坚持和关注细节的意义。毫不夸张地说，中国是一个伟大的学校，我们学到了很多，包括谈判、商贸工作和领导企业的艺术和规则；建立信任和互惠互利的原则；建立目标、坚忍不拔、持之以恒直至达到目标等。我们树立积极的信念，一直努力工作，通过多年的奋斗，建立了引以为豪的牢固而伟大的友谊。"

与黎巴嫩签订的非常协议

卡萨两兄弟成功地编织了与中国官员和企业家最好的关系网络，为黎巴嫩与中国建立关系提供了便利。1955 年，黎巴嫩和中国签订了贸易协定，这是一个无与伦比的先例，因为当时黎巴嫩并没有与新中国建立外交关系，甚至尚未正式互相承认。黎巴嫩是世界上第一个这样做的国家。黎巴嫩当时只承认台湾是中国的代表，事后，台湾方面通过其驻贝鲁特大使馆提出了无济于事的抗议。直到 1972 年，黎巴嫩才与中国建立了外交关系，并得到国际公认。2016 年 7 月，在北京举行了"一带一路在中国：贝鲁特至北京"的系列活动，同时庆祝中国与黎巴嫩建交 45 周年。系列活动由"法兰萨银行"集团主办，有众多的中国、黎巴嫩和阿拉伯人士参加。

事实上，卡萨兄弟能成功地向中国代表团发出官方邀请是一个巨大的挑战，过程是非常艰难的，因为这包含政治和外交矛盾。但勇于面临挑战是卡萨兄弟的突出特点，他们不辞劳苦，积极努力，终于从远见卓识、具有感召力的黎巴嫩总统加米耶勒·夏蒙那里获得了邀请。阿德南·卡萨亲自把邀请函交给了1955年第一次参加大马士革国际博览会的中国代表团。

卡萨兄弟当时之所以这样做，是因为深知这个巨大国家的重要性和潜力，预感到中国将站立在世界最大经济体的行列。因此，他俩不仅在当时抓住机遇，发展个人业务，而且还敞开大门，去发展中国和黎巴嫩之间最佳的经济关系，从而建造第一座阿拉伯世界通向中国和周边国家市场的大桥。自古至今，黎巴嫩商贸繁荣，他们深信贸易在建立各国人民之间起着最佳的连接作用。

黎巴嫩和中国的关系根深蒂固，历史久远，可以追溯到公元前2世纪到4世纪的丝绸之路。这条蓬勃发展之路是从中国开始，一直到苏尔、赛达、贝鲁特和朱拜勒海岸的一条漫长的贸易路线，再从那里开始，形成了通往欧洲和世界其他地区的海上之路。当时黎巴嫩人的祖先腓尼基人是大海的主人，是制造商和熟练的航海员。他们用秘方——摩尔克斯钟的紫荆把丝绸染上颜色，然后把加工的丝绸出口到各地，也有一些返回中国。

黎巴嫩第一次升起中国国旗

卡萨两兄弟为建立黎巴嫩与中国的商贸关系，并通过黎巴嫩建立整个阿拉伯世界与中国的经贸关系立下了汗马功劳。1955年，他俩积极推动黎巴嫩政府在当地建立第一个中国驻黎巴嫩的经济代表处。事实上，他俩没有停止脚步，而是继续前行，不断做出巨大的努力，直到中国的第一个商务代表王利望（译音）先生上任，在黎巴嫩升起中国国旗。

行程并不像丝绸那样滑润

经过与在香港的"中国资源"集团长期和成功的交往,卡萨两兄弟被邀于1956年12月访问北京。从香港去北京是一个漫长而困难的旅程,要先坐火车从香港到广州,再乘飞机从广州到北京。当时乘坐的飞机是装有俄罗斯发动机的美国老式飞机,一次只能飞1个半小时左右,到时间飞机就得停在草坪上加油。从北京回香港的旅程也很不稳定,而且负担更重,因为他们要拖着满满的行李箱,里面装着小册子、宣传品和各种产品的样品,其中包括食品、中国工艺品、文具、玻璃器皿和陶瓷品等。

从1956年开始,这样的旅行已经成为卡萨两兄弟一年一度的惯例。

冲破封锁

卡萨兄弟打开了中国产品通向黎巴嫩等阿拉伯国家甚至非阿拉伯国家的大门,这些国家包括:科威特、沙特阿拉伯、约旦、摩洛哥、土耳其及一些欧洲国家等。这些国家当时不清楚中国生产的产品和作物,不了解中国的潜力、创造力和进出口情况。兄弟俩并不满足以上的一切,一直继续通过官方和民间的途径打开中国与阿拉伯地区及整个世界的通道。

从黎巴嫩走向阿拉伯世界

1972年,阿德南·卡萨当选为贝鲁特商工会主席。他一上任,就把目光对准中国。他率领了第一个黎巴嫩企业家代表团到中国,致力于与中国构建联系。自此以后,他组织了大量的黎巴嫩最高级别的代表团到中国访问,最重要的出访是2002年同黎巴嫩已故总理拉菲克·哈里里出访,哈里里总理坚持要他陪同前往中国,充分表明黎巴嫩赞赏阿德南·卡萨在重新开通向中国的丝绸之路中的突出作用。

卡萨还担任阿拉伯商会的第一副主席，1981 年，组织了第一个阿拉伯商会代表团成功访问中国。同时，他会见了时任中国副总理的姚依林。这次访问为中国与阿拉伯世界之间商贸领域的合作铺平了道路。

1988 年，由于他的努力，阿拉伯—中国联合商会建立了。联合商会由阿拉伯联合商会同中国贸促会共同组成。卡萨代表阿方在成立协议上签字，以后他连续几届担任联合商会会长。联合商会在发展中国与阿拉伯世界之间的经贸关系发挥了巨大作用。之后，中阿联合商会在北京、贝鲁特、安曼、大连、迪拜和上海等城市举行过会议。

阿德南·卡萨坚信，个人社交是建立和发展更密切关系的关键，所以他积极组织阿拉伯和国际各界参与在中国举行的各种论坛、会议和展览。与此同时，卡萨一直受到中国政府最热情的接待。很显然，阿德南·卡萨对中国和中国人民的热爱，对中黎、中阿关系发展持续的关注，已经使得中阿双方获利。中国和阿拉伯世界之间的贸易和相互投资已成倍增加。现在，中国是大多数阿拉伯国家最重要的贸易伙伴之一。

短暂的采访

1995 年 10 月 4 日下午，中阿联合商会理事会第一届联席会议在中国国际贸易促进委员会会议大厅内召开，我作为记者采访。经黎巴嫩驻华大使法里德·萨马哈的介绍，我认识了阿德南·卡萨，并同他第一次握手。记得当年我快 60 岁，看他的年龄和我相差不多，都是 20 世纪 30 年代诞生的。

阿德南·卡萨时任中阿联合商会阿方主席、阿拉伯国家农工商会总联盟副主席，会议结束后，我对他进行了短暂的采访。首先，他对首届理事会的成果表示满意："这届会议取得了不少成果。阿拉伯国家的企业家表达了对发展中阿经济和贸易关系的愿望，认为进一步发展阿中经贸合作的潜力是巨大的，是无可限量的。"

阿德南·卡萨先生接受采访。

在提及中阿双方可合作的领域时，他指出，金融和投资的合作，构成阿中合作的基本轴线。工业方面，可在制药工业、草药加工工程、机械零件制造、纺织和成衣工业、阿拉伯国家石化工业的扩建和开发等方面进行合作或联合投资。农业方面，可在遗传工程技术、旱地灌溉技术、食品加工等项目中合作或联合投资。为了加强双方合作，可建立一家阿拉伯—中国合资银行，为贸易往来和扩大金融业务提供方便。除此以外，应鼓励和发展双方旅游合作，举办贸易展览会，召开专业研讨会等。

他特别强调信息交流的重要性："当前，双方都对对方缺乏了解。应该着手收集和交流双方在经济和投资的立法情况，各行各业的经济发展状况等。中阿双方应建立一个信息中心，为阿中联合商会会员和企业家服务。现在，阿拉伯农工商总联盟出版了一些刊物，其中包含阿拉伯各国的经济现状，也可刊登中国经济发展近况和贸易招商信息等。"

由于阿德南·卡萨还要接受其他新闻媒体的采访，我的采访时间不能占用太多，只得让位。

走向国际商业世界

阿德南·卡萨不仅努力发展中国与阿拉伯世界的关系，而且还积极促进中国与国际商界发展关系。1985年，他率领了国际商会代表团对中国进行首次正式访问，并于1997年在上海主持了国际商会第32次会议。之后，他当选为国际商会的1999—2000年的主席。这是唯一一位阿拉伯人担任这一高级职务。他尽力争取中国成为这一世界组织中的一员，并取得了成功。他个人积极关注国际商会第一届中国全国委员会在中国召开。今天，中国是这个著名的国际商会积极而有影响力的会员。中国国际商会现有全球140多个国家私营企业的会员。

阿德南·卡萨在国际商会任职期间，坚持不懈地努力实现两个重要的目标：第一是促成发展中国家私营企业，特别是中国的民营企业参与国际商会；第二是敦促世界私营企业担当社会责任，为社会提供需求。

阿德南·卡萨用信念武装自己，费尽周折，最后取得成功。2000年，他率领由国际大公司组成的高级别代表团，与当时的联合国秘书长安南签署了"全球契约"。该契约包含有关可持续发展的资源、负责任的商业实践、环境、人权、劳工和打击腐败等方面的10项原则。

五十年的友谊

中国各级领导都高度赞赏阿德南·卡萨。2007年中国政府授予他"五十年友谊奖"，宣布他是中国和中国人民五十多年的老朋友、真朋友，时任中国副总理回良玉接见并给予他高度评价。阿德南·卡萨也表示，为自20世纪50年代开始用友爱精心栽培的两国关系的快速发展感到自豪。同时，中国国际贸促会万季飞会长授予他荣誉理事。

荣誉印证了阿德南·卡萨半个世纪以来，为加强中阿的友谊所

卡萨先生（右2）接受中国朋友赠送的一幅中国国画。

做出的贡献。这个奖项也表达了对阿德南·卡萨会长为加强和发展
中国与阿拉伯国家和整个世界的贸易和经济关系的感谢和赞赏。

建设"丝绸之路经济带"

　　2015年5月，为庆祝中国与阿拉伯世界的第一个贸易协定——
《中国和黎巴嫩贸易协定》缔结60周年，阿德南·卡萨和阿迪勒·卡
萨在中阿企业家第六届大会和第六届投资论坛期间，在黎巴嫩举行
盛大的庆祝活动。活动由阿拉伯国家商会总联盟主办，中国人民政
治协商会议副主席王正伟代表中国政府专程前来参加活动。阿德
南·卡萨在大会上发表了讲话。他说："过去我相信，现在我仍然相
信自由贸易的重要性。我不关心其他任何逻辑，这些逻辑是违背我
的原则和我与各国人民建立商贸合作关系和维护世界和平重要性的
理念，特别违背我对一个像中国这样美好国家的信念。我迷恋中国
的辉煌，热爱和忠于友善和有古老文明的中国人民。"

　　论坛取得了巨大的成功，与会者对黎巴嫩的印象非常积极，会上放映了精彩的视频图像，介绍了黎巴嫩的美丽风光、投资环境和潜力等。论坛还向与会者介绍了中国在复兴丝绸之路方面实施的庞大项目，有望把中国和阿拉伯世界战略关系发展和提高到新的历史水平。论坛期间，中国和黎巴嫩等阿拉伯国家签署了很多合作协议。

　　2015 年 5 月，主要组织者法兰萨银行在威尼斯酒店举行盛大晚宴，庆祝黎巴嫩和中国于 1955 年签订的贸易协定 60 周年。出席晚宴的有中国、黎巴嫩等阿拉伯国家的高级官员、各方负责人等。晚宴布置得十分雅致，反映了阿拉伯和中国两种传统文化之间的和谐和牢固联系。一幅沙画生动地描绘出古代的丝绸之路，引起了嘉宾的极大兴趣。晚宴上放映的视频集锦，介绍了卡萨兄弟与中国结成的历史悠久的友谊。中国代表团团长、全国政协副主席王正伟、中国大使姜江和卡萨兄弟还切了蛋糕。

习近平主席颁发 "中国阿拉伯友好杰出贡献奖"

　　2016 年 1 月，中华人民共和国主席习近平向阿德南·卡萨颁发了 "中国阿拉伯友好杰出贡献奖"，这是对他为之奋斗的友好事业的最高奖赏。阿德南·卡萨表示万分感谢和无比激动，这证实中国对他给予特别的关注。卡萨本人对中国非常崇敬和赞美。他强调说："这个奖项对我来说是一个莫大的荣幸和自豪，因为我是从世界上政治和经济方面最具影响力的领导人手中接过这个奖项的。中国在我的心中占有特殊的地位。这是习近平主席 2016 年第一次出国访问，先到沙特阿拉伯，然后去埃及。无疑，将有助于中国—阿拉伯国家在各领域的合作。黎巴嫩和阿拉伯世界愿意做出一切必要的努力，扩大与中国的合作。"

"一带一路到中国：贝鲁特至北京"

在获得荣誉后，卡萨不认为这是前进的终点，相反，他还将满怀热情地继续为发展彼此关系而奋斗。在黎巴嫩与中国建交45周年之际，法兰萨银行主办了 "一带一路到中国：贝鲁特至北京"的系列活动。活动从2016年7月15日开始，持续15天，由中国、黎巴嫩和阿拉伯诸多人士参与，包括黎巴嫩产品展、美食节等。活动取得了巨大的成功。7月18日，法兰萨银行集团还举办一次经贸研讨会，120家中国公司的代表和黎巴嫩代表团出席了会议。

与中国的永恒友谊

无论在黎巴嫩还是其他国家，卡萨两兄弟总是满怀热情，连续不断地接待中国代表团，充分反映他俩与中国的深情厚谊，接待他们，好像在迎接自己亲朋好友。

2014年9月，法兰萨银行集团举行晚宴，款待中国驻阿尔及利亚大使杨广玉先生阁下，出席晚宴的有100多位客人。阿德南·卡萨说："我们必须对中国产品有信心，并努力推销。如今的中国是大多数阿拉伯国家的第一大贸易伙伴，双方的贸易额都估计达数十亿美元。阿尔及利亚也目睹了来自中国投资额的飞速增长，去年（即2013年）从中国的进口额就达40亿美元，中国成为阿尔及利亚的第一大贸易伙伴。"

在谈到中国在卡萨家庭的地位时，卡萨说："中国在我们心中永远是心爱的。从这点出发，我和我的弟弟决定收购法兰萨银行大部分的股票，并在中国建立一个本银行的办事处。这在我们地区是第一家，以服务中国企业和与中国有来往的黎巴嫩、一些阿拉伯和世界其他国家的企业。这些国家包括法国、阿尔及利亚、苏丹、白俄罗斯、叙利亚、伊拉克、阿联酋、塞浦路斯、俄罗斯和非洲国家等。这使法兰萨银行成为中国在金融业方面必不可少的伙伴。"

在有 27 家子公司并直属中国驻伊拉克使馆领导的中华总商会的支持下，法兰萨银行于 2015 年 10 月主办了一次由中国公司参与的金融论坛。

卡萨家庭接待过各个不同层次的中国代表团。在家宴请已是一种惯例，其中有 2015 年 5 月，设午宴欢迎来贝鲁特参加中阿论坛的中国代表团。其实，卡萨两兄弟的这种惯例早在 1955 年就开始了，当年曾邀请中国商务部副部长率领的第一个中国代表团到家做客，他们是前来签订中黎第一个贸易协定的。

法兰萨银行——进驻中国的第一家阿拉伯银行

在 20 世纪八十年代，因为黎巴嫩国内发生动荡，一些外资银行撤离了黎巴嫩。但是卡萨两兄弟远见卓识，对黎巴嫩的未来充满信心，深知银行在重建国家中的作用，于是收购了法兰萨银行的大部分股份。法兰萨银行是黎巴嫩历史上最悠久的银行，成立于 1921 年。由于他俩的精心管理，英明开拓，使法兰萨银行成为黎巴嫩领先的银行，世界上超过 11 个国家的法兰萨银行的分支机构都有很高名望。

银行业是黎巴嫩经济的中流砥柱，而法兰萨银行在黎巴嫩银行业中起到了主要作用。卡萨两兄弟把法兰萨银行与世界上主要国际金融机构间的合作提高到了新的水平。这些主要国际金融机构包括：国际金融公司、欧洲投资银行、德国 (DEG) 公司、法国 BPCE 集团公司等。此外，法兰萨银行加入了社会责任"全球契约"，成为加入该契约的第一家黎巴嫩银行。30 多年来，法兰萨银行同中国的银行也建立了稳固的合作关系。

2015 年 11 月，法兰萨银行在腓尼基洲际酒店举办了一次中国—阿拉伯国家银行业对话会，并举行了盛大的晚宴，款待出席阿拉伯银行第 20 届年会的各国嘉宾。这届年会由黎巴嫩总理塔马姆·萨拉姆主持。目前，黎巴嫩在金融和银行系统方面具备诸多的优越条件，中国各银行在黎巴嫩都设立了分行。

开扩旅游发展的前景

事实上，在同中国的合作方面，法兰萨集团不仅仅限于商业和金融业，而且还包括其他重要的关键领域，特别是旅游业。2015年10月，与圣假日之旅合作，并得到黎巴嫩旅游部、中国驻黎巴嫩和银联国际的支持，接待了20个中国国内顶级旅行社等。这次旅游合作卓有成效，成功地推销了黎巴嫩的旅游产品。中国新华社也发了两篇精彩的报道，表示旅游是"一带一路"倡议的新焦点。

为欢迎旅游者的到来，集团特地举行了招待会。参加招待会的有黎巴嫩旅游部长米歇尔·法尔欧，中国驻黎巴嫩大使和200多位各城市、酒店、餐馆、旅游景点和旅游业的代表。阿德南·卡萨在招待会上发表了讲话："我们已经克服了最大的障碍和挑战，与中国建立了历史性的成功关系。今天，我们看到中国是全球经济大国，是大多数阿拉伯国家的最大贸易合作伙伴和投资者，我们发自内心地感到骄傲。希望在我们个人同中国的独特关系的基础上，继续为黎巴嫩和中国共同的利益服务。"

这就是阿德南·卡萨和阿迪勒·卡萨与中华人民共和国的故事，是属于他与大地、与家园——他的祖国黎巴嫩的故事。

在过去60多年时间里，阿德南·卡萨和阿迪勒·卡萨与中国建立了恒久的关系，成为最早与中国交往的阿拉伯人。他俩视中国为人生中最重要的学校。今天，他俩继续沿着20世纪50年代初开辟的大道奔波，并嘱咐他们的子孙后代要继续沿着他们的道路走下去，为他们与中国固有的友谊，为中国与黎巴嫩两国文化交流和商贸往来竖立新的里程碑，使几千年的中黎关系更加蓬勃发展。

体育篇

"我对中国很放心"

——缅怀亚奥理事会前主席法赫德亲王

1990年8月2日，前亚洲奥林匹克理事会主席谢赫·法赫德·阿哈迈德·萨巴赫亲王在保卫科威特祖国、抵御伊拉克入侵的战斗中不幸阵亡。起初，我对此半信半疑，但媒体的报道证实他在战斗中倒下了。我对他的逝世深感惋惜和痛心，深深地缅怀这位亲王，因为我曾两次采访过他。

1986年9月，我有幸参加在韩国举行的第十届亚运会的采访报道。一到汉城（今称首尔），我就拟定了采访这位亚洲体育第一人的计划，可是一直没有机会遇见他。一个星期后，机会终于来到了。一天上午，法赫德主席和亚奥理事会领导成员一起来到我们工作的亚运会新闻中心视察工作。中午，在新闻中心餐厅就餐。我看时机已到，便立即上前找到法赫德的秘书，并向他提出采访法赫德的要求。秘书听我能讲一口阿拉伯语，便当场同意并给了一个电话号码，要我日后与他联系。经过多次通话，最后确定于9月28日上午10点，在法赫德下榻的洛特尔饭店进行采访。

9月的汉城秋风艳阳，姹紫嫣红。那天，我驱车前往采访，北行数公里，穿过汉江隧道，来到汉城市中心。这里高层大厦鳞次栉比，商店橱窗耀眼醒目，汽车穿梭来往，一座古城门坐落在十字路中央，给人以古今合璧的印象。

我按时来到了法赫德亲王下榻的洛特尔饭店。步入他的套间，亲王已坐在会客室内等候，见到来客，立即起身热情迎接。他身穿

笔者在汉城（今称首尔）采访法赫德。

白色长袍，头上裹着套有黑箍的白色头巾。他身材魁梧，仪表庄重，显得精明能干。

采访的前几天，他再次当选为亚奥理事会主席。我首先向他祝贺连任，并请他谈谈下一任4年的打算。他高兴地说："今后4年，要在亚洲体育水平和管理技术方面有所提高；要密切亚奥理事会成员国之间的关系，增进他们之间的友谊；为办好在北京举行的第十一届亚运会而努力。"

在谈到亚洲体育运动时，他深有感触地说："每举办一次亚运会，就可总结出许多积极因素，也可发现一些消极因素，要扶植积极的方面，避免消极的方面。可以设想，北京亚运会将会比以前几届办得更好。"

法赫德亲王是中国人民和中国体育界的好朋友，为加强中科两国人民和运动员之间的友谊做出了不懈的努力。他曾先后4次访问过中国，在我采访他之前，曾3次来华。他说："在访问中国以前，我们受一些恶意宣传的影响，有些不正确的想法。但一到中国，发

现我们在中国的朋友很多，中国人民好客、善良、友好。"

1981年，法赫德曾率科威特国家足球队来华参加世界杯亚太地区预选赛，他对中国足球和其他运动项目的水平颇为了解，对中国大力发展体育事业大加赞赏。他深有体会地对我说："中国非常重视发展体育运动，我可以举一个例子加以说明。中国和科威特两国足球队曾多次交锋，第一次，我们以6：0击败中国队；两年后，又以3：0战胜你们队；又过两年，我们两队踢成平局；最后一次，中国队战胜了我们，这足以证明中国体育运动的发展。"

谈话结束后，我递上笔记本请他题词留念。他写道："最美好地祝愿中国朋友在第十届亚运会上取得好成绩，祝中国在筹办第十一届亚运会中取得成功。"

采访汉城亚运会的非阿拉伯国家的记者中，懂阿拉伯语的极少，法赫德对能用阿拉伯语回答记者的提问感到特别的高兴，他对我说："在汉城，这是我第一次接受外国记者用阿拉伯语采访。"最后，他告别我时说："我们北京再见！"

这次采访受到各方的重视，录音专访稿除国际台阿拉伯语广播节目用外，也被国际台其他30多种语言节目采用。《美国之音》也采用了这次录音采访。

时光迅速流逝，3年之后，我们终于又见面了。1989年8月，法赫德亲王率领亚奥理事会代表团再次来到中国，在刚建成的月坛体育馆，他主持了亚洲手球锦标赛的开幕式，发表了热情洋溢的讲话，怀着极大的兴趣和喜悦的心情观看了几场比赛。事后在评价这届手球锦标赛时，他说："无疑，不论从居住还是饮食和交通等各个方面来看，它确实是一届组织得极佳的锦标赛。"

在到达北京的第二天，法赫德主席就和中国奥委会主席何振梁进行了会谈，听取了有关中国奥委会工作的介绍，并就有关1990年北京举办第十一届亚运会、加强中国和科威特两国体育关系等问题交换了看法。法赫德对亚运会期间一些体育代表团的宗教活动特别关心，组委会告诉他，亚运村有4个不同面积的房屋，专门作为宗

法赫德（左1）在张百发副市长（右1）陪同下视察亚运会工程。

教功课用。法赫德对组委会的工作十分满意,建议加强亚运会的宣传,让亚洲和世界青年了解中国为举办好亚运会已做好了充分的准备。

　　法赫德十分细致地视察了亚运会部分建设工程。在奥林匹克体育中心,他参观了田径、游泳、跳水等体育设施建设,对一些体育场馆的别致造型兴趣很大,负责建筑游泳馆的有关人士向他介绍,这个游泳馆建成后,将是亚洲最漂亮、最先进的游泳馆。他听后,脸上露出满意的笑容。在亚运会计算机中心,他兴致勃勃地坐到检索设备前,查询了模拟的射击成绩。计算机中心的负责人向他解释说,通过这个中心可以查阅比赛成绩及其他背景资料,法赫德听后表示满意。他对正在建设中的工程进展非常关注,多次问到工程何时完成,何时交付使用。在视察结束前,亲王向站在他身旁的中国国家体委的负责人说:"我对目前已完工的体育设施和场馆,很满意、很放心、很赞赏。我放心是因为这些设施均可在亚运会前完工,所有工程都符合有关的国际标准。"

　　中方对法赫德主席的来访十分重视,国家主席杨尚昆在百忙中

会见了他，并进行了热情友好的谈话。杨主席说："中国政府和北京市政府把举办亚运会当作一件很大的事来办，一直在尽全力做好亚运会的准备工作。现在，中国的局势是稳定平静的，已经具备成功举办亚运会的条件。我们一定做好各项准备工作。"法赫德主席说，在我来华之前，西方舆论曾宣传说，北京亚运会工程准备工作还没有开始。到了北京以后，看到中国有关方面每天夜以继日地为亚运会的成功踏踏实实地做了大量准备工作，使我很高兴，也放心了。如果有人想借机破坏，那将是无济于事的。

次日，我们"国际电台""新华社""人民日报"等新闻单位的记者按时到了法赫德下榻的饭店，在那里足足等了一个半小时。最后，法赫德办公室临时取消了采访。眼看通过官方渠道有困难，只能通过私人接触。经接待部门的同意，我直接用阿拉伯语与法赫德办公室负责人联系。几经催促，两天后，法赫德办公室告诉我们说，法赫德只接受"国际电台"和"新华社"两家记者的采访，时间安排在当天的记者招待会之后。

第二天，法赫德的记者招待会开了一个多小时，回答了记者很多问题，他相信，中国完全有能力办好第十一届亚运会。记者招待会结束后，国家体委的礼宾官带着我和新华社的记者来到了法赫德的高级套间。

法赫德（右2）举行记者招待会。

一见面，我们好似久别重逢的老朋友，法赫德伸开双手，同我们一一握手，表示欢迎。这次，他身穿一套深蓝色的西服，更显神采。当我提及上次汉城第十届亚运会期间采访他的情景时，他愉快地对我说："那次采访，我记忆犹新。"

有关北京亚运会组委会的工作，我问法赫德作何评价，他表示十分满意。他说："我对组委会开诚布公地说，除新闻宣传外，我没有发现什么毛病。我对中国很放心。"

我长年从事对外宣传，对他提出的新闻宣传问题颇感兴趣，很想听听他对搞好对外宣传的高见。他非常坦率地说："我认为，应该请外国记者来中国采访亚运会，同时，国内的新闻机构应向国外介绍已完成的各项工作。媒体应利用举办第十一届亚运会的机会，向中国境外公民进行宣传。你们中国人有一个习惯：只干活，不说话。这是个好习惯，但现在是在筹办全世界青年关心的亚运会，应该向他们传递信息。否则，某些人或反面宣传就会说什么'中国没有做好准备，设施没有完工，设备还未安装'等等。如果你们加强宣传，那些阻碍北京亚运会举行的企图就无法得逞。"我们和法赫德亲王谈兴正浓，但限定的时间已到，我们不得不停止采访。分手前，我们利用最后一二分钟的时间，与法赫德亲王合影留念。

我的相册里，留着在首尔和北京与法赫德亲王合影的照片。每当翻看时，眼前浮现出他目光炯炯、精神焕发的神态，耳边回荡着他爽朗的笑声和亲切的谈话，那句"我对中国很放心"的话语一直久久留在我的脑海里。

第一支叙利亚举重代表团在北京

1966 年 5 月，北京举办了新兴力量举重邀请赛。阿尔巴尼亚、柬埔寨、斯里兰卡、日本、朝鲜、巴基斯坦、巴勒斯坦和叙利亚等 8 个国家应邀参加。

5 月 18 日，叙利亚代表团到达北京。第二天，他们就投入了紧张的赛前练习。他们熟练的动作、充沛的力量给现场观摩的人们留下很好的印象。

5 月 20 日晚，新兴力量举重邀请赛在北京体育馆胜利开幕，标志着各国人民在反对帝国主义和修正主义垄断国际体育运动的斗争中取得了一次重大胜利。

来自 8 个新兴国家和中国的代表团一起，随着雄壮的《运动员进行曲》精神抖擞地步入会场。全场观众长时间鼓掌，热烈欢迎各国运动健儿。乐队高奏《中华人民共和国国歌》以后，举重邀请赛组委会主席、中国举重协会主席钟师统致开幕词。他说："参加这次邀请赛的各国代表团观察员，不顾美帝国主义新老殖民主义及其走狗的威胁和破坏，相继来到北京，这是世界各国人民团结反帝的积极表现，是对世界人民体育运动的发展所做的一次重大贡献。这一事实充分说明，本着增进友好、相互促进、共同发展、团结反帝的精神，发展各国体育方面的友好往来和国际比赛，是世界各国人民和运动员的共同愿望，这是任何反动派所阻止不了的。"

开幕式以后，举行了第一个级别——次轻量级的比赛。叙利亚 25 岁的选手富阿德·哈亚特取得第三名。第四天，叙利亚重量级选手穆罕默德·萨米哈·穆达拉勒的推举和挺举总成绩均打破了第一届新

笔者采访叙利亚举重运动员穆罕默德·萨米哈·穆达拉勒（右3）。

运会记录。中国少先队员在乐曲声中把鲜花献给这位叙利亚选手。

比赛结束后，我采访了穆达拉勒先生，请他谈谈参加这次比赛和打破新运会记录后的感想。他说："当然，我很高兴，因为我能在兄弟的人民中国打破记录。中国兄弟的鼓励是我一生中从未见到过的，这种鼓励帮助我打破了记录。这次我们是做出牺牲来到北京参加新兴力量举重邀请赛的，因为我认为，国际举重联合会将永久驱逐我们。尽管如此，为了给美帝国主义和国际举联一记耳光，为了增进中国和叙利亚两国人民的友谊，我们来到了中国。"

邀请赛在5月24日结束，这是一次高水平的比赛，一次友好团结的盛会。各国运动员创造了令人鼓舞的出色成绩，三次打破了世界记录，平一项世界记录，四十四次刷新了十九项第一届新运会记录。

在比赛过程中，各国选手互相关怀、互相学习的事迹处处可见。在比赛的第二天，中国运动员黎纪源在最轻级抓举时手臂受了伤，叙利亚教练和运动员都来到休息室慰问，希望他早日恢复健康，创造新纪录。叙利亚朋友的关怀，使黎纪源很受感动。

比赛结束后，各国选手来到春光明媚的颐和园。最先进入颐和园的叙利亚、巴勒斯坦和阿尔巴尼亚朋友，焦急地呼唤着中国、朝鲜、日本、锡兰、巴基斯坦、柬埔寨、几内亚、马里和阿扎尼亚（南非）的战友。来了！来了！战友们立即响应。他们汇合在一起，让记者拍下这团结反帝举重队伍的合影。接着，各国战友携手漫游，叙利亚和巴勒斯坦朋友情不自禁地唱起充满热情的阿拉伯歌曲《我们是青年人》。

才思敏捷的叙利亚教练巴希尔·巴比利当场编了一支歌曲，唱出了自己对中国人民的赞美和深情："中国是和平的国家，英雄的故乡。"巴比利的歌声道出了叙利亚和巴勒斯坦朋友的共同感情，他们用雄壮的应和声，使巴比利的歌声更嘹亮、更有力。

各国选手们来到了昆明湖畔，有的在继续歌唱，有的在交流经验。中国选手季发元向叙利亚教练和运动员学习抓举的动作、举重的各种辅助活动。季发元也把自己关于怎样利用腰部力量的经验告诉了叙利亚朋友。这天，颐和园内充满了团结反帝的友情，给人留下了难忘的印象。

叙利亚举重代表团在结束了北京的活动后，前往南方各地访问。离京前，我对代表团团长尼扎尔·纳希德先生进行了简短的采访，请他谈谈参加这次国际举重邀请赛后的感想和对中国的印象。

尼扎尔团长说："中国现在已成为世界大国之一，有强大的力量。举重邀请赛组委会干得非常出色，比赛取得了巨大成功。我们没有找到任何不足之处，因为一切都准备得非常完善。除此以外，所有参加比赛的代表团之间充满友好的气氛。叙利亚代表团祝贺组委会取得这些成就，并祝贺中国优秀运动员打破第一届新兴力量运动会记录和一些世界纪录。"

他特别强调说："中国一贯站在巴勒斯坦和阿拉伯人民一边，反对帝国主义和殖民主义。我们为有坚强的中国人民的支持感到自豪。叙利亚人民和中国人民之间有着牢固而坚强的友谊，愿这种友谊万古长青。"

"为增进友谊而来"

——记苏丹首支田径队访华

1977 年 7 月，首支苏丹田径队应中国国家体委的邀请，前来中国进行为期两周的友好访问和友谊比赛。苏丹朋友先后访问了北京、上海和南京，并与中国运动员进行了三场比赛，我进行了全程跟踪采访报道。由于苏丹田径队人数较多，除体委自己配翻译外，还从外单位借调翻译，其中有后来任商务部副部长的龙永图。

苏丹田径队的全体中国翻译和记者，左 2 为龙永图，左 1 为笔者。

总统作指示

田径队一下飞机，领队艾哈迈德·提加尼·加里就对中方主人说："我们有机会访问毛泽东缔造的伟大的中华人民共和国，感到非常高兴。田径队紧接尼迈里总统访华后，来到中国。在离开喀土穆的时候，尼迈里总统作指示：'你们这次访问不仅是去比赛，更重要的是为扩大两国间的合作基础，为加强两国人民间的友谊，开辟广阔的新前景，让苏丹中国友谊的旗帜永远飘扬。'"

是的，他们是这样说的，也是这样做的。田径队在南京期间，阴雨连绵，比赛是否还继续进行呢？领队艾哈迈德斩钉截铁地说："一定要进行，即使赛不成，也要进行表演，我们是为友谊而来。"

友谊之花盛开

中国和苏丹田径队的第一场比赛是在北京先农坛体育场举行的。两国运动员以两国国旗为前导，精神抖擞地随着乐曲进入会场。

七月的北京，已进入盛夏季节。当天下午，烈日当空，中苏两国人民的友谊也像烈日一样火热。1万多名观众不断为两国运动员鼓掌加油；两国运动员互相鼓励，互相学习，田径场上到处盛开友谊之花。

男子100米比赛开始。信号枪声一响，中苏两国运动员像离弦的箭一样向前冲去，观众们加油呐喊，运动员全力冲刺。最后，苏丹运动员迈基·法德勒·穆拉以10秒4取得冠军，并打破了苏丹10秒5的全国记录。比赛结束后，中国运动员涌上前去和他热烈握手、拥抱并合影留念。迈基还取得了200米第一名，也打破了苏丹全国记录。

哈里法·奥马尔·哈里法是苏丹著名的中距离赛跑运动员。这天，他参加了800米比赛。在整个比赛中，他一直领先，直至终点。中国运动员向他热烈祝贺，哈里法激动地说："我们今天的比赛是兄弟

中国和苏丹运动员合影。

之间的比赛。通过比赛，相互学习，共同提高。让我们为提高亚非国家的运动水平而努力！"

跳高场上，横杆升到 2 米 06，这个高度比苏丹全国记录高 1 厘米。这时，场上只剩两名运动员，一个是苏丹运动员拉谷·优素福，另一个是中国运动员詹永安。在拉谷试跳前，詹永安握着他的手用阿拉伯语说："加油！"拉谷试跳两次虽未成功，但詹永安对他说："没关系，以后一定能成功。"拉谷高兴地祝贺詹永安取得胜利。

北京的首场比赛共进行了赛跑、跳高、跳远和铅球等 12 个项目。两国运动员都取得了优异成绩，比赛从始至终充满着友好热烈的气氛。比赛结束后，双方运动员互相赠送纪念品、签名并合影留念。他们希望以后在喀土穆或北京再相会，为中国和苏丹两国人民的友谊大厦添砖加瓦。

苏丹田径队领队艾哈迈德· 提加尼·加里对北京比赛的组织和气氛十分满意。他高兴地对笔者说："这次比赛非常精彩。你们可能已经看到，我们的跳高运动员拉谷和你们的队员比赛的场景。他们

相互帮助，彼此鼓励。这般良好的精神，提升了比赛的气氛，使比赛既激烈又高尚。中国人民对于我们来说是不陌生的，我们支持友好的中华人民共和国进入国际奥运会和其他国际体育组织的前列。我们将同你们手携手，互相支持。中国苏丹友谊万岁！"

老朋友相逢

苏丹田径队和上海田径队的比赛氛围友好，上海市1万多名观众热情欢迎苏丹的朋友。参加男子100米的苏丹著名短跑运动员迈基·法德勒·穆拉和中国运动员曹建民是老朋友。比赛结束后，他俩亲切交谈，小曹对迈基说："1975年，我们访问苏丹时，受到苏丹人民的热烈欢迎和友好接待。今天，我们在上海相逢，一起比赛。通过竞赛加强了友谊，增进了了解。"迈基笑着应答说："我感到十分荣幸。我们同属第三世界国家，要努力提高我们的运动水平。"

跳高场上的气氛更为活跃，当拉谷试跳2米06的时候，大会广播员说这个高度比苏丹国家记录高1厘米，广大观众顿时爆发出热烈的掌声，鼓励他攀登新的高峰。拉谷在北京比赛时没有成功，这次在上海，第一次试跳也失败了。曾访问过苏丹的上海跳高运动员黄建怡走上前去，凑近他的耳朵说："加油！加油！"第二次试跳开始了，观众们屏住呼吸，注视着拉谷。只见他有节奏地大步冲到竿前，一个跃身，翻过了横杆，试跳成功了！霎时间，全场观众从座位上站立起来热烈鼓掌，举手欢呼！中国教练员和运动员纷纷上前向他祝贺，教练陈卓忠拉着拉谷的手说："你创造了苏丹新的国家记录，我们为你高兴。"拉谷激动地说："感谢你们的良好祝愿！我非常高兴在上海又和你们见面，并在上海创造记录。"陈卓忠拿出了两张在苏丹时拍摄的照片送给拉谷。拉谷看了又看，两位老朋友沉浸在美好的回忆中。

共同的历史遭遇

苏丹田径队在上海期间，访问了蕃瓜弄工人新村，参观了新村的照相机零件加工组和幼儿园。客人们还参观了解放前劳动人民栖身的"滚地窿"。一位老大娘告诉他们："解放前，我们广大劳动人民深受三座大山的压迫，过着食不饱腹，衣不遮体的悲惨生活。我一家六口人，就住在这样一个阴暗潮湿而又狭小的'滚地窿'内。解放初期，我们搬进了平房，现在又住上了楼房。"老大娘邀请苏丹客人到她家做客。在窗明几净的房子里，宾主亲切交谈。领队艾哈迈德·提加尼对老大娘说："在中国共产党和毛泽东主席的领导下，你们获得了自由和解放。在苏丹，我们的母亲和老人也有着相似的遭遇，过去，他们深受殖民主义和帝国主义的压迫。我相信，你们的日子会越来越好。"

客人们在蕃瓜弄的人行道旁，遇到一位74岁的退休老工人。艾哈迈德·提加尼向他致意后，问他现在生活与过去相比有何差别。老人用手指指天，又指指地说："差别大得很哪！真是天渊之别。"访问结束后，工人新村的老老少少站在车旁，热烈鼓掌，为苏丹朋友送行。苏丹朋友们激动地齐声高呼："苏丹中国友好万岁！万万岁！"在上海和南京访问时，苏丹朋友赠送给中方一批珍贵礼品，其中有一件是苏丹部族战士的木雕，他紧握长矛，手持盾牌，怒视前方。领队说："我们的长矛是对准帝国主义的。"

在北京，中国田径协会为欢迎苏丹田径队举行了宴会。席间，苏丹田径队领队艾哈迈德·提加尼发表了讲话，他义正辞严地说："我国人民不愿被别人控制，但苏联去年（即1976年）6月企图阴谋颠覆尼迈里总统的领导权。尼迈里总统指出，苏丹将成为他们的葬身之地。"

在参观南京长江大桥时，主人向苏丹朋友介绍了大桥建设情况，并讲述了苏联修正主义当局单方面撕毁协议，停止供应特种钢材，妄图破坏大桥的建设，但是中国钢铁工人在毛主席"独立自主，自

力更生"方针指引下，终于试制成功了特种钢材。苏丹朋友听了介绍和参观大桥后，心情十分激动："我们为伟大的中国人民所取得的成就而自豪。在反对帝国主义、殖民主义和社会帝国主义的斗争中，我们总是和你们站在一起，携手前进。"

苏丹朋友参观了中国共产党第一次全国代表大会会址，领队艾哈迈德·提加尼说："我们祝中国人民在中国共产党的领导下，不断取得胜利，勇往直前。苏联想吞并我们，包围我们，侵犯我们的意志。尼迈里总统号召我们掌握自己的命运，反对别人干涉苏丹内政，打倒以苏联为代表的社会新殖民主义。"主人对苏丹朋友说："不久前，苏丹政府限令撤走苏联军事专家，这一果敢行动大张世界人民的革命志气，大灭苏联社会帝国主义的威风。今天，共同反帝、反霸的战斗任务，把我们两国人民更紧密地联系在一起。"

按照尼迈里总统的指示，首支苏丹田径队为扩大中国和苏丹两国合作基础，加强两国人民间的友谊做出了贡献。中苏两国人民友谊的旗帜，正如尼迈里总统所说的，将会永远飘扬。

其他篇

奉献不老人生

——记沙特—中国友好协会主席阿卜杜勒·拉赫曼·本·阿勒杰里西先生

阿卜杜勒·拉赫曼·本·阿勒杰里西是沙特著名企业家，他靠着勤奋和精明，在60年里将一个只有1名员工的小公司发展成杰里西集团，业务涉及通信、计算机、家具、印刷等领域。他曾担任沙特工商会副主席、利雅得地区工商会主席和沙中友好协会主席。

面对挑战和失败

拉加巴村是阿卜杜勒·拉赫曼·本·阿勒杰里西出生之地，位于利雅得西北约120公里。他2岁时父亲去世，先是由祖父眷顾，后来由叔叔穆罕默德·阿勒杰赖西照管。叔叔穆罕默德十分宠爱他，对他照顾得无微不至，使他从未感到自己是一个孤儿。

在完成小学五年级课程并取得满意的成绩后，他叔叔就要求这个仅14岁的侄子到利雅得著名的企业家谢赫·阿卜杜勒·阿齐兹·纳塞尔那里去工作。他答应了叔叔的要求并担任了销售助理。但他刚开始工作时不太适应，同时还要做一些份外的工作，如为一位共事的商人到遥远的水井打水；这时候，他还遇到来自同事的巨大挑战。有一位同事，年轻积极，聪明伶俐，处处利用机会在主人面前显摆，成为他强有力的对手。

杰里西感到压力和失望，他回到叔叔家想辞去这份工作，但他很快就把这个想法抛之脑后，对自己说："为什么我要退缩，应该继续干下去。"就这样，他持续工作了 3 年之久，期间没有人知道他的工资到底是多少。

尽管面临这些挑战，但杰里西熟悉了管理和开发商贸业务，掌握了企业会计的准则，培养了刚毅忍耐的精神和认真工作的作风。堂兄曾建议他参与一个小的投资项目，他表示同意，但由于情况发生变化，这个项目没有继续下去。

在职业生涯中，杰里西克服了各种挑战，面临多次失败，最后，他的努力终于开花结果。他至今仍然记得并非常感激他的朋友，高度赞赏那些友谊。他认为，世界上如果没有忠实的朋友，那世界就没有意义了。

开拓中沙经贸交往

我与阿卜杜勒·拉赫曼·本·阿勒杰里西的初次相识是在 1998 年 6 月初。当时，沙特商业大臣乌萨玛·法基率领庞大的商贸代表团访问中国，代表团中包括沙特各行各业的企业家，其中就有杰里西先生。

他告诉我，沙中贸易早在 20 世纪 80 年代末，沙中建交（沙中建交日是 1990 年 7 月 21 日）前就开始了。确是如此，在中国改革发展之初，迎来了第一个沙特企业家代表团。那是 1986 年 11 月中下旬，由 12 位企业家和银行家组成的沙特阿拉伯企业家代表团访问了中国。我对他们进行了采访。

团长说："这是我们第一次访问中国，是一次具有历史意义的访问。沙特阿拉伯和中国的经贸交往历史悠久。这次访华的目的是加强两国的经贸关系，通过访问，进一步了解中国的经贸发展。我和我的兄弟目睹了中国在市政建设和工业发展方面的进步。感触最深的是中国领导人的直言不讳，他们毫无顾忌地谈到了中国在发展经济的过程中面临的困难，但对克服这些困难又充满信心。"

　　"我们聆听了他们有关中国和第三世界，特别是有关中国和沙特阿拉伯关系的精彩论述。他们向我们解说了中国对阿拉伯世界、巴勒斯坦问题、阿富汗问题的立场。外经贸部部长郑拓彬、中国人民银行行长陈慕华女士、化工部长、石油部副部长、贸易促进委员会会长，他们向我们介绍了中国第 7 个五年计划的执行情况和对未来的展望。"这次沙特阿拉伯企业家代表团访华虽未签署具体的协议，但扩展了中沙经贸合作的领域和渠道，为 1988 年 11 月中沙两国相互在对方首都设立商务代表处，甚至 1990 年 7 月中沙建交奠定了扎实的基础。

　　与杰里西第二次见面是 2011 年 9 月在宁夏银川市举行的第二届中阿经贸论坛。沙特企业家参观银川市清真食品和穆斯林用品，被具有浓厚地域特色的穆斯林地（挂）毯深深吸引，就其产品质地、加工工艺、图样设计、价格等问题与展厅工作人员深入交流。在品尝清真休闲食品和具有浓郁地方特色的回族盖碗八宝茶后，对其赞不绝口，特别是清真肉食品和保健品引起沙特客商的浓厚兴趣。他们表示愿意与银川方企业进行进一步的协商洽谈。代表团打开了双方实际贸易往来之门的钥匙。

　　与杰里西第三次见面是 2013 年 1 月。当时，他亲自率领 80 多位企业家访华，并出席中沙企业家委员会成立大会暨中沙经贸研讨会。

　　在成立大会上，中沙友协会长王涛发表了讲话，他说："沙特阿拉伯企业家代表团带着沙特阿拉伯人民对中国人民的友好情谊来到中国。中沙企业家委员会的成立是两国经济关系的重要事件。委员会旨在增进中沙两国企业家之间的了解和友谊，加强中沙的经贸合作，鼓励相互投资，加强信息交流。我们欢迎更多的沙特和中国商人加入这个委员会，共同为两国经贸合作开创更美好的未来。"

　　杰里西以沙特阿拉伯企业家代表团团长和沙特阿拉伯—中国友好协会主席的名义在会上发表了讲话，他说："我们这次来访的主要目的是通过这次会议和会晤，加强沙中的经贸关系，寻求实现双方不断成功合作的最佳途径。我们深知发展沙中经贸关系的重要性。我们

杰里西先生在中沙企业家成立大会暨中沙经贸洽谈会上讲话。

将通过扩大双方合作，努力为双方私营企业打开渠道，带来收益。"

然后，他介绍了沙中的经贸交往："沙特是中国的第五出口国。中国产品在沙特市场广受欢迎。两国的贸易额逐年增加。最初，沙中贸易额仅3亿美元。通过双方的共同努力，后来增加到6亿美元。现在（即2012年），双方的贸易额接近60亿，比原先的贸易额增加了20倍。我们欢迎中国企业家参与沙特的投资项目，特别是利润高的天然气、输变电、石化等项目。希望今天的聚会是建设性的，富有成果的。更好地为两国企业家服务，更有力地推动两国的经济发展。"

杰里西最后说："中国国家主席江泽民1999年访问沙特，阿卜杜拉国王2006年访华，是两国关系发展取得成就的重要因素。部长级官员和企业负责人的相互访问，凸显了加强两国关系的重要性。"

会议分为25个小组，如建工、交通、工程承包、汽车、电子产品、信息技术、药品、农业、食品、椰枣等。双方企业家进行了认真地洽商，并达成了一些意向和协议。

沙中人民的友好使者

杰里西多次访问中国，其中有两次访华令他印象深刻。第一次是 2006 年 1 月跟随登基后首次出访的沙特国王阿卜杜拉前往北京。虽然天气寒冷，但他感受到了中国领导人和人民的高度重视和无比热情。第二次是 2008 年 5 月，他率领一个上百人的沙特企业家代表团访华，并被中国人民对外友好协会授予"人民友好使者"称号。

杰里西说："能获得'人民友好使者'称号是我的荣幸，也是全体沙特人民尤其是沙特企业家的荣誉。正如沙特企业家所说，这证明中国把沙特看作非常重要的伙伴。"

2016 年是中国同阿拉伯国家开启外交关系 60 周年。新年伊始，中国国家主席习近平身体力行开启赴中东国家友好之旅。为进一步巩固中阿传统友谊，1 月 20 日晚，中国人民对外友好协会在开罗举行颁奖仪式，向联合国前秘书长加利和沙中友协主席杰里西等 10 位为发展中阿友好合作关系做出突出贡献的阿拉伯国家友好人士颁发"中国阿拉伯友好杰出贡献奖"。习主席出席了仪式并向获奖者颁发了奖章和证书。

尽管杰里西已进入耄耋之年，但仍致力于沙中两国人民相互了解和增进友谊的工作。2016 年，还随沙特副王储一同参加了 G20 杭州峰会，杰里西的儿子们也与中国伙伴开展合作。他说："我与中国的交往已超过 40 年，回忆都相当美好，中国的'一带一路'倡议与沙特的'2030 愿景'高度契合，相信这样的契合点将为推动两国发展对接发挥更大作用。"

地中海边的艳丽鲜花

——记突尼斯斯法克斯听众俱乐部

斯法克斯位于地中海沿岸，是突尼斯的第二大城市，风景优美，气候宜人。自古以来这里就是著名的商港，也是突尼斯最大的渔港。斯法克斯郊区和隔海相望的群岛上长满了橄榄树，葱郁一片。

里达·萨米特是斯法克斯市的普通市民，但他为加强突尼斯与中国的友谊，加深两国人民的了解不懈努力，做出了杰出贡献。少年时代，他就对遥远的中国怀有浓厚的兴趣。20 世纪 80 年代开始，他和一些渴望了解中国的年轻人一起自发收听中国国际广播电台的阿拉伯语广播。1981 年 1 月 2 日，便同这些青年朋友组成了"突中友谊俱乐部"，1984 年，改名为"中国国际广播电台听众和突中友谊俱乐部"。

持续组织收听

里达·萨米特成立俱乐部的想法和做法受到社会各界持续不断的欢迎，不少人纷纷加入俱乐部。会员人数目前已达数百人，包括工人、机关职员、医生、护士、商人、教师和学生等。如今，"中国国际广播电台听众和突中友谊俱乐部"已成为地中海边散发中突友谊芳香的艳丽鲜花。

为了解中国，俱乐部成员经常聚在一起收听国际台的阿拉伯语广播，并进行讨论。然后，他们把对节目的赞扬、感受和建议写信

给中国国际广播电台阿拉伯语部。中国国际广播电台阿拉伯语部每月会收到该俱乐部成员寄来的几十封信件。

俱乐部主任里达·萨米特在他早期的一封信中说："我不是为了奉承，中国确实是我的第二故乡。你们生活在她的幸福和进步之中，俱乐部的宗旨是众所周知的，即通过收听你们的广播、阅读你们的杂志，了解你们国家的情况，从而加强我们之间的友谊。"

俱乐部负责人之一穆罕默德·马斯茂迪来信说："尽管我的工作很忙，但收听中国国际广播电台的阿拉伯语广播是必不可少的。我和我的家人经常收听你们的广播，通过广播了解中国。我们俱乐部常常向别人介绍中国电台，谈论友好的中国。"

法赫米·布·巴凯尔在来信中说："一次，我和我的朋友哈马迪一起参观了俱乐部，俱乐部主任里达·萨米特接待了我们。我们见到墙上挂着很多反映中国面貌的照片，照片中央是一面中国国旗。俱乐部内还陈列着不少中国出版的杂志和书籍。我被这些图片和实物吸引住了。最后，我报名加入了俱乐部，从此，我坚持收听你们的广播，而且越听越感兴趣。"

自1982年2月开始，俱乐部出版了自己的刊物《爱之声》。这是关注中国国际广播电台阿拉伯语广播的小型杂志，开始时，每期印刷约70份，免费分发给朋友。在一期杂志上，刊登了俱乐部主任里达·萨米特向尊敬的读者发表的讲话，他说："中国和阿拉伯的联系纽带既历史悠久又不断更新。我们一直希望每期杂志能提供新的内容。《爱之声》杂志是俱乐部最突出的活动之一，也是俱乐部赠送给大家的礼物。需要者可直接与俱乐部联系。"

俱乐部主任的助理穆罕默德·马斯茂迪在这一期的页面上用阿拉伯语编写了公告，标题是《中国和阿拉伯国家友谊万岁》，是中文字体。他希望杂志的读者们收听中国国际广播电台的阿拉伯语节目。这些节目包含新闻、中国一瞥、文章、评论、中国音乐、阿拉伯音乐，还有每周的固定节目，如《中国建设》《中国农村》《中国穆斯林》《今日阿拉伯世界》《中国文化》《听众信箱》等。这一期还刊登了穆拉德·萨利姆·萨米特先生编写的关于中国茶叶的文章。他说："中国很早以前就知道茶，中国人每天都喝茶。中国人和日本人普遍爱喝绿茶，它不需要晒很长时间，这种茶北非人也普遍爱喝。"

难忘的聚会

由中国广播影视部副部长马庆雄率领的中国广播电视团，于1986年12月5日—12日访问了突尼斯，我荣幸地作为代表团成员随同前往。在访问斯法克斯时，我们特地去听众俱乐部看望老朋友。

当我们到达目的地时，突尼斯朋友个个面带微笑，像接待家人一样欢迎我们。接待大厅犹如花的海洋，厅内陈放着中国国际广播电台送的画报、杂志、磁带、挂历、纪念章、民族布包和一些其他工艺品，墙上挂着反映中国建设成就和自然风光的图片及记录俱乐部活动的照片，大厅中央醒目的横幅标语上用中文和阿拉伯文写着"欢迎中国广电代表团"。

笔者受到里达·萨米特（左3）和俱乐部成员的热烈欢迎。

在一片掌声中，斯法克斯突尼斯社会主义宪政党协调委员会秘书长阿卜杜勒·马吉德·哈马海姆首先致欢迎词，他说："这次聚会是突尼斯和中国人民友谊的体现。听众俱乐部的年轻成员是连接突尼斯和中国之间的桥梁。祝突中友谊进一步发展。"

俱乐部主任里达·萨米特代表全体俱乐部成员发表讲话，他说："我们举办了一些活动，我们每天都收听北京电台的阿拉伯语节目，阅读了很多中国的书籍和杂志。对你们取得的成就，表示由衷的祝贺。"代表团团长马庆雄在会上说："同这么多人一起聚会，我们感到十分高兴，我们感谢你们为加强两国人民的友谊做出的努力和贡献，希望我们保持和加强相互沟通。"

我也代表国际台阿拉伯语部，直接用阿拉伯语讲了话："听众俱乐部的成员们，你们坚持收听我们的阿拉伯语广播，还不断和我们通信。你们为改进我们的节目质量、加强两国人民之间的友谊做出了巨大的贡献，对此表示诚挚的谢意。希望你们继续对我们的广播提出意见和建议。祝愿俱乐部在加强两国友好人民间的了解和友谊发挥更大的作用。"

因为访问日程安排很满，我们不能和亲爱的朋友们待很长时间。在分手的时候，大家一起在大楼门口合影留念。趁此机会，我同俱乐部主任里达·萨米特和他的助手穆罕默德·马斯穆迪先生顺便聊了几句。穆罕默德·马斯穆迪先生向我表示，俱乐部和中国国际广播电台已亲如一家，无论是在突尼斯还是在中国，希望这样的聚会经常进行。

多样有益的活动

自1981年成立以来，中国国际广播电台斯法克斯听众俱乐部持续举办了丰富、有益的活动，为增进中突人民的了解、为俱乐部称之为完美无瑕的中突友谊大厦添砖加瓦。

1987年4月12日—13日，俱乐部举办突尼斯——中国友谊展览会，参观展览会的有斯法克斯突尼斯社会主义宪政党协调委员会总书记艾哈迈德·巴勒阿斯瓦德等。在展览之际，我十分高兴地收到一份荣誉证书，这是突尼斯社会主义宪政青年组织颁发给我的，这不仅是我个人，也是中国国际广播电台和电台阿拉伯语部的极大荣耀。

在可容纳 400 名参观者的展览大厅中央，悬挂着两条大横幅，上面用中、阿、法三种文字写着"突尼斯—中国友谊万岁"和"中国国际广播电台斯法克斯听众俱乐部"。横幅的两侧挂着两个图像：突尼斯前总统布尔吉巴和时任中国共产党中央委员会主席邓小平。

参观者怀着浓厚的兴趣欣赏了各种陈列品，包括中华文明及其发展、俱乐部各种活动、与中国代表团会晤的照片；世界多国发给俱乐部的信件；俱乐部成员的手工艺品和绘画作品；中国国际广播电台送给俱乐部的各种礼品等。展览会办得非常成功，许多观众在留言簿上留下了感言和赞美，对中国留下了美好的印象。

这次展览得到了中国驻突尼斯大使馆的帮助，获得了大量反映中国文化和历史的图片。在送还图片后，中国驻突尼斯大使谢邦定给俱乐部主任里达·萨米特发信，对俱乐部举办展览表示感谢和赞赏。值得一提的是，就在这次展览会的一角，挂着由中国国际广播电台授予斯法克斯俱乐部的证书，以表彰他们在 1986 年"我与和平"的活动中做出的努力。

1986 年联合国大会宣布当年为世界和平年。为响应这一和平号召，中国国际广播电台举办了一次"我与和平"的文学和艺术作品比赛。当时，国际台阿拉伯语部收到阿拉伯听众寄来的 500 余件作品，包括斯法克斯俱乐部发来的很多散文、诗歌、画作、录音讲话和手工制品等。此外，俱乐部在世界和平年内举办每月晚会，作为响应这次比赛的重要组成部分。因此，中国国际广播电台阿拉伯语部评审委员会一致同意授予斯法克斯听众俱乐部"一等特别奖"。

1990 年 5 月，中国对外友协前会长韩叙率团访问突尼斯。当代表团到达斯法克斯市访问时，俱乐部组织了欢迎大会，举办了中突友谊展览会，热烈欢迎代表团的到来。韩叙在大会上赞扬了俱乐部

的活动，并说，俱乐部在组织突尼斯青年参加中突友好工作方面不辞劳苦，成绩显著。

1990年12月28日，斯法克斯会议大厅灯火辉煌，300人聚集在这里，其中有中国驻突尼斯大使朱应鹿和斯法克斯市有关领导，共同庆祝"中突友好俱乐部"成立10周年，畅谈中突两国间的牢固友谊。在欢乐和亲切的气氛中，伴随着悠扬的中国乐曲，与会者相互祝贺，吹灭了大蛋糕上的10支蜡烛。大蛋糕上用法语和阿拉伯语写上"突中友好俱乐部"几个大字。同时，俱乐部还举办了画展，展出了中国传统绘画、丝绸画和俱乐部年轻会员用贝壳制作的手工艺品。在开幕式上，与会者朗读了一首诗，诗的前几句是：

> 向俱乐部的生日，
>
> 致以千万个敬意。
>
> 在你十周岁之际，
>
> 把年轻人的花束
>
> 珍贵礼品送给你。
>
> 你是友谊的桥梁，
>
> 忠实坚贞的范例。
>
> 召唤所有青年人，
>
> 把朋友围在一起。
>
> 用爱心团聚全体，
>
> 向俱乐部送重礼。
>
> 祝贺你十岁大庆，
>
> 中国国际广播电台的友谊使者属于你。

此外，俱乐部还举行了文化演出和体育表演，共持续6天。中国国际广播电台阿拉伯语广播也编排了特别节目。

为积极参与1994年国际台举办的"西冷杯·中国西藏知识竞赛"，

斯法克斯听众俱乐部同样举行了多种活动。在诗歌朗诵比赛中，很多青年学生用诗来抒发对中国西藏的赞美。一位小学六年级的学生阿尼斯·阿勒凯朗诵了一首题为《你是否知道》的诗，诗中写道：

我的朋友，

我的同志，

你可否知道，

在中国西藏，有美丽的城市和村庄。

到处蒸蒸日上，

无边的树林郁郁苍苍，

小鸟在蓝天自由飞翔，

百花开放吐芬芳。

西藏，

到处是光明，

遍地跑牛羊。

西藏，

你似月亮，

月光下，人们度过甜蜜的夜晚。

西藏，

你是中国的明珠，

永远闪光。

2015年，俱乐部举办庆祝成立34周年活动，向参加活动的同学颁发了奖品，同时举办了中国书籍和杂志展览。参加庆典的有斯法克斯市孔子学习班班长、中国教员、中突友好协会斯法克斯分会会员和斯法克斯市的代表等。俱乐部青年还表演了武术节目，举办了音乐晚会等。

学习中文，认识中国

20世纪80年代，中国国际广播电台阿拉伯语部开播了《学汉语》节目。该节目一开始就受到喜爱，听众与日俱增，也包括斯法克斯听众俱乐部的很多成员。

鉴于俱乐部与中国国际广播电台的长期良好关系，中国国家汉办委托中国国际广播电台与突尼斯斯法克斯市教育中心、斯法克斯市中国国际广播电台听众俱乐部合作成立孔子学院，并于2010年8月正式开学。正因为有了听众俱乐部作为依托，孔子学院才有了广泛的群众基础。从开创初期到现在，孔子学院一直受到当地群众的热烈欢迎，在教授汉语言文字的同时，还介绍中国传统及现代文化，令当地受众近距离地感受到中国文化的魅力。另一方面，因为有了孔子学院，俱乐部也吸引了更多的听众加入。

俱乐部主任里达・萨米特曾说："随着中国取得惊人的进步，传播和学习中文已成为当前整个世界的现实。目前，在阿拉伯国家，

斯法克斯听众俱乐部主任里达・萨米特（左1）接受中国国际台记者采访。

每年都有数百名中文专业的毕业生。他们工作在需要中文人才的贸易、经济、投资、旅游、外交和媒体等领域。突尼斯学生的水平不错，而且还在不断提高，这证明他们非常喜欢中文。盖西就是他们中优秀的一员。当用中文问他时，他会毫无困难地用中文做出准确回答。我问他，为什么要学习中文。他回答说，喜欢中国及其古老的文化。"

"孔子学院是全面认识中国及其文明、文化、语言和文学的平台，它为我们了解友好的中国人民做出贡献。"在谈到中国国际广播电台的孔子学习班时，里达·萨米特先生介绍说："学习班的历史可追溯到2009年，它的宗旨是使更多的人认识中国。除学习中文外，学习班热衷于组织各种各样的活动，如庆祝春节、中秋节和其他中国传统节日，传播中国传统文化的内容和历史；还通过年度比赛，选出一两名优秀学生到中国进行为期10—15天的访问。6年来，越来越多的学生报名参加学习班，中文在南突尼斯的首都——斯法克斯得以推广。"

斯法克斯听众俱乐部成员为收听中国国际广播电台的广播度过了无数个不眠之夜，为介绍中国、传播中国语言和文化，加强中突友谊，奔波在斯法克斯等突尼斯城市。愿这地中海边的友谊之花，在中突两国人民共同的浇灌下，越开越艳，永放光彩。

天天看"半岛"

清晨，打开半岛电视台收看直播节目，也就是阿拉伯海湾国家早间四五点钟的新闻节目，这是我退休后每天生活的第一课，雷打不动。

起步艰辛，节目多样

2001年"9·11"事件后，因多次独家播放"基地"组织首脑本拉登的录像，半岛电视台名声大噪。在以后的美军对伊战争报道中，半岛电视台已成为与CNN分庭抗礼的世界级媒体。但当时，人们对半岛电视台知之甚少。2002年春天，我到卡塔尔访问。4月的卡塔尔，

半岛电视台老大门。

气温开始回升，中午的太阳尤为灼人。就在这炎热的午时，我来到了半岛电视台。

从远处望去，半岛电视台是一片蓝色屋顶的平房，很不起眼。推开办公区的大门，首先映入眼帘的是对面墙上的几十台电视接收机（监视器墙）和满满一屋子的几十位工作人员。这个大屋子被隔断成几个工作区，每个工作区为一个部，围坐着四五个人。据介绍，这里有新闻部、节目部、国际关系部、播音部、体育部等七八个部。

接待人员把我们引进了电视台一位负责人的办公室，约有 10 平方米，放着两张桌子，一台电视机。主人个儿不高，年龄约为 40 岁，穿着阿拉伯长袍，面庞黝黑，两眼炯炯有神。他递过一张名片：半岛电视台董事会成员，工程技术部主任侯赛因·阿卜杜拉·加法尔。

侯赛因主任告诉我们，1996 年 2 月，半岛电视台开始建设，11 月，通过卫星向全世界播放节目。半岛电视台是阿拉伯世界第一家专门播放时事新闻节目的电视台。开始时，每天仅播 6 小时，1997 年增加到 18 小时，1999 年 2 月实现了全天候播放，目前已覆盖中东、北非、欧洲、南北美洲、澳洲和亚洲的绝大部分国家。

半岛电视台初建时，卡塔尔政府资助了一部分钱。2000 年后，政府不再投入，电视台的资金来源主要是广告和赞助。这几年，台里每年的预算都很低，仅为 4000 万美元左右。到目前（即 2002 年）为止，全台仅有一个 144 平方米的演播室，很多节目都在这间演播室完成。

半岛电视台台标的下方写着"一方观点与另一方观点"，这是半岛电视台的宗旨。电视台的绝大部分节目是政治性节目，如《多种观点》《反方向》《世界事件》《当今问题》《错误和灾难》《历史回顾》等都试图体现舆论自由的原则。在访问卡塔尔期间，我把住地房间里的电视机一直锁定在半岛电视台的频道上，密切关注每个节目的内容。我发现，半岛电视台的节目多采用对话形式，对话双方坐在两侧，中间是主持人。对话双方经常争得面红耳赤，各不相让。侯赛因主任特别提到《反方向》节目，它经常在事件发生的

对立双方间进行，双方旁征博引，各抒己见，争论激烈，酣畅淋漓。

在半岛电视台看来，拉登及其"基地"组织是冲突中的一方，也应听取他们的观点。所以，半岛电视台经常播放拉登及其"基地"组织成员的讲话录像。其中有一段是"9·11"劫机犯之一艾哈迈德·加米迪在"9·11"事件前6个月在阿富汗坎大哈录制的。在这段讲话中，他预言："美国人将被炸死在房子中央"，并称自己的讲话是给世界穆斯林的临终遗言。

除新闻和政治辩论节目外，半岛电视台还开辟了经济、文化和体育类节目，播放经济、商务和金融信息，介绍本国和外国的历史、风情，报道最新的国际体育赛事。

同声传译水平高

半岛电视台当时（2002年）有工作人员600多人，其中包括驻外记者，阿富汗是其最早设立记者站的国家，但该站早已被美机炸毁。半岛电视台在世界主要城市都设有记者站，及时报道世界各地发生的重大事件。

半岛电视台工作人员中，35%是卡塔尔人，65%是外籍人，其中包括埃及、黎巴嫩、叙利亚、巴勒斯坦和其他阿拉伯籍人以及菲律宾人等。他们都有丰富的新闻工作经验。BBC(英国广播公司)和MBC(中东电视台)部分优秀的阿语播音员也被挖到了半岛电视台来，他们精明能干，身兼多职，既当新闻播音员，又主持专题节目。半岛台的播音员现场感和应变力都极强，到这里当播音员必须经过严格的训练。

与侯赛因主任交谈结束后，他领着我们参观各部室、机房和演播室。这里的数字化演播室拥有世界一流的成套设备，总控室、切换室、音响室内各种设备也是世界上最先进的。我对这里的同声传译室产生了浓厚的兴趣。由于半岛电视台经常采访各国首脑和国际名人，现场采访的同声传译十分重要。采访现场把被采访者的声音

半岛电视台大办公室。

传到同声传译室后，译员很快就能把外语翻成阿语。

我听过很多次半岛电视台的实况转播和现场采访，它们译出的阿语几乎与现场语言同步，译文非常流畅，速度快得惊人。

对中国很感兴趣

侯赛因主任说，半岛电视台对中国的变化、发展很感兴趣，对中国穆斯林的生活、宗教活动十分关注，希望中方能做一些这方面的报道和专题片。

我在卡塔尔期间，发现半岛电视台在节目中不时介绍中国的历史和地理知识，如林则徐禁鸦片、中国长城、故宫、香港、澳门回归以及中国的气功、中医、中药、针灸、推拿、拔火罐等医术。

我对侯赛因主任说："伊斯兰教传入中国已有 1300 多年的历史。中国是一个多民族的国家，在辽阔富饶的土地上，居住着 56 个民族，

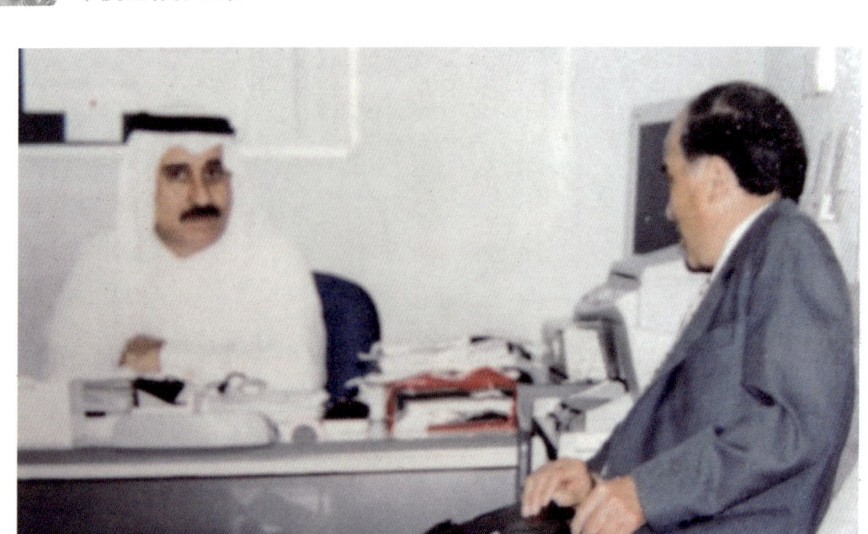

采访半岛电视台前负责人侯赛因・阿卜杜拉・加法尔。

其中 10 个民族信仰伊斯兰教。中国现有清真寺 3 万 5 千多座，造型丰富、各有特色。大多数为中国古典格调清真寺，也有中国和阿拉伯风格结合的清真寺。为了介绍中国穆斯林的历史和现状，我们决定拍摄大型电视纪实专题片《中国穆斯林》。"侯赛因主任对此很感兴趣，希望拍摄完后，获取一份。我欣然应允。

2002 年 3 月，以台长穆罕默德・加西姆・阿里为首的半岛电视台代表团来华访问，为成立半岛电视台驻京记者站做准备。很快，半岛电视台的驻京记者开始露面。4 月 15 日，中国国际航空公司一架客机在韩国发生空难事件的当天，记者就采访了中国国际航空公司；两天后，又向总部传回了阿迪力走钢丝、准备冲击吉尼斯世界纪录的镜头。半岛电视台及时地播放从北京传来的节目。

侯赛因主任还谈到，随着半岛电视台事业的发展，目前的工作条件已不能适应需要，亟需建一座新台，此事已经纳入了他们的议事日程。到时，与北京的交流和合作就更通畅了。

亲密接触

2002 年 7 月，半岛电视台北京分社正式成立。在此以前，进行了招聘工作。报名十分踊跃，竞争非常激烈。经过紧张的考试，最终选定 3 人：巴勒斯坦人伊扎特（任半岛电视台驻北京分社社长），埃及人艾美勒女士，人们都叫她"美丽"（任协调员），法国人杜德龙（任制作总监）。他们三位来自不同国家，都在华工作多年，有着丰富的经验，都能说流利的汉语。杜德龙 1987 年来华后，在美联电视新闻社（APTN）北京分社工作，是一位出色的摄影师。"美丽"女士的阿拉伯文的名字叫艾美勒，是"希望"之意，毕业于埃及艾因·夏姆斯大学语言学院，1991 年来北京，先后在沙特和阿联酋驻华大使馆任办公室主任，当时主要负责半岛台驻北京分社的新闻撰写、专题报道、对外联络、行政和翻译工作。

伊扎特全名是伊扎特·夏哈鲁尔，1962 年 7 月 22 日出生在叙利亚的难民营，在那里接受中小学教育。后来，他加入了巴勒斯坦解放组织的一个特派团；1987 年，到中国学习医学，毕业于中国医科大学；1989 年在朝鲜平壤医学院获得东方医学研究生学位；1994 年获得北京中医药大学的中医专业证书。伊扎特曾在巴勒斯坦驻朝鲜、老挝和中国使馆任新闻官，后来一直在北京工作，有四个孩子。

当他得知半岛电视台在北京招聘雇员时，毫不迟疑地报了名，结果一路过关斩将，在众多应聘者中脱颖而出。在巴勒斯坦驻华使馆工作期间，伊扎特与中国新闻单位交往较多。那时期，中国国际广播电台阿拉伯语部与巴勒斯坦驻华使馆保持着广播新闻方面的业务交往，所以他与我熟悉。

半岛台北京分社建立不久，我曾登门拜访。2005 年春，我再次拜访老友，发现办公室变化不小。原先空荡荡的屋子里，现在桌椅板凳挤得满满当当。设备也增添了不少，监视器里多了许多新闻频道。原先只有半岛台、CNN 和 CCTV 综合频道，现在又增加了 CCTV 和 BBC 的其它频道。人也多了，除了三位专职人员外，还增加了几位中国雇员。

笔者与半岛电视台北京分社社长伊扎特。

"你为什么要放弃医学，转向新闻、电视行业呢？"在与伊扎特的交谈中，我向他提出了这个问题。伊扎特回答："我对鲁迅先生十分敬佩，愿意向他学习。我是巴勒斯坦人，我有一个事业，鲁迅先生也有一个事业，医学只能治几个人的病，但不能治社会的大病。我现在也立志治社会的大病，故转向新闻，投入电视媒体。"他接着说明了自己的优势，"我在中国的时间比较长，对这里有较深的了解，所以我比半岛电视台多哈总部派来的记者更合适。"

我与伊扎特的交流主要用汉语，有时也穿插一些阿拉伯语。半岛台北京分社自建立以来，几乎天天都向多哈总部传送新闻和专题报道。伊扎特说："中国在世界上的作用越来越大。中东地区和阿拉伯国家都很关注中国，希望了解中国在政治、经济、文化方面发生的变化。但以往，有关中国的情况，阿拉伯观众都是通过西方媒体知道的。而我们半岛电视台的宗旨是用阿拉伯人的眼光看中国。前不久，我们报道了中国'人大'和'政协'的会议情况，还突出报道了《反分裂国家法》、两岸关系和军事预算等问题。有关中国的经济发展和改革也在本台的《经济新闻》栏目做了报道。"

半岛台北京分社建立之初，工作中也遇到过一些障碍。伊扎特说："刚建立北京分社时，无论是中国老百姓，还是官员或学者，他们对半岛电视台并不了解。我们打电话联系采访事宜时，他们总有点敏感。如今，他们对半岛电视台有较多的了解。所以一些障碍已不复存在。"伊扎特自豪地说："你可以发现，中国有些高级官员已把采访机会给了半岛电视台。比如，中国工人在伊拉克遭绑架时，中国外交部西亚北非司司长翟隽接受了半岛电视台的几次采访。国务委员唐家璇出访巴勒斯坦和以色列之前，接受了半岛电视台较长时间的采访，谈到了中国对中东问题的立场、伊拉克问题、伊朗问题、巴勒斯坦问题、反恐问题和六方会谈等很多方面的重大国际问题。

谈到与中国的合作，伊扎特表示，半岛电视台长期致力于开辟与东、西方所有观众进行新闻、文化和历史对话的渠道。他们有一个《多种观点》节目，中国观众可以在网页上写 1500 字的文章，阐明自己的观点和立场，可谈中东问题，也可谈其他问题。大家可以公开对话，比较充分地发表自己的看法。他认为没有一家阿拉伯媒体像半岛电视台采取这样的形式，提供这样的交流机会。以前，大部分阿拉伯学者都是通过西方媒体收集资料、了解中国的。现在，我们通过网页，直接介绍中国权威人士的分析和评论，打开对话的窗口，促进媒体与观众的交流。

关于双方的文化交流，我问伊扎特："中国一些受观众欢迎的电视连续剧，如《红楼梦》等，能否译成阿拉伯语在半岛电视台播放？"伊扎特表示，半岛台播出中国长篇电视剧不太可能。今年（即 2005 年），将开辟两个频道，其中一个是纪录片频道，半岛电视台欢迎中方提供记录短片在此频道播出。

我问："介绍中国穆斯林生活和习俗的纪录片行吗？"伊扎特爽快地回答："完全可行。"

伊扎特透露了一个正在研究中的计划：半岛台北京分社想请中国官员和著名人士参与半岛电视台的《无限》节目，这是个直播节目，半岛台北京分社把中方嘉宾请到设在北京的直播间，直接和阿拉伯观众即席对话。热心观众可打国际长途向嘉宾提问，嘉宾当场解答。这将是半岛台北京分社的一大创举，其他阿拉伯国家电视台还没有这方面的尝试。

从 2003 年到 2005 年，半岛电视台北京分社除播发新闻报道外，还制作了许多专题节目，如"自行车王国""中国京剧"等。伊扎特曾访问过中国新疆和东北等地。他有很多计划：采访义乌，因为那里的阿拉伯人越来越多；前往山东和广州参观访问；把中国的道教介绍给阿拉伯观众等。伊扎特认为，中国和阿拉伯国家同属东方社会，有很多共同之处。半岛台北京分社将把中国百姓的风俗习惯和日常生活介绍给阿拉伯观众，让他们更多地了解中国人的过去和现在。伊扎特无奈地说："要做的事特别多，但人手不足，时间太紧。"

2010 年以后，笔者很少到半岛电视台北京分社拜访伊扎特，但在一些国家的国庆招待会经常见面，相互问候。一次，他邀请我作为半岛台的节目嘉宾介绍自己的工作和心得，我婉言谢绝了。

2017 年 12 月 24 日清晨，我同往常一样打开半岛电视台，突然出现驻北京分社社长伊扎特的镜头，报道说："半岛电视台驻北京分社社长伊扎特·夏哈鲁尔博士由于心脏病突然发作，于 2017 年 12 月 23 日在北京去世，享年 55 岁。"这突如其来的噩耗，使我十分震惊。我便立即把这一消息告诉了好友，他们也感到突然，深感悲痛。中国外交部发言人华春莹在例行记者会上，也宣布这一消息。并说："伊扎特先生在中国工作生活前后 20 多年，为增进阿拉伯世界人民对中国的了解、促进中阿人民友好做出了积极努力。我们对伊扎特先生不幸去世表示沉痛哀悼和深深惋惜，向他的家人和亲属表示诚挚慰问。"

伊扎特离开我们已有一个春秋，但他温婉于人、纯善于心的一些镜头仍给我们留下深刻印象。1996 年 6 月 18 日，是他等在钓鱼台国宾馆门口，把我引进接见大厅，第二次对阿拉法特进行面对面采访。1996 年 9 月 22 日，在北京，他主持第二届耶路撒冷学术研讨会，并向我赠送纪念品。这些情景令我至今难以忘怀。

"邮票犹如使者"

——与阿尔及利亚集邮家艾哈迈德·阿尔维的一席谈

　　1984年9月，我从阿尔及利亚驻华使馆了解到，阿尔及利亚邮电部要在北京举办邮展。于是，我便打听具体举办日期，以便进行采访。不久，使馆告知，阿尔及利亚邮展将在10月下旬举行，随邮展来华访问的有邮电部观察员和集邮家艾哈迈德·阿尔维，使馆许诺尽量安排采访。

　　邮展结束之前，我带着一些问题，来到位于长安街的燕京饭店（今唐拉雅秀酒店）拜访了这位集邮家。艾哈迈德早早在饭店前厅等待，见到我十分高兴，领我到咖啡厅就座，并请服务员送来一些饮料。他很热情，也很真诚，要我先喝点咖啡。就这样，我们边喝边聊。

　　我首先提问："我知道您是阿尔及利亚著名的集邮家，能否介绍一下您是怎样与集邮结缘的？"他思考了一会儿后回答道："我6岁就爱上了集邮。幼年时，我的爱好很广泛，爱收集邮票、画片、明信片等。后来有一次，我在朋友家看到了他收集的邮票，那五颜六色的邮票打动了我的心。从那时起，我开始专心收集邮票。但当时法国殖民当局禁止开展集邮活动，自己只能偷偷摸摸进行集邮。由于家庭经济困难，我不能继续上学，只得提前工作。我被迫离开了家乡奥拉斯，到首都阿尔及尔谋生。当时，很多人涌向欧洲寻找工作。但我想，我是阿尔及利亚人，应该留下来为阿尔及利亚服务。后来我在邮电部工作，这给我集邮提供了方便，也可经常请教别人。现在，

我们家不仅仅是我自己收集邮票，连我的孩子也爱上了集邮。"

他的经历引起我的共鸣。我告诉他："我大约在初中的时候就喜欢上集邮，这是受邻居的影响，他有花草、风景、人物邮票和一些外国邮票。各式各样的邮票好像多彩的画卷，让我大开眼界。他看到我如此喜爱，便送给我几张。从此，我就爱上了集邮。到中国国际广播电台工作后，阿拉伯语部每月要收到几百封阿拉伯国家的听众来信。信封上的阿拉伯各国邮票深深地吸引了我，特别是那些风景、花草、服饰、领导人物主题的邮票。我经常从负责听众来信工作的同事那里获得一些珍贵邮票。我还买了几本邮册，分别收集各个国家特别是阿拉伯的邮票。20世纪60年代，每个星期天下午，我都到王府井大街的集邮总公司与集邮爱好者见面，交流情况，交换邮票。集邮丰富了我的生活，也让我开阔了眼界，增长了知识。"

我接着问："您能否谈谈阿尔及利亚邮票的发行情况？"艾哈迈德·阿尔维愉快地回答："阿尔及利亚邮票发行史不长。1830年，法国入侵阿尔及利亚，1849年，在阿尔及利亚发行了一枚邮票，但票面上没有阿尔及利亚的字样，只印上'法兰西共和国'。1924年，终于发行了第一枚阿尔及利亚邮票。因当时处于法国殖民统治下，所以邮票上的'阿尔及利亚共和国'几个字不是阿拉伯文，而是法文。票面上同时印有'RF'的字样，这是法兰西共和国两个法文词的第一个字母。1954年，阿尔及利亚独立。这以后，陆续发行了不少邮票。在这次展览会上，展出了其中的一部分。独立后发行的第一枚邮票，这次我们也带来展出了。"

艾哈迈德·阿尔维接着说："阿尔及利亚邮电部十分重视邮票的发行工作，专门成立了一个文化委员会，负责监督邮票的设计和发行。"

经过20多年（1960—1984）的努力，我的集邮册上已汇集了100多张阿尔及利亚邮票。其中包括阿尔及利亚花草、树木、动物、首饰、椰枣树、镶嵌画、细密画、清真寺、教育、宪法、起义、独立日、反对种族歧视、文物保护、交通安全、科技发展、阿尔及利亚和世界名人等内容。这些邮票基本上是独立后发行的，但有些也印有"RF"的字样。

笔者展出的部分阿尔及利亚邮票。

　　艾哈迈德·阿尔维听到以上的介绍后，不时点头表示赞赏。他希望我把自己收集的阿尔及利亚邮票介绍给其他中国集邮爱好者。我告诉艾哈迈德·阿尔维："北京有一本《集邮》月刊，是集邮爱好者的园地，它报道中国邮票的发行信息和历史背景，涉及中国各历史时期的邮票介绍和研究，也介绍外国发行的邮票。就在 1966 年 6 月第二次亚非会议在阿尔及利亚首都阿尔及尔举行之际，我在该杂志上发表了《地中海滨的英雄国家——阿尔及利亚》的文章。该文通过邮票介绍阿尔及利亚的国情。"

　　"阿尔及利亚绝大部分人口是阿拉伯人和柏柏尔人，普遍信仰伊斯兰教，全国建有很多清真寺。阿尔及利亚土地广阔富饶，举世闻名的撒哈拉大沙漠占这个国家领土面积的五分之四。沙漠下面蕴藏有丰富的宝藏，特别是石油。在 1962 年发行的邮票上，就可以看到一座高大的油塔树立在沙漠中，这就是阿尔及利亚著名的两大油田之一——哈西·迈萨乌德油田。1830 年，法国殖民军侵入阿尔及利亚，但阿尔及利亚人民英勇不屈，一个多世纪以来，先后爆发了

50多次武装起义。1954年11月1日，他们打响了武装起义的第一枪，1963年，阿尔及利亚发行了'武装起义九周年'纪念邮票，背景是民族解放运动的摇篮——奥雷斯山区，主图是民族解放战士。在长期的革命斗争中，中国人民和阿尔及利亚人民相互支持，结成了亲密的战斗友谊。1962年，中国邮电部发行了一套'支持阿尔及利亚民族解放斗争'特种邮票。"

接着，我请艾哈迈德·阿尔维谈谈这次在北京举行邮展的目的。他说："阿尔及利亚已在国外举办了85次邮展，我们曾经在莫斯科、巴黎等城市举办过邮展。在北京举办的第一次邮展，向中国观众介绍阿尔及利亚独立后发行的邮票。邮票犹如使者，可以互通情况，促进了解，建立友谊。"

我非常同意艾哈迈德·阿尔维的看法。长期以来，广电部和国际广播电台经常举办邮展，我也经常参加。1987年上半年，国际广播电台举行了一系列活动，庆祝中国人民对外广播创办40周年，其

笔者参与了1987年中国国际广播电台举办的邮展，国际台突尼斯斯法克斯听众俱乐部主任里达·萨米特参观了邮展。

中有一个活动就是邮展。我参加了这次邮展，展出了自己多年来收集的阿拉伯邮票的精华。国际台突尼斯斯法克斯听众俱乐部主任里达·萨米特参观了邮展，看了我收集的邮票，特别是突尼斯邮票后，大加赞赏。2009 年，国家广播电影电视总局举办了规模盛大的艺术节，期间还举办了邮展，我展出的邮票标题是"和平与发展"，通过邮票介绍阿拉伯人民希望缓和紧张局势、维护本地区和平的美好愿望。2015 年，我参展邮票的标题是"'一带一路'上的阿拉伯国家"。

艾哈迈德·阿尔维说："中国和阿尔及利亚的邮票各有特点，但也有很多共同点。你们对抗过外来侵略，经历过艰苦的反对殖民主义的斗争。今年（即 1984 年）10 月 1 日，你们欢度 35 周年国庆；11 月 1 日，我们庆祝阿尔及利亚革命 30 周年。我们两国处境相同，邮票都反映了国家的历史、文明、各个阶段的斗争和国家建设等。"

"集邮不只是一种娱乐，通过集邮还可以接受教育。阿尔及利亚教育部已经把集邮推广到学校。现在，阿尔及利亚中学里有 100 多个集邮爱好者俱乐部。在全国，大的俱乐部组织有 12 个。我们还在组织青年俱乐部，经常举办邮展、知识讲座、讨论会，组织国际象棋比赛、学绘画和欣赏音乐等。"我告诉艾哈迈德·阿尔维："我们电台也成立了集邮协会，主要是请集邮专家做讲座、举办邮展等。"退休后，我和几位同事组成了集邮小组，主要是做参与邮展的各种准备工作。

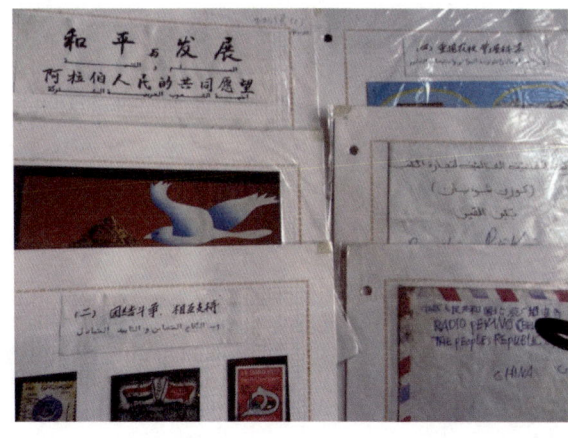

在 2009 年中国国家广播电影电视总局邮展上，笔者展出自己的阿尔及利亚邮票，标题是"和平与发展"。

　　一个重要的问题是艾哈迈德·阿尔维对这次访华有何印象。他面带微笑地说："我很高兴有机会来中国访问。在北京，我参观了邮票厂和一些集邮展，游览了部分名胜古迹。我感到，你们的人民很幸福。说真的，我十分敬佩你们的国家，她像天堂一样。我非常幸运地结识了很多中国兄弟、集邮专家和爱好者，我的朋友更多了。在接触中，我发现他们有坚强的毅力、丰富的经验，也有敢于创新的精神。有些国家虽然很先进，但在邮票方面还没有达到你们国家的水平。我祝愿你们取得更新、更大的成就。"

　　最后，艾哈迈德·阿尔维向我表示歉意："我的讲话中阿尔及利亚方言较多，不易听懂。我现在还在学习阿拉伯标准语。连我的儿子都说'这么大年纪，头发都花白了，还学什么标准语？'"我对他说："您的话我基本能听懂。感谢您热情友好的介绍。祝您学习阿拉伯标准语迅速取得成功。"

男人当如鹰

——记卡塔尔训鹰专家哈里德·本·阿里

海湾地区的男人迷猎鹰，就像人需要呼吸一样，到了爱鹰如命的程度。我两次访问卡塔尔，见到了很多人与鹰的趣事。

巧遇养鹰人

2000年11月，我第一次访问卡塔尔。一天下午，我和朋友驱车前往离首都多哈80公里的荒野，寻找放鹰的地方，结果却是一无所获，扫兴而归。但在回多哈路上，突然发现远处的沙丘上有人在放鹰。大家喜出望外，下了车朝着那沙丘跑去。

沙丘上停着两辆越野车，一个中年男子手腕的腕套上立着一只雄鹰。主人正在训练它捕猎，旁边几个孩子在玩滑沙。当主人得知我们来自中国后，非常高兴，便邀请我们当晚到他家做客。

孩子在玩滑沙。

哈里德在沙丘上放鹰。

　　这位中年男子叫哈里德·本·阿里，在多哈近郊有一座正在建设中的别墅。别墅旁的院子里搭着临时帐篷，哈里德请我们进去就座，并用阿拉伯咖啡、椰枣和甜食款待我们。

　　大家围坐在一起，主人便向我们介绍了他自己。他说："我毕业于卡塔尔大学，19 岁结婚，有两个儿子和两个女儿。我今年（即 2000 年）38 岁，为政府官员。我是一个鹰猎爱好者，许多鹰猎知识来源于我的父亲和祖父，这是最早部族里的老祖宗们传下来的。我把大部分业余时间用在养鹰和训鹰上，鹰猎已经成为我生活中不可分割的一部分。我还花很大精力写了一本有关鹰猎的书。我学过英语，得益于卡塔尔完善的教育，卡塔尔小学到大学各个教育阶段是完全免费的。我还想把这本鹰猎的书翻译成英文。"

　　哈里德走出帐篷，带着我们参观他在帐篷旁边建的鹰室。这是一个五六平方米的小屋，里面有空调和电扇，地面铺着沙土，中间立着几根供鹰站立和活动的树杆。他介绍说，每年 5 至 10 月，卡塔尔室外温度可达 50℃以上。鹰不习惯高温，如果这时到野外活动，很容易得病。这段时间，就让鹰在屋内安度夏天。

鹰猎的传说

在鹰房外，主人向我们介绍鹰猎的历史。他说："鹰的历史就像阿拉伯国家人民采珍珠一样悠久。普遍认为鹰起源于中亚，然后蔓延到阿拉伯半岛。阿拉伯国家流传着一些有关鹰猎的传说。传说第一个鹰猎和训鹰的阿拉伯人是哈里斯。一天，他在沙漠中看到一位老人在张网捕鸟。突然，一只鹰飞过来，扑向网上的一只麻雀，抓住就吃。见此情景，哈里斯十分惊讶。在获得老人的同意后，他决定把鹰带回家中。哈里斯给鹰喂食，还教它猎物。从此以后，那只矫健的雄鹰靠敏锐的眼睛和锐利的脚爪，夜以继日地帮助哈里斯抓获野兔、田鼠、鹌鹑、野雁等，使他的生活逐渐富裕起来。"

"还有一种说法，在阿拉伯半岛的沙漠中，有一群游牧年轻人靠猎鹰抓获的猎物养活了自己。从此，人们就开始养起了鹰，并成为一种大众的爱好和风尚。尽管时代在变迁，但鹰猎这项具有民族特色的体育活动却仍为一些人所钟爱，在多哈就有几家鹰商店。明天我带你们去看看。"

是遗产，是艺术，是享受

第二天，哈里德带着我们参观鹰市场。他并不买鹰，而是看鹰，还同朋友讨论鹰。他说："我到这里能学到很多知识。许多人喜欢鹰，主要是喜欢鹰的勇敢和坚韧。对待困难有三种方法：第一是去清真寺，第二是靠自己的智慧，第三是忍耐。从这句话和人们对鹰的不解之缘中，我们可以感悟到卡塔尔人豪放、刚强、坚毅、勇敢的性格。

这里有四五家卖鹰的商店，都在地面上铺出一块十几平方米的沙地，地上立几十个鹰桩，每个桩上站立着一只蒙上眼罩的猎鹰，顾客可任意挑选。

我们走进一家鹰店，见到两位顾客正在观赏桩上的鹰，我顺便问了其中的一位，他告诉我，他名叫穆加里·苏勒坦，从小就爱养

笔者倾听鹰店老板（中）讲述鹰的特性。

鹰。我问他为什么这么多人爱养鹰。他不加思索回答道，爱鹰和鹰猎是我们先辈们遗传下来的文化遗产。男人们带着猎鹰到沙漠去游玩是一种体育运动，更是一种人与自然的情感交流。人们放鹰和训鹰是充分享受自然和自我放松的一种好方法。站在一旁的商店老板阿里·穆罕默德插话说，猎鹰具有飞越高山的毅力、识别自然风云变幻的能力，敢于与狂飙的猛禽搏斗的勇气。养鹰和鹰猎能显示男子汉的气概和富有。所以，男人应该像鹰一样。

这位老板继续说："由于有了汽车、电子跟踪设备，今天这项传统的体育运动增添了新的内容，鹰猎转变为人们日常生活的一部分和文化遗产。每当夜幕降临，从清真寺传来宣礼员宣告开始祈祷的声音，在做完祈祷后，人们便围坐在火炉的周围开始神聊，交流有关猎鹰比赛的事，讲述鹰的故事，比较各自的鹰，谈论将在冬季外出捕鹰的计划。长老、贝都因人、城里人聚在一起，建立了联系甚至政治关系。"

好鹰价值上百万

"如何选鹰？"我问哈里德。他告诉我，首先，要看鹰羽毛的颜色。鹰的羽毛很多，有白色、灰色、绿色、棕色、红黄色和黑色，哈里德喜欢身披红色羽毛而头部呈白色的鹰。白鹰很少，外形漂亮，给人以美的享受。其次，鹰身上有好几个部位都是判断好坏的重要指标，例如：头顶阔大、脖子粗长、胸部宽厚、上胸丰满、腰部圆大、大腿壮健、小腿短实、尾部适中、脚掌平直、双翅宽长等等。它的双翅应该如剪刀一样。再次，要看鹰的羽毛、目光、神态、舌头。如果具备以上的优点，那这样的鹰是可塑的、尽职的、飞翔速度也很快。

听说一只鹰的售价从几百美元到几百万美元都有。一个商店的老板解释道，如果卖出的鹰是别人已养过或驯服过的，价格就比较便宜。因为已经驯服过的鹰，再由新的主人来重新驯服，难度很大。鹰不习惯新的口令和手势，所以，顾客都愿意选购没有驯服过的鹰。现在，人们特别欢迎进口鹰。

人们普遍认为，鹰猎来源于中亚山区，甚至包括韩国、朝鲜、中国、日本这一带。尽管没有详细的统计和记载，但不同时期的中亚地区存在有大量捕捉鹰时的诱饵，如鸢、鹫等。今天，世界上产鹰的地方主要是中亚、俄罗斯、伊朗、伊拉克、叙利亚、巴基斯坦和阿富汗等。所以，一些养鹰爱好者都从这些国家进口猎鹰。

张网捕鹰不易

不少猎鹰爱好者经常到荒野撒网捕鹰。他们用鸽子作为诱饵，在沙漠中支起一张网，鹰见到网上的鸽子就会降落下来抓捕，结果再难逃脱捕网。

张网捕鹰并不容易，笔者听身旁的一位顾客说，他在39年中，用张网捕鹰的方法仅捕到11只鹰，其中有1只鹰卖出了3万美元的好价钱。他说，抓来了鹰以后，先把它关在通风、气温低的屋内，

并用眼罩把它的眼睛蒙上，使鹰对新的环境不会产生恐惧。这时，它绝不吃东西，就先饿它一天。待第二天，慢慢打开眼罩，可以弄一点东西给它吃，同时拴住它的脚，让它在有限的范围内活动，逐步熟悉新环境。

这位顾客接着说："当前，捕鹰人使用一种方法，他们把网挂在汽车上，网内拴着一只鸽子。当发现鹰在空中飞翔时，汽车就朝它开去。猎鹰见到车上的鸽子，以为是鸽子撞上了汽车，于是猎鹰便向它猛扑。就这样，猎鹰中了计。它一把抓住鸽子，由于鸽子的脚捆在网上，猎鹰只得带着网一起飞走。网和鸽子太沉重了，猎鹰坚持一段时间后，只得飞回地面，这样便落入捕鹰人的手中。

到中国寻找鹰的足迹

2002 年 4 月，我和一些中国朋友再次踏上卡塔尔，并抽空看望了老朋友哈里德。一年多不见，哈里德的院子里已经建起了一座豪

哈里德（左 3）在帐篷内欢迎中国朋友。

华的帐篷，约 50 平米，四周摆放着阿拉伯式的沙发，墙壁上悬挂着绣有奇异的阿拉伯花纹的羊毛毯，地上铺上漂亮的地毯，天花板上的日光灯射出柔和的光线，墙角的空调吹出阵阵凉风。帐篷内的装饰充分显示出传统和现代风格的结合。

大家坐定后，主人端上香喷喷的阿拉伯咖啡，请大家品尝阿拉伯枣和甜食。仆人点燃了地毯中央香炉里的香。一阵香气袭来，顿时让人神清气爽，浓浓的谈兴油然而生。

哈里德见到我们异常地兴奋。他告诉我们，他非常繁忙，除了政府工作和一些家庭事务外，全部精力都放在养鹰和训鹰上。鹰猎是他生活中不可缺少的一部分。他还兴致勃勃地向我们展示了自己独有的捕鹰和训鹰的新方法。

在谈到今后的打算时，哈里德表示他将继续有关捕鹰、养鹰、训鹰和鹰猎的研究工作。他说："一年多来，我从卡塔尔和其他国家的新闻媒体获得了很多有关中国的信息，得知中国的飞速发展，很想去中国看看那里发生的一切。我还听闻中国的新疆和部分地方有鹰，我准备将来自费到中国寻找猎鹰在中国的足迹。"

发明让人类生活更美好

——访摩洛哥发明者阿卜杜勒·阿迪·哈比克

1996年9月16日，以"创新、交流、友谊、和平"为宗旨的北京国际发明展览会在北京农业展览馆开幕。来自摩洛哥、毛里塔尼亚、马来西亚、韩国、匈牙利、美国、意大利、波兰和保加利亚等国，以及中国各省市自治区、国务院各部委、港澳地区和台湾等50个展团的发明人携近千项发明成果出席了大会。

在展览会闭幕前夕，我作为中国国际广播电台和《世界信息报》的记者访问了摩洛哥代表团团长、著名发明者阿卜杜勒·阿迪·哈比克先生。哈比克先生首先介绍了摩洛哥代表团的情况。他说："代表团由摩洛哥发明机构与文化事务年度协会共同组成，由摩洛哥发明和创新世界博览会组委会主席努尔丁·伊斯梅尔先生担任总管。"

"摩洛哥王国参加这次北京国际发明展览会的发明项目共15个，涉及太阳能、风能、医药、植物和其他技术等。我们的参与是积极和全面的。我们的代表团，无论从人数还是项目的数量和质量上说，都是参会代表团中最多和最大的。还要补充一点，这次参会的摩洛哥发明者都是每年6月下旬在卡萨布兰卡举行的摩洛哥国际发明展览会上的获奖者。"

谈到他个人的发明，哈比克先生介绍说："在本次展览会上，展出了我个人的发明——一台使用太阳能的洗衣机。这种洗衣机先是给水加温，然后产生压力，带动电动机运转。这项发明在比利时布鲁塞尔的尤里卡展览会和美国展览会上均获得过金奖。这是我第一次把它带到中国来。"

笔者采访摩洛哥代表团团长阿卜杜勒·阿迪·哈比克先生。

哈比克先生接着说："我们团里有个发明者，他发明了一种机器，可将风力转化为电力，驱动机械运转。还有一位女士，名叫白尔拉达·穆妮尔·娜艾美，她从摩洛哥的植物中提炼出一种混合物，能防治脱发，并且还有其他功效。还有一个项目是国家饮用水局的一些官员发明的，由大船把淡化后的海水从海滨城市丹吉尔运送到外地，同时指导公民如何合理用水。"他就这一项目评论说："可以说，就利用太阳能进行海水淡化而言，这项发明具有世界意义。"

当我问他对中国发明的看法时，他回答说："这个问题很难，因为中国的发明涵盖所有重要领域，如磁体学、医学、能源、药理学和日用工具等。可以说，中国的发明占整个展览的百分之九十，这很了不起。在第三届摩洛哥世界发明展览会上，来自中国福州市的发明家周景宇获得'哈桑二世发明创新奖'。他发明了一种船，可以在水深仅50厘米的浅水中行驶。这位发明家很有天分。"

我问："摩洛哥展览会多长时间举办一届？"他回答说："北京每四年举办一届，而我们卡萨布兰卡每年都举办国际发明展。"

　　我了解到，中国和摩洛哥发明家之间已进行了接触和合作，便问哈比克先生双方接触和合作有何成果。哈比克先生说："摩洛哥发明基金会派出代表团出席北京国际发明展览会，目的是同中国发明协会及其他协会和公司建立联系。我们已与中国发明协会会长武衡先生进行了磋商，有关协会派团参加 1997 年 7 月卡萨布兰卡国际发明展览会的问题。武衡会长给予了肯定的回答。我们还会见了韩国代表团等。"

　　"您对加强中国和摩洛哥发明家之间的合作有什么展望和设想？"他稍加思索后回答："我们希望中国每次能派出 100 人以上的代表团参加卡萨布兰卡国际发明展览会，同时，我们也计划派出代表团参加 2000 年在北京举行的第四届国际发明展览会。这些就是我们的展望。我们将继续和中国发明家发展关系和合作。"

　　哈比克先生曾两次访问中国，我问他："通过这次访问，您对中国和北京的印象如何？"他回答说："可以说，1996 年的中国不同于 1993 年的中国。中国发生了翻天覆地的变化。我发现这次自己好像生活在另一个城市。"

　　最后，哈比克先生说："我非常感谢中国新闻工作者，因为你们用实际行动支持发明和发明者。发明者为了人类生活更加美好，不遗余力、专心致志地不断创新。新闻工作者有义务向人民大众宣传这些创新，让他们的生活越过越好。"

　　在采访后的第四天晚上，我得知摩洛哥代表团有多项发明获奖：治疗脑积水用的带封闭式容器的微型引流阀获得金奖；手织挂毯和海水淡化方式获得银奖；还有 6 项获得铜奖。我打电话向哈比克先生表示祝贺。他表示，摩洛哥欢迎更多的中国发明项目和发明者参加明年（1997 年）在卡萨布兰卡举行的第五届摩洛哥世界发明和革新展。希望中国和摩洛哥两国在发明领域继续发展关系，不断合作。

后 记

2010 年 7 月，中央电视台阿拉伯语频道开播时，我作为嘉宾两次参与了该频道的《对话》节目。第一次主要介绍我的工作单位——国际台的阿拉伯语广播。当主持人问到为何选择学习阿拉伯语和怎样进国际台时，我坦率地说："国家的需要就是我的选择，我的专业。"

1955 年，在我参加高考前 12 天，就读的母校——无锡市第一中学的领导通知我：为了支持亚非拉人民争取民族独立和巩固新生政权的反帝反殖斗争，国家积极开展亚非拉外交和对外宣传。由此，国家需要大量的懂亚非拉语言的翻译和外交人才，校方要我改变原来报考理工科的志愿，报考北京大学东方语言系。听到通知，我感到事发突然，因为除了对文学有天赋和爱好的同学外，学生一般不报考文科，"学好数理化，走遍天下都不怕"的旧观念已在自己头脑里深深扎根。当然，最后还是服从国家的需要，就读于"国学大师"季羡林先生领导的北大东方语言文学系。入系后，面临选择语种的问题。当时，中国和印度关系很热，堪称"印度与中国是兄弟"的时代。那时全东语系的学生都会用印地语说这句话。所以我的第一选择是印地语，第二是阿拉伯语，第三是日语。但系里公布的结果并不如愿，我被分在阿拉伯语专业。对此，我毫无异议，坚决服从。

1960 年大学毕业后，我服从国家统一分配，到中国国际广播电台工作。先接触翻译，不久，又练习播音，成为中国第一位阿拉伯语播音员。有时我也编写中文稿。

两年后，我不时走出广播大楼，实践采访工作。先是采访体育界的阿拉伯兄弟。1966 年，我撰写了第一篇报道——《第一支叙利亚举重代表团在北京》。之后，我与阿拉伯兄弟见面和采访的机会越来越多。20世纪八九十年代，我任国际电台时政记者，共采访和拜会了130多位阿拉伯外宾。采访过巴勒斯坦民族权力机构主席阿拉法特、苏丹总理萨迪克·马赫迪、突尼斯总理哈迪·巴库什、约旦议会议长阿卜杜·萨拉姆·马贾利和亚奥理事会主席法赫德等。采访过部分中国领导人有：中国人大副委员长王任重和黄华、政协副主席包尔汉和中国伊斯兰教协会多位领导等。1989年和1990年两次访问阿曼，共采访了外交、新闻、工商、民族遗产和文化大臣和几位次大臣等政府高级官员，以及电台台长、大学校长、阿曼驻华大使、中国驻阿曼大使等约20位各界人士。在记者生涯中，我一共采写各类稿件一百多篇，除在国际台广播外，很多稿件还刊登在《人民日报》《光明日报》《世界知识》《世界博览》和《电视研究》等报刊杂志上。我在《国际广播》和《阿拉伯世界》杂志上发表论文十几篇，有的论文获奖。

1997年退休后我又以多种身份，拜访了驻华阿拉伯大使、到华访问的30多位阿拉伯外宾等。经沙特驻华大使推荐，中国国际广播电台同意，从1998年到2009年11年间，任首位沙特通讯社驻华记者。除每天发布有关中国国内重大消息和中国与沙特友好活动外，我还对来华访问的沙特外宾进行力所能及的采访。前后采访了商业大臣、工业和电力大臣、农业大臣、一些次大臣和利雅得商工会长、吉达商工会秘书长等。为了介绍中国穆斯林的朝觐活动，自2000年开始，每年报道中国朝觐代表团离京的情况。我采访了时任中国伊斯兰教协会会长陈广元，请他讲述中国穆斯林前往麦加朝觐的历史；采访了中国伊斯兰教协会副会长余振贵，请他谈谈率领中国朝觐代表团的朝觐见闻和感受；采访了中国伊协副会长马云福，请他介绍率团前往朝觐的前后和沙特方面的热情接待。这些采访的内容除发给沙特通讯社和国际电台使用外，还刊登在《中国穆斯林》杂志、《世界新闻报》和阿拉伯文杂志《中国建设》（后改为《今日中国》）上。

2002年10月，上海外国语大学中东研究所和沙特驻华使馆在上海举办了"国际恐怖主义及其缘由"国际学术研讨会。我作为沙特通讯社驻华记者全程详细采访报道了这次研讨会，还采访了当年的沙特驻华大使。每年的沙特国庆招待会和使馆举行的其他活动等也做了采访报道。

2017 年初夏的一个中午，应我的同学、北大教授仲跻昆之约，在他家附近的一家餐馆聚会，应邀的有北大的高低班同学和我共五人。畅谈中，有人提起了学习阿拉伯语，大家一致认为，这是巧合，是幸运，更是骄傲。学习阿拉伯语，使我们接触到古老的阿拉伯文明和多彩的文学，结识了诸多阿拉伯兄弟。

光阴似箭，不经意间自己已进入耄耋之年。时间带不走真挚的兄弟、真正的朋友，带不走美好的回忆、珍贵的记忆。在书中写到的兄弟中，有的虽然已经离去，但仍然活在我们心中。如阿拉法特，虽已故去许久，但他发出的灿烂光辉和对中国的友情，仍照耀中巴和中阿友好的康庄大道，滋润秉持着世界大同理念的许多国家的辽阔大地。

在这屈指可数的岁月里，趁自己还有点"心血来潮"的激情，记忆力尚可，静下心来写这本书。我仔细回想与阿拉伯兄弟的交往，查阅过去的记录，回听往年采访阿拉伯兄弟的录音，翻看与他们相逢时留下的珍贵照片。

写作期间，很多情况不期而至。快完成此书时，我大病一场，住了 20 天医院。出院后，继续耕耘，终于完成此作。

用中文写作是一种创造，把中文翻译成阿拉伯文是再创造。对我来说，写中文不易，翻译成阿拉伯文就更难。虽然是翻译和播音出身，但离开业务岗位已 20 多年，要把这几十万字的中文作品翻译成阿文，困难重重。从 2016 年动笔，到 2018 年完毕，整整花了 3 年时间。这是艰辛的，也是快乐的。讲好兄弟故事，传递友好声音，能使自我愉悦，同时也使他人获得享受。

在筹备和出版过程中，得到五洲传播出版社的大力支持，从文字到图片都做了精心的编辑、审定和安排。我对他们的努力和支持表示由衷的谢意。

在书写和翻译期间，得到不少朋友，如中东问题专家吴富贵、中国海湾交流委员会主席靳津、伊斯兰文化学者阿里·郭滨，甚至国际友人，如苏丹专家叶海亚和乌萨马、伊拉克专家阿巴斯、毛里塔尼亚专家阿卜杜·拉赫曼、阿尔及利亚专家鲁特菲·穆卡德姆的帮助，在此一并表示感谢！